外国海洋文学十六讲
修订版

汪汉利 著

海洋出版社

2023 年·北京

图书在版编目(CIP)数据

外国海洋文学十六讲 / 汪汉利著. — 修订版. — 北京：海洋出版社，2023.3

ISBN 978-7-5210-1080-0

Ⅰ.①外… Ⅱ.①汪… Ⅲ.①外国文学－文学研究

Ⅳ.① I106

中国国家版本馆 CIP 数据核字（2023）第 031663 号

责任编辑：杨　明
责任印制：安　淼

海洋出版社　出版发行

http://www.oceanpress.com.cn
北京市海淀区大慧寺路 8 号　邮编：100081
鸿博昊天科技有限公司印刷　新华书店北京发行所经销
2023 年 3 月第 1 版　2023 年 3 月第 1 次印刷
开本：787mm×1092mm　1/16　印张：17.5
字数：208 千字　定价：90.00 元
发行部：010-62100090　邮购部：010-62100072　总编室：010-62100034

海洋版图书印、装错误可随时退换

总　序

"海洋人文社会科学"这一概念，在国内最早由厦门大学杨国桢教授提出，并做了充分论述，目前这一概念已为学术界普遍接受。我一直密切关注杨国桢教授有关海洋史学的论著与文章，深为他的远见卓识所折服。我所供职的浙江海洋大学，是一所海洋特色非常鲜明的高校。2009年我担任学校图书馆馆长期间，决心将海洋古文献与沿海地方文献作为特色馆藏来建设，旨在为我校的海洋史与海岛史研究提供较好的文献储备。在从事这项工作过程中，我仿佛进入到一个既熟悉又陌生的世界，作为一个专门领域的文献，其丰富程度大大超出我的预计，文献越搜集越多，可谓层出不穷。2012年，我调任学校教务处处长岗位，发现涉海专业数量占我校全部专业数量的70%以上。在对全校一百余门人文通识课程进行梳理之后又发现，我们开设的海洋类人文通识课程屈指可数，这显然与我校海洋特色不相称。基于这种现状，一方面我们大力推进校级人文通识课程的梳理与整合，力求全局改观；另一方面组织校内外师资力量，通力合作，建设具有浙江海洋大学特色的海洋人文通识课程体系，力求重点突破。我提出要推进海洋人文通识教育，首先要做好体系化的顶层设计，其次要开辟操作性强的实施路径。为此，主要围绕以下三个层面有序展开。

第一，海洋人文意识与观念层面。海洋意识教育，是对海洋价值、海洋权益、海洋战略等观念层面的教育。长期以来，国家非常重视在全国范围内进行海洋意识教育推广，我校是国家海洋局"全国海洋意识教育基地"最早挂牌单位之一。为此，我们整合资源，组织力量，专门开发建设了"大学生海洋观"慕课。该课程要求人人必修，并对学分作了硬性规定，学业合格者颁发"浙江海洋大学海洋观教育结业证书"，以此作为我校大学生海洋意识教育的"身份证"。同时，该课程还通过网络课程平台，面向全国400余所高校推广。

第二，海洋人文知识与精神层面。海洋人文知识与海洋精神是在漫长的海洋历史发展与海洋文明进程中，逐渐形成的一个相对独立的人文知识系统与一种精神境界。中华文明的形成，是海陆文明交互作用的结果，海洋文明也是中华文明的基因之一，这已成为学术界共识。

中国古老的地理文献《禹贡》早已有关于海洋与海事的记载，而《山海经》已然将"山""海"作为两个最具符号意义的地理形象并置。先秦诸子对于海洋各有关怀与想象，孔子在《论语》里甚至表示要将海洋作为他隐居的理想场所；庄子在《逍遥游》中进行了早期中国思想史上最为壮观的海洋哲学思考与审美追求；阴阳学派创始人邹衍的"大九州观"，是我国古代具有海洋开放型地球观的创发性思维。

秦代，秦始皇"灭六国"之后，在南方设置桂林、南海、象郡，中原政权控制的海岸线空前延长。秦始皇五次出巡，其中四次行至海滨。汉代，继承秦代四海之祭的传统，武帝前后十次巡海，使蓬莱信仰不断成长，最终形成"会大海气"的封禅思想。与此同时，汉代海洋活动已经非常频繁。当时已经出现了专门从事海上活动的"海人"，因此《汉书·艺文志》中才会著录有《海中星占验》《海中星经杂事》《海中五星顺逆》《海中二十八宿国分》《海中二十八宿臣分》《海中日月彗虹杂占》等与航海相关的天文文献,此即张衡在《灵宪》中所谓的"海人之占"。

到了唐代,国力强盛,海洋疆域几乎覆盖全部东亚大陆的沿海地区;在政治上不断与海外国家建立外交关系,文化交流规模浩大,海洋贸易空前繁荣,海上丝路不断拓展。宋代政权对外开放的深度与广度都超过前朝,海洋自然知识如潮汐、风讯、洋流、地理等不断丰富,海洋技术知识如航行技术、导航技术、航路拓展等不断进步,海洋人文知识如风俗、信仰、文学、艺术等不断积累与传播,开启了一个新的海洋史阶段。

元代的君主尽管来自草原,但他们依然非常重视海洋经略,改变了单一的漕运方式,创造性地通过海洋航线达成南粮北运,初步形成江海统筹模式;此外,不断加强海外招谕和海外贸易,延展了唐宋海上丝路,推动了众多海外国家与中华本土的紧密联系。明代,虽然实行所谓海禁政策,但郑和的航海成就为当时世界之最,海洋贸易网络也得到进一步扩大。清代,海疆政策总体呈开放态势,在海权海防、海洋贸易、海洋移民、海洋产业、海岛开发等方面,都较前代更具内涵与发展。在这样一个有着极为悠久海洋历史的国家,可以想象其所积淀的海洋人文知识和海洋人文精神是何其丰富与深厚。为此,我们围绕着海洋人文的几个主要方面,有计划、有系统地开展了研究,同时积极走向课堂。

第三,海洋人文实践与能力层面。通识教育的根本是为"全人"的教育。在培养人、发展人、完善人、塑造人,即完成"全人"过程中,通识教育不可或缺。但目前的通识教育,知识化取向比例过重。众所周知,教育不仅仅是知识的或认知的,人文学习过程中的人文实践,或者说认知与体验的相互整合、相互支持,对于培养学生的人文感受能力、人文体验能力和人文创造能力,是非常重要的一个途径。中国是一个拥有 18000 千米大陆海岸线、6500 多个岛屿、约 300 万平方千米主张管辖海域的海洋大国。浙江海洋大学位于中国最大群岛——舟山群岛，得天独厚的地理优势，为我们的海洋人文实践教学提供了广阔平台。长期以来，我们坚持开展海岛历史文化田野调查、海洋非物质文化遗产技艺学习与传承、当代海洋文化艺术的鉴赏与创新等，培养了一代又一代具有"海纳百川、自强不息"精神，爱海、知海、懂海、用海的海洋型"全人"。

目前，围绕以上三个层面，我校海洋人文通识教育正在有序推进中。需要特别说明的是：海洋人文通识教育课程开发与系列教材建设，是建立在广泛深入的海洋人文学术研究基础之上的。我负责的浙江海洋大学"中国海洋古文献整理与研究"团队，在海洋文献、海岛文献、海洋文学、海洋信仰、海洋史等领域，先后获得国家社科规划重点项目、国家清史纂修工程项目、教育部规划项目、教育部古委会项目、浙江省规划项目等一大批课题，出版了一批海洋文学研究、海岛文献整理著作。与此同时，团队在如何实现科研成果转化为教学资源、如何做到高深研究俯身为学术普及、如何在学术研究与课程开发之间寻找结合点等方面，也做了一些有益探索，以冀臻于科研与教学融合、项目与课程融合、成果与教材融合的理想之域。目前这套海洋人文通识系列教材，便是我主持的2014年度国家社会科学基金重点项目"中国海洋古文献总目提要"的阶段性成果之一，也是我们将科研成果有效转化为教学资源的初步尝试。

海洋人文通识教材的"系列"，其实是一个开放体系。其开放性主要体现在两个方面：我们组织的海洋人文通识教材编写，不仅立足中国，同时放眼世界的海洋人文历史与发展；随着新课题拓展、新成果出现与新课程开发，我们将会不断增加新品种的教材，如"海上丝路""海洋渔业""海岛文化""海国游记""海洋美学""海洋人类学""方志海洋""海洋剪纸技艺""海洋绳结技艺""海洋船模技艺""渔民画技艺""海洋文化田野调查与方法"等，这次出版第一辑，今后还将出版第二辑、第三辑……为了保证选修课程与教材质量，我一直信奉大学选修课的开设一定要以教师科研成果为基础的理念，否则容易沦为学生厌恶的"水课"。为此，我们将谨守宁缺毋滥的开课原则，成熟一门开设一门。经过几轮讲授之后，再来修订完善教材……在不断锤炼的过程中，这些课程终有一日会成为"金课""老虎课"。

海洋人文通识教育，不仅仅是一种从陆地本位向海洋本位转换的历史文明观教育，还是一种精神、胸襟与情怀的世界观教育。从自然科学角度看，迄今人类已研究过的海洋面积不过 10%；而从人文科学角度看，我们对于海洋人文的挖掘、梳理、研究与学习，也还处于起步阶段。希望这套系列教材，能够帮助我们接近、认识和热爱海洋。

程继红
2022 年 4 月

前　言

　　"中国文化是山，西方文化是水"。中国文化具有沉稳、厚重的特点，西方文化则活泼、灵动，这在文学上体现得尤为明显。一方面西方文学长河中奔涌着各种文艺思潮，犹如一道道波浪，后浪推前浪，人文主义文学、古典主义文学、启蒙主义文学、浪漫主义文学、批判现实主义文学、现代主义文学和后现代主义文学等，几乎每一种思潮都是对前一种思潮的反动与超越。另一方面，西方文学中数量可观的海洋文学，的确与"水"存在千丝万缕的联系。外国作家描述人类与海洋的亲密关系，借助海洋抒发内心情感，面对海洋陷入哲理思考，通过海洋比照现实世界，创作了多姿多彩的海洋文学作品。这些作品如同一面面镜子，反映了西方人的思维、认知、心理和意识，甚至精神气质和民族性格，有助于我们了解外国人对海洋的奇思妙想，对爱情的浪漫憧憬，对生命的理解和感悟，对自由的执着追求，对生态环境的忧思，对现代文明的批判等。它们常与宗教、哲学等因素联系在一起，因此具有比较深刻的思想内涵。

　　然而，关于"什么是海洋文学""哪些作品属于海洋文学"，即海洋文学的定义与范畴是什么，国内外学者并没有统一的说法。2008年，在宁波大学召开的"海洋文学国际学术研讨会"上，外国专家介绍，外国学界很少提"海洋文学"这个说法，他们也对相关作品进行过分析与评论，但很少从"海洋文学"这个角度进行考察，也就是说，"海洋文学"实际上是有实无名的。外国学者很少全面论述"海洋文学"这个命题，但海洋文学作品是客观存在的。从希腊海洋神话、荷马史诗《奥德赛》，到当代作家克莱齐奥的《未见过大海的人》，外国海洋文学经历了漫长的发展历程，可谓博大精深、源远流长。

我国学界对"海洋文学"有很多界定。吴主助认为，海洋文学"就是写海洋的文学……包括以海洋为题材的各类文学作品。就内容而言，或描写海洋的自然景物，或借大海之景抒发作者情怀，或表现人类海上生活和斗争，或反映人类对海洋的幻想、探索和征服等。就形式而言，它包括了神话、传说、语言、诗歌、散文、童话、小说、报告文学等各种体裁。"杨中举强调海洋"精神""意识"和"气息"，认为："那种渗透着海洋精神，或体现着作家明显的海洋意识，或以海或海的精神为描写或歌咏对象，或描写的生活以海为明显背景，或与海联系在一起并赋予人或物以海洋气息的文学作品，都可以列入海洋文学的范畴。"龙夫认为："所谓海洋文学，通常是指以海洋为题材或根据海上体验写成的文学作品……真正意义上的海洋文学是，主题与海洋具有的特性密切相关，并受海洋的特性支撑的文学作品。"上述说法令人既高兴又困惑。它表明国内研究海洋文学学者不在少数，但需要进一步沟通和交流。海洋文学这个概念需要厘清，否则，难免会引起不必要的论争。

在教材编选过程中，我们采信张德明教授关于海洋文化的论点。张德明先生在《海洋文化研究模式初探》中提出，"海洋文化"四要素是人、海、船和岛。"这四大要素之间的不同关联和结合，产生了不同的海洋文化模式，进而形成了人与环境的互动、空间的生产与现代性的展开等不同模式。"我们进一步认为，海洋文学也以人与海洋的关系为表现对象，也可以从人、海、船、岛四个要素来考察。这样，我们在撰写《外国海洋文学十六讲（修订版）》时比较关注海洋气息浓郁、涉及"人、海、船、岛"诸要素的作品。当然，要对蔚为大观的外国海洋文学作品进行评论，并非轻松容易的事情。所幸近年来，著者一直在浙江海洋大学开设选修课"外国海洋文学选讲"，教学过程中发现外国海洋文学作品虽然名目繁多，但也存在一些规律，即各国海洋文学作品主题有相似之处。比如，西方作家往往具有欧洲中心主义思想和殖民意识，如笛福、康拉德和巴兰坦等人比较明显，由此可以将《鲁滨孙漂流记》《台风》和《珊瑚岛》等归为"海洋与帝国"一类。基于这个发现，作者决定对外国海洋文学作品按主题进行评论。

本书共分十六讲，即海洋文学与历险、海洋文学与爱情、海洋文学与自由、海洋文学与伦理、海洋文学与科技、海洋文学与劳动、海洋文学与意志、海洋文学与哲思、海洋文学与乌托邦、海洋文学与帝国、海洋文学与苦难、海洋文学与革命、海洋文学与生命超越、海洋文学与文明、海洋文学与生态、食人族与福音书单元。事实上，这是一项极为浩大的工作。由于每部作品的内涵是丰富多彩的，单从某个维度入手，往往会忽视作品其他方面的内容。

"外国海洋文学选讲"为浙江海洋大学全校公选课。课程有两部配套教材，分别为《外国海洋文学十六讲（修订版）》和《外国海洋文学选编》，由海洋出版社和中国环境出版社出版。为了便于学生更为直观地学习，本书再版时增添了音频、视频资料。由于著者能力所限，时间急迫，这两部教材可能存在这样那样的缺陷，希望对外国海洋文学感兴趣的热心读者，能提出宝贵的建议或意见，以便将来进一步修正。

感谢本书编辑杨明女士认真负责的工作；感谢申彪先生和黄立宇先

生的设计!

  浙江海洋大学师范学院学生陆智美、张露尹、王慧清、陈家乐、夏梓蓝、潘垚、石湘婉、张雨桐、刘武寒,浙江师范大学行知学院学生汪一凡,参与了视频制作。对同学们的辛勤付出,表示感谢!

  感谢浙江海洋大学师范学院程继红教授的指导与建议!

  感谢浙江海洋大学师范学院韩伟表院长的支持与帮助!

  本书为浙江省普通高校"十三五"新形态教材,得到浙江海洋大学教务处、浙江海洋大学师范学院出版资助。在此表示感谢!

著　者

2022 年 3 月

目 录

第一讲　海洋文学与历险 …………………………………………1
第二讲　海洋文学与爱情 …………………………………………17
第三讲　海洋文学与自由 …………………………………………36
第四讲　海洋文学与伦理 …………………………………………49
第五讲　海洋文学与科技 …………………………………………68
第六讲　海洋文学与劳动 …………………………………………84
第七讲　海洋文学与意志 …………………………………………98
第八讲　海洋文学与哲思 …………………………………………115
第九讲　海洋文学与乌托邦 ………………………………………121
第十讲　海洋文学与帝国 …………………………………………137
第十一讲　海洋文学与苦难 ………………………………………156
第十二讲　海洋文学与革命 ………………………………………171
第十三讲　海洋文学与人生超越 …………………………………188
第十四讲　海洋文学与文明 ………………………………………205
第十五讲　海洋文学与生态 ………………………………………222
第十六讲　食人族与福音书 ………………………………………241
附录　从神话看先民的海洋认知 …………………………………257

第一讲　海洋文学与历险

《奥德赛》与历险

荷马史诗包括《伊利亚特》(*Iliad*，又译《伊利昂纪》)和《奥德赛》(*Odyssey*，又译《奥德修纪》)两部作品，相传系古希腊行吟诗人荷马(Homer)所作，其实是世代民间艺人集体劳动的结晶。《伊利亚特》被称作"战争史诗"，主要叙述希腊联军围攻特洛伊城的故事。《奥德赛》被称作"漂流史诗"，是西方文学史上最早的海洋文学作品，主要描写伊达卡国王奥德修斯在特洛伊战争结束后，回国途中在海上漂流10年的故事。两部史诗是西方叙事文学的开山之作，对西方小说与戏剧影响深远。由于两部史诗均以特洛伊战争为背景，这里有必要交代一下特洛伊战争的起因。

据说，爱琴海女神忒提斯和人间国王佩琉斯结婚时，邀请了各路神仙和诸位人间英雄，却偏偏把嫉妒女神厄里斯给忘了。女神看到婚宴上人们山吃海喝，心里很不平衡，决心要挑起一场纷争。她往婚宴上扔下一枚金苹果，上面写着"给最美的女神"。很多女神都来争夺，大家不在乎这点金子，但非常看重"最美者"这个封号。最后只剩下三位女神争夺，她们是天后赫拉、爱神阿佛洛狄特和智慧女神（女战神）雅典娜。

三位女神去找宙斯评判，宙斯不好得罪妻子和两个女儿，就让她们去找特洛伊王子帕里斯。三位女神为了得到金苹果，纷纷向帕里斯王子行贿。赫拉许诺要给帕里斯王子人间最大的权力，因为她是天后，有这个本事。雅典娜许诺让王子在战场上战无不胜，因为她是女战神兼智慧女神，可以决定战争的结果。阿佛洛狄特要让王子娶世间最美的女人为妻，因为恋爱的事她说了算。帕里斯王子爱江山更爱美人，就把金苹果判给了阿佛洛狄特。爱神很讲信用，果然帮助帕里斯拐走希腊第一美女——斯巴达国王墨涅拉俄斯的妻子海伦。希腊人认为这是奇耻大辱。希腊城邦组成 10 万联军，推选阿伽门农（墨涅拉俄斯的哥哥）为统帅，浩浩荡荡远征特洛伊。这场战争持续了 10 年，战场上血流成河，仅仅因为一个女人，根源是一枚金苹果。

　　金苹果之所以能引起旷日持久的战争，是因为它象征着个人荣誉。徐葆耕先生认为，从哲学层次看，它"变成了人的私有欲的一种象征，它不仅代表了色欲、财欲、物欲，而且代表了权力欲、追求荣誉的欲望等"。

　　希腊联军采用奥德修斯的"木马计"，一举攻陷特洛伊城。整座城市遭到毁灭性破坏，男子被杀、妇女和儿童沦为奴隶（在《神曲》中，作者但丁将奥德修斯称作"恶谋士"，将他投入第八层地狱，因为意大利人视特洛伊人为祖先）。战争胜利后，希腊将领带着财宝和奴隶返回故乡。然而，作为希腊联军最重要的将军之一，奥德修斯的返乡旅途却充满了坎坷，可谓险象环生、九死一生。

　　《奥德赛》中，奥德修斯率领 12 艘战船返回故乡。他的船队首先来到一个海岛——吃莲果人的"安乐乡"。奥德修斯派人上岸查探情况，结果派出的人由于吃了莲果乐而忘返。奥德修斯只得派人把他们拉回船上，重新扬帆起航。接着，他们来到库克罗普斯海岛，这里住着独眼巨人波吕斐摩斯。奥德修斯带领 12 名士兵进入洞穴。独眼巨人将他们囚禁起来，打算一个个吃掉。先后有 6 名士兵丧命。奥德修斯急中生智，用葡萄酒灌醉巨人，再用烧红的木棍刺瞎其独眼，把剩下的士兵捆在羊肚下，让大家随着羊群逃出了洞穴。不久，他们一行到达埃俄利安岛——风神埃俄罗斯的居所。奥德修斯等人受到热情款待，停留一个多月。临行前，风神替他们刮起西风，送给他们一个装风的口袋。然而即将到达伊达卡海岸时，奥德修斯因为劳累而睡着。水手们以为口袋装的是金子，私自打开口袋，顿时狂风骤起，他们又被吹回埃俄利安岛。风神认为他们是被神憎恶之人，将他们赶出了海岛。一周以后，他们遇到吃人的土著巨人，11 艘船遭到毁坏，船上的水手全部丧生。但奥德修斯船上的人幸免于难。

奥德修斯一行来到女巫喀耳刻的岛屿。女巫用咒语把水手们变成猪，奥德修斯因带着赫尔墨斯赠送的"摩利"花，幸运地躲过一劫。女巫终于知道奥德修斯是谁，便把他的手下还原成人。奥德修斯等人在女巫岛上住了一年，又在喀耳刻的交代下前往冥府，向占卜者提瑞西阿斯询问归途凶吉。提瑞西阿斯预言，前面还有危险等着他们，但他们仍有希望回归家园。接着，奥德修斯一行遇到邪恶的海妖塞壬。她的歌声婉转悠扬，会让人心智迷乱、船毁人亡。奥德修斯用蜡封住水手的耳朵，又命手下把自己绑在桅杆上，这样总算平安脱险。此后，他们来到两岸峭壁的狭窄海峡，这里住着卡律布狄斯[①]。她有一张硕大无朋的大嘴，能把海水吸进去、吐出来，制造令人恐惧的漩涡。奥德修斯命令水手利用间隙划过去，但还是有 6 名水手惨遭不幸。

[①] 卡律布狄斯是海神波塞冬的女儿，因为偷窃大力神赫拉克勒斯的牛，被宙斯用雷电劈死，变成西西里和意大利之间的一个大岩洞，从此她每天吞吐海水三次，在那里掀起巨大漩涡。

太阳岛上遍布阿波罗的牛群,奥德修斯不准任何人杀害神牛。然而一个月之后,携带的粮食全部吃光,水手们趁奥德修斯熟睡之际,杀死一头最肥的神牛。宙斯听到太阳神的祈祷,在海上掀起一阵飓风,摔碎船只,杀死所有水手。奥德修斯顿时成了光杆司令。10 天后,他漂流到俄古奎亚岛,遇到女神卡吕普索。女神对他一见倾心,打算将他永远留在身边。奥德修斯心中挂念妻儿,经常以泪洗面。宙斯在雅典娜的请求下,派使者赫尔墨斯捎去口信,要女神释放奥德修斯。奥德修斯登上木筏,重新踏上归乡旅程。他来到淮阿克亚人的王国,见到仁慈的国王和美丽的公主。国王答应派人送他回家。这时,一位盲诗人吟唱特洛伊英雄的传说,奥德修斯不由得泪流满面。他向国王亮明自己身份,诉说自己的苦难经历。在国王帮助下,他终于回到阔别已久的故乡。

历险期间,奥德修斯家里情况十万火急。100 多个好色之徒赖在他家,向他老婆佩涅洛佩求婚。这些人喝酒吃肉,唱歌跳舞,把他家里搞得乌烟瘴气。佩涅洛佩为了拖延时间,答应在织完公公的尸布之后,会与他们中间的一位结婚。她白天织布夜里拆,尸布一直没织完。但家里一个仆人泄露了秘密,佩涅洛佩因此坐卧不宁。她派儿子忒勒马科斯外出寻父。父子在途中相认。但奥德修斯没有立刻回家,他住进猪奴欧迈俄斯的茅屋,化装成乞丐来到王宫。佩涅洛佩并未认出他,给他一个安身之所。佩涅洛佩对求婚者宣布比武招亲:她会嫁给拉开大弓的人。奥德修斯在比武那天大显神威,与儿子一起杀死所有的求婚者。奥德修斯重新登上王位,一家人重新过上幸福生活。

《奥德赛》中,奥德修斯是一位了不起的大英雄。首先,他足智多谋,做事深思熟虑,被后来西方人视为智多星。他在特洛伊战争中想出"木马计";返乡途中,他也运用智慧一次次化险为夷。面对艰难处境,他总是审时度势,开动脑筋,选择最为稳妥的解决方法。即使回到家里也要乔装改扮，一为试探妻子，二为麻痹敌人。条件成熟后，他才果断出手、置人于死地。与周围鲁莽的士兵相比，奥德修斯具有突出的领袖风范。其次，奥德修斯意志坚定，勇往直前。他从特洛伊海边出发，不畏旅途艰险，多次遭遇失败，却从未动摇回家的决心。他拒绝女神求爱，放弃荣华富贵，一心只想回到妻子身边。正如他后来对妻子所言，"我们的磨难，我的爱妻，还没有结了。今后，还有许许多多的难事，艰巨、重大的事情，我必须做完。"这都体现了他非凡的意志品格。有学者指出，"奥德修斯在艰辛的磨难中不断经受命运和神祇的考验，依靠回家的信念完成由英雄成为神的仪式。"此外，奥德修斯还有鲜明的权利意识。他坚决回乡的一个动因，是他念念不忘原来的财产和地位。"他的全部行动都和财产有联系，或是为了获得新的财产，或是为了重新掌握原来属于他的财产。"奥德修斯身上的英雄品质，在当代人身上已经难以看到。1922年，乔伊斯模仿荷马史诗《奥德赛》，创作意识流小说《尤利西斯》（奥德修斯罗马名），塑造了现代庸人布鲁姆形象。作为现代奥德修斯的布鲁姆，没有古代英雄奥德修斯的神勇、智谋，也没有他出生入死、曲折惊险的人生经历，更没有他返乡以后痛快淋漓的复仇。相反，布鲁姆无所事事地四处闲逛，在枯燥的生活中寻求刺激。他明知老婆在家与情夫偷情，却采取听之任之态度。与大英雄奥德修斯相比，布鲁姆是一个平庸猥琐的凡夫俗子。乔伊斯通过对布鲁姆与奥德修斯的比照描述，揭示了当代人悲剧性的生存状态以及西方现代文明的没落和危机。

《奥德赛》一个主题是肯定人的奋斗精神。奥德修斯虽有女神雅典娜支持，但克服每一个困难，基本上都依靠自己的力量。奥德修斯明知海神波塞冬设置障碍，也没有向他屈服，而是不断与海神、海怪作斗争，最终赢得了胜利,显示了人的力量、勇气与智慧。奥德修斯的海上历险,常被看成人与自然的斗争。"海神波塞冬是海洋威力的代表;各种巨人、仙女、风神、海怪、水妖等都是各种自然力量的拟人化。同这些自然威力比较,人的力量当然是渺小的。但是,奥德修斯与自然作斗争的冒险经历,说明人能够靠勇敢、毅力和智慧,最终战胜它们。"《荷马史诗》通过对奥德修斯的描写,反映了古希腊人个体本位的价值观。他们重视权利、爱情和荣誉,渴望冒险,热爱生活,注重享受,肯定人的各种欲望、追求现世价值等。

荷马史诗堪称古希腊百科全书式的作品,反映了人类童年时期的社会生活,具有很高的历史地位和认识价值。荷马时代,希腊已经出现奴隶制生产关系的萌芽。奥德修斯家里有很多奴隶,这位英雄的真正身份其实是奴隶主。奥德修斯征战10年,在海上漂流10年,始终念念不忘家中妻小,佩涅洛佩也始终对他忠诚,无怨无悔地等他回家,这表明在当时社会,已经形成以丈夫为核心的一夫一妻制。不过,当时女性的社会地位比较低下。作为家里女主人的佩涅洛佩,除了带领奴隶劳动,并没有什么权力。当她走出房门时,儿子忒勒马科斯要求她赶快回房,认真干活。他认为"谈话是所有男人们的事情,尤其是我,因为这个家庭的权力属于我"。奥德修斯返乡后疯狂复仇,是为了争夺和维护自己的财产。在他眼里,妻子佩涅洛佩又何尝不是"财产"?与歌颂猪奴欧迈俄斯的忠诚一样,史诗赞颂佩涅洛佩的贞洁,既反映了氏族社会的家庭情况,也是为了"树立一个受世人推崇的妇女道德的典范"。

史诗的叙述手法一直为后人称道。荷马并未描写主人公全部人生经历,而是"环绕着一个有统一性的行动构成《奥德赛》",即以奥德修斯返乡为主要情节,采用两条线索展开叙述。一条线索写奥德修斯家里,求婚者大吃大喝，肆意挥霍他的家产，不断纠缠他的妻子佩涅洛佩；儿子忒勒马科斯在雅典娜指引下外出寻父。另一条线索写奥德修斯的海上历险。奥德修斯与忒勒马科斯相见之后，两条线索合二为一。其中，奥德修斯海上历险部分更显荷马的独具匠心。诗人并未按照历时性顺序展开叙事，而是从奥德修斯与卡吕普索关系入手，一开始就从史诗高潮部分写起，此时，奥德修斯已基本结束了他的海上苦难。接下来，史诗描写奥德修斯应国王阿尔基诺奥斯要求，回忆自己一路上艰难曲折，且故事主要集中在第十年的40天。对于这40天发生的事情，有的叙述详细，有的一笔带过，做到了详略得当，枝叶分明。史诗叙述一个人的行动，有张有弛，引人入胜，反映出当时的叙事艺术已经很成熟。

《奥德赛》是西方海洋文学的源头，对后世西方历险文学影响深远。从《鲁滨逊漂流记》《老人与海》《金银岛》等海洋文学作品，都可以看到积极进取、挑战命运的英雄形象，特别是在面对大海和厄运时，主人公都能千方百计地化解难题，体现了人的本质力量和生命尊严。从这些形象中，可以看到奥德修斯的影子。

思考题

1. 在希腊神话中，特洛伊战争起源于一枚"不和的金苹果"。你认为，这枚"金苹果"有什么象征意义？
2. 荷马在《奥德赛》中描述奥德修斯与海神的斗争，在现实生活中不会发生。你认为作品的真正主题是什么？
3. 奥德修斯在海上历经千难万险，最终抵达故乡、与家人团聚。你从中获得哪些人生启示？

推荐书目

荷马. 荷马史诗·奥德赛[M]. 王焕生译. 北京：人民文学出版社，1997.

参考书目

[1] 徐葆耕. 西方文学十五讲（修订版）[M]. 北京：北京大学出版社，2012:27.
[2] 荷马. 荷马史诗·奥德赛[M]. 王焕生译. 北京：人民文学出版社，1997:1.
[3] 吴红光.《奥德赛》中的俄底修斯形象浅析 [J]. 重庆科技学院学报（社科版），2013（3）:123.
[4] 郑克鲁. 外国文学史（上）[M]. 北京：高等教育出版社，1999:28.
[5] 亚里士多德. 诗学 [M]. 罗念生译. 北京：人民文学出版社，2002:22.
[6] 戴维利明. 神话学 [M]. 李培荣等译. 上海：上海人民出版社，1992:135.

《金银岛》与历险

史蒂文森（Stevenson，1850—1894），英国小说家、诗人。出生于苏格兰爱丁堡一建筑师家庭。祖上几代都从事灯塔设计和建造工作，父亲也希望他成为灯塔建筑师，可史蒂文森对文学怀有浓厚兴趣。受到母亲健康状况的影响，史蒂文森身体一直非常虚弱（可能患有肺结核）。身体稍有好转，史蒂文森进入爱丁堡大学读书。在此期间，他阅读莎士比亚、司各特等作家作品，为后来的文学创作奠定了基础。

1876 年，史蒂文森在法国邂逅一位已是两个孩子母亲的美国女人——芬妮·F. 奥斯本，并爱上这个大他 10 岁的女人。他一路追随她到美国，并于 1880 年与奥斯本结婚。婚后，他渴望到太平洋上呼吸新鲜空气，租下"卡斯蔻"号纵帆船，向"南海"（南太平洋旧称）航行 6 个月，先后到达马克萨斯群岛、夏威夷群岛、塔希提岛等岛屿。他发现马克萨斯岛上居民并非传说中的"食人族"，这些波利尼西亚人实际上质朴、可爱。他在给伦敦朋友信中写道，"我选择这些岛屿，认为这里有最野蛮的人，而他们比我们好得多，文明得多。"1889 年，他租了一艘 64 吨的"赤道"号纵帆船，雇佣驾船技术高超的里德船长，再次奔赴广袤的南太平洋。1890 年，史蒂文森与妻子移居西萨摩亚群岛，买下 1.6 平方千米的土地，在此定居下来。1894 年，年仅 44 岁的史蒂文森由于中风，在西萨摩亚首府阿皮亚病逝，葬在一处可以眺望海洋的山坡上。史蒂文森一生著述颇丰，其中海洋小说有《金银岛》(1883)、《肇事者》(1892)、《落潮》(1894)等，岛屿游记有《在南海》等。除《金银岛》外，其余几部作品都是以南太平洋为背景，与一些非洲文学的帝国主义视角不同，这些作品是从非国家主义立场来看待"南海"的。《在南海》中，太平洋是个异质文化杂交地带，既有当地土著文化，也有西方人和土著交往而产生的杂交文化，这种杂交文化既非欧洲的，也非南太平洋本土的。

《金银岛》(*Treasure Island*, 1883) 是史蒂文森的代表作。据说，作家与继子劳伊德的关系很好。一次，他为劳伊德画了一幅海岛图。"一次偶然，我画了一幅海岛图，画得非常优美动人（我想）。它的形状完全超出了我的想象。这种劳动像十四行诗一样令我愉悦。好像是命中注定的，我给它起了名字——金银岛"。他看着地图突然心血来潮，决定结合当时社会上关于海盗与藏宝的传说，为继子创作一部探险小说。他强调《金银岛》："只是写给男孩看的故事，不需要心理，也不要推敲文字，我身边就有一个男孩可以作为试金石。"然而小说出版以后，受到了各个年龄层读者的喜爱，成为世界上屈指可数的探险题材杰作。小说主人公吉姆·郝金斯是客栈老板的儿子，性情温顺，沉默少语。他无意中得到一张藏宝图，并参加了乡绅组织的寻宝探险队。不料，一伙海盗闻讯也混了进来。于是，探险队与海盗在荒岛上展开了混战。经过一番历险与斗争，吉姆和伙伴们挫败海盗的阴谋，成功运回"金银岛"的大批宝藏。

这部扣人心弦的探险小说，是以少年吉姆的视角展开叙述的。在描写海上历险之前，作品首先设计了一连串的悬念。一天，"班波将军"客栈突然来了一位老航海人比尔·柏斯。他皮肤黝黑、脸上带着刀疤，是一位横行海上的海盗，他让吉姆称他船长。他生性孤僻，爱发脾气，拎着一个从不打开的水手衣箱，爱唱"15个人哟，扒开死人箱——哟—嗬—哟，再来一瓶朗姆酒"。比尔经常站在高处瞭望，让吉姆"警惕那个独腿水手"。这样，小说开篇就给读者留下很多疑问：这个古怪的老航海人从哪里来？要干什么？为何要提防独腿水手？很快，客栈又来一位名叫"黑狗"的海盗。黑狗胁迫吉姆带路，让他见到了比尔·柏斯。两个海盗发生激烈争吵，然后大打出手。"黑狗"受伤后慌忙逃窜，比尔在医生的治疗下保住了性命。然而比尔已经暴露行踪，危险正悄悄逼近。

海盗们发出最后通牒——黑券："限今晚10点以前回答。"否则，他们将围攻"班波将军"客栈。关键时刻，比尔·柏斯却死于中风。由于他还欠客栈房租，吉姆与妈妈打开他的行李箱，希望找点东西抵作房租。吉姆在水手衣箱发现一幅藏宝图,并把藏宝图交给利维斯医生和特罗尼乡绅,后者决定组织一支探险队,去"金银岛"寻找宝藏。他们招募一批水手,乘着"茜斯班尼拉"号出海。然而在他们招来的水手里,隐藏着一批闻讯而来的海盗。他们以船上厨师西弗为首,伪装得非常成功,几乎没人识破他们的诡计。吉姆为了寻找苹果,爬进一个大桶,正好偷听到海盗们的谈话。他把消息告诉医生和乡绅,大家开始酝酿对策,决定跟海盗们较量一番。

从第三章"我在岸上的惊险奇遇"开始,小说叙述寻宝队与海盗们的惊险斗争。上岛以后,海盗们看到成功在望,一个个兴奋不已,逐渐露出凶残的本性。探险队在船上召开会议,商量对策。由于双方力量悬殊——海盗一方19人,而寻宝队一方只有7人(其中吉姆还是孩子),所有人都面色凝重。海盗对如何夺取财宝意见不一,一部分人到岛上商议,吉姆乘机跟在后面偷听。由于隔得较远,他没能听到实质性内容。但此时,他遇到了荒岛奇人本·耿恩,一个被遗弃荒岛多年的海盗。

寻宝队趁西弗等海盗还没回来,把武器和食物搬到岛上的寨子里。海盗企图一举攻下寨子,双方展开激烈的战斗。结果是,寻宝队一方的汤姆在冲突中阵亡,海盗也付出了惨重代价。由于藏宝图还在寻宝队手中,西弗便过来与寻宝队媾和,声称只要寻宝队交出藏宝图,就可以搭海盗的船回去,或者分得一部分财宝,继续留在岛上生活。寻宝队拒绝了西弗的"好意"。

海盗们展开猛烈的攻势。这一次,寻宝队一方的船长史沫莱特身受重伤,海盗在地上留下5具尸体,仓皇撤进树林。在暂时的宁静中,吉姆带上手枪和饼干,离开寻宝队,开始一个人冒险。他在夜色掩护下,划着本·耿恩的小船,悄悄逼近海盗们的"茜斯班尼拉"号。巧的是,西弗等人还在岛上，吉姆割断缆绳，拉起风帆，想把船驶向一个秘密地点。船上有一个叫汉斯的海盗，企图置吉姆于死地。双方展开搏斗，汉斯在冲突中葬身大海。吉姆独自驾船，把它停在一个隐蔽处。他在黑夜中摸回寨子，然而寻宝队已经撤离，房子已被海盗们占领。吉姆当了海盗们的俘虏。海盗们一心想杀掉吉姆，西弗加以阻拦，他希望把吉姆扣为人质。

寻宝队把藏宝图交给西弗，但海盗们并未找到财宝。原来，本·耿恩早已转移了财宝，并把它们交给了寻宝队。寻宝队带着财宝顺利返航。西弗担心回国被吊死，在半路上离开了船队。其余3个海盗被扔在荒岛。本·耿恩分得1000英镑，后来又输个精光。

史蒂文森热衷于描述冒险生活。评论家菲尔普斯指出，"史蒂文森的肉体和精神生活，一切的一切，都是一种冒险，以一种疯狂的热情开始。"史蒂文森认为，"冒险精神植根于一些人心里，至死也不会泯灭。他们乐于听从旷野的召唤，走进密林深处，享受大自然中无忧无虑的生活。"相比之下，史蒂文森尤其喜爱海上冒险生活："海上生活的无常尤其显眼，因此，相较于世俗的其他生活方式而言，它被认为是更能够激起人内心深处的兴趣。不断变换的一幕幕场景，时时刻刻面临危险，船员们生活在一种永远兴奋的情境中。如果是驶过宽阔遥远的大洋、驶向野蛮人的海滩，则兴奋尤甚，因为在那儿，生命安全与通常状态的存在方式完全不同。"

在作品中，史蒂文森刻画了众多海盗形象，如比尔·柏斯、黑狗、瞎子皮尤和约翰·西弗等。比尔·柏斯是小说开篇着墨描述的。他衣衫褴褛，一身污垢，做事不讲信用，十分蛮横霸道，经常喝得酩酊大醉，唱着"邪恶又粗野的水手之歌"，喜怒无常，喜爱强迫别人听他讲故事。这是一个肮脏、野蛮、凶悍的海盗形象。比尔·柏斯是整部作品的引子，因为他随身携带的一张藏宝图，后来成为整个历险经历的起因。

海盗西弗是作品中主要人物。小说原名《海上厨师》，足以说明此人在作品中的分量。西弗擅长烧烤，可谓名副其实（英法两国常将海盗称为"烧烤者"，Buccaneer）。西弗是一个狡诈、凶狠的海盗，用乡绅的话说，"是个大坏蛋、大骗子，卑鄙无耻的大骗子"。首先，他非常善于伪装自己。他对自己独腿的解释是，"在不朽的霍克将军麾下为国家效力时失去了一条腿"。他始终面带笑容，谦恭有礼，乡绅、医生和吉姆等都误认为他是正人君子。要不是吉姆躲进苹果桶，偷听到海盗们谈话，谁都不相信他竟是海盗首领。其次，他生性凶残，心狠手辣。他对那些不听话的水手如汤姆、梅瑞等，毫不留情，会在眨眼之间处死他们。最后，他还大耍两面派手段，一方面要所有海盗听命于他，另一方面又担心将来被绞死，因此对身为俘虏的吉姆一味讨好，希望把他作为将来减轻惩罚的筹码。正如学者所言，"约翰·西弗生活的度量衡就是保全性命，然后不择手段、不惜一切代价攫取钱财"，"因此，约翰·西弗是个十足的坏人。"可以看出，史蒂文森笔下的海盗形象是令人恐惧的。"他们杀人越货，残忍血腥，背信弃义，阴险狡诈，唯利是图，邪恶堕落，在他们身上集中了人类一切恶劣品质。他们是罪人、凶徒、恶棍，不讲信用，没有荣誉感，于国于民都有害。"

英国人对海盗有一种特殊情结，常将他们称作"海上罗宾汉"。伊丽莎白女王即位初期，英国还是一个不起眼的海岛国家。为了迅速发展经济，"英国像很多欧洲国家一样，向本国的海盗船发放海上'私掠许可证'，公开纵容本国海盗去抢劫其他国家的商船，甚至政府与海盗坐地分赃。"如德雷克船长曾把从西班牙船上抢得的财物（当前价值约合1.2亿）的 1/3 交给政府。英国还征用海盗船舰，以加强国家的海军装备。德雷克就带领他的队伍，参加对西班牙无敌舰队的作战，被女王封为英格兰勋爵，后来还被擢升为海军中将。由于海盗为英国经济发展和殖民扩张作出了贡献，英国普通民众对海盗颇有好感。"在英国传统文化中，海盗是被赞美、颂扬、效仿的英雄、爱国者。人们不以当海盗为耻，而以当海盗为荣。'海盗'这个词往往意味着英雄主义、自由主义、冒险精神和实现梦想的传奇。"

史蒂文森的《金银岛》不同于其他英国历险小说。众所周知，"维多利亚时代大英帝国的强盛及其在全球范围内的扩张，使得英国朝野上下都充满了强烈的民族自信和种族优越感。体现在以青少年为目标读者的历险小说里便是英雄主义、乐观主义和种族主义色彩。"在这类探险小说中，主人公往往是无所畏惧、大义凛然的英雄，他们身处险境，最终依靠自己的智慧和力量摆脱困境，平安归来。这类故事往往是大团圆结局，充斥着浪漫主义和乐观主义色彩。如在《珊瑚岛》中，"拉尔夫、杰克等几个英国少年遭遇船难，流落到南太平洋海岛，却几乎没有任何惊慌恐惧，而是以度假般的悠闲心态在岛上探险、生活，还几乎赤手空拳地制服了海岛上的凶恶的土著，将野蛮的海岛改造成基督徒的乐园。整部小说中弥漫着英雄主义和道德说教色彩。"《金银岛》则超越一般历险小说的叙事模式，在艺术上达到一个新的高度。首先，《金银岛》充满了紧张阴郁气氛。作品中，海盗歌谣"75个人出海，只有一个人活着回来"、鹦鹉的"8个里亚尔"多次出现，营造了一种压抑、恐怖的气氛。其次，作品人物外出寻宝仅仅是出于私心，没有其他历险作品中那种拯救天下的豪情。探险行动让人感到无比恐惧，而不是光荣和喜悦。

思考题

1. 小说《金银岛》是以儿童视角展开叙述的，请谈谈这样写作的好处。
2. 在海洋文学中，海岛是个特殊的意象。结合作品实际，谈谈"金银岛"有什么象征意义。

推荐书目

史蒂文森. 金银岛·化身博士[M]. 戚咏梅，赵毅衡译. 北京：北京燕山出版社，2005.

参考书目

[1] 唐纳德·B. 弗里曼. 太平洋史[M]. 王成至译. 北京：中国出版集团，2011:252.
[2] Pillip Steer. Romances of Uneven Development: Spatiality, Trade, and Form in Robert Louis Stevenson's Pacific Novels[J]. Victorian Literature and Culture，2015(43):344.
[3] Monica F. Cohen. Imitaion Fiction: Pirate Citings in Robert Louis Stevenson's Treasure Island[J]. Victorian Literature and Culture，2013(41):158.
[4] 陈兵. 史蒂文森的文艺观与《金银岛》对传统英国历险小说的超越[J]. 英美文学研究论丛，2005(1):54.
[5] William Lyon Phelps. Essays on Modem Novel ists[M]. NewYork：The Macmillan Company，1910:173.
[6] 谢冬文. 帝国的"金银岛"——《金银岛》解读[J]. 湖南科技学院学报（社科版），2013(3):43.

[7] 王磊. 从五次倒戈看《金银岛》中约翰·西尔弗的两面性 [J]. 郑州航空工业管理学院学报（社科版）, 2007(5):39.
[8] 罗伯特·史蒂文森. 金银岛[M]. 朱宾忠，王明娟译. 北京：中国国际广播出版社，2013:6.
[9] 詹才琴，朱宾忠. 浅谈《金银岛》对英国海盗形象的颠覆[J]. 湖北社会科学，2013(12):152.
[10] 李跃峰. 异样的西方海盗文化之成因[J]. 英语广场（学术研究），2011(11):118.
[11] 郑东方.《金银岛》中约翰·西尔弗的角色分析 [J]. 重庆科技学院学报（社科版），2010(11):120.

第二讲　海洋文学与爱情

狄金森的大海与爱情

美国诗人狄金森（Dickinson，1830—1886）离群索居，终身未嫁，被世人称作"阿默斯特镇的修女"。然而这并不表明，她是一个不懂爱情、不善于表达爱情的女性。事实上，狄金森是一位感情丰富、内心细腻的诗人。据统计，在狄金森遗留的1800多首诗歌中，关于"爱""爱与某人""所爱"和"爱人"的诗篇多达123首。狄金森的情诗"甜而不腻、苦而不酸，炙热而蕴藉"，曲折地表达了一位年轻女性的爱与哀愁。其中，有几首是关于"大海"或"海洋"的诗歌，情感真挚，令人动容。

它是这样小的小船

> 它是这样小的小船
> 东倒西歪下了港湾！
> 何等雄浑壮观的大海
> 吸引着它离远！
>
> 如此贪婪强烈的波浪

拍打着它离开海岸；
未曾猜到这庄严宏伟的风帆
我的手工小船还是迷失不见！（江枫译）

　　这首小诗描绘了小船、港湾、大海、波浪和海岸等意象，其中核心意象是小船和大海。小船之小反衬出大海的雄浑壮观。小船被大海吸引而"东倒西歪"，一步步远离港湾。小船游向深海有着主、客观原因，一是小船对雄浑壮阔的大海充满好奇，被大海的巨大魔力吸引着离开；二是小船遭波浪拍打而离开海岸。在"吸引"和"拍打"双重作用下，小船最终迷失于浩瀚海洋。狄金森的诗歌充满暗示和象征意味。这里的小船是诗人自我的隐喻，大海则是男性象征。诗歌通过大海吸引小船所要表达的，是一个情窦初开的年轻女子对男性的向往。一方面男性的独特魅力吸引她，让她"东倒西歪"、情难自禁；另一方面贪婪的波浪即内心的炽热情感，令她不由自主地向心仪的"大海"靠拢。

　　由此，狄金森的大海已摆脱了自然属性，而有着特定的意义指向——男性世界。在《我的河儿流向你》一诗中，诗人再次将大海比喻为男性，但"我"已不是"小船"，而是一条奔流不息的河流。

我的河儿流向你——
蓝色的海！会否欢迎我？
我的河儿待回响——
大海啊——样子亲切慈祥——
我将给你请来小溪，
从弄污的角落里——
说呀——海——接纳我！（江枫译）

这首诗中，诗人的爱情告白已与前一首不同。前诗的爱情宣言像"羞答答的玫瑰静悄悄地开"，而后者的爱情宣言更为坦率、直白。诗人用第一人称直抒胸臆——"我的河儿流向你"。但诗人又无法确定对方的态度，就试探性地问对方能否接受这份感情，并认真等待对方回答。诗人用"亲切慈祥"来形容"大海"，显然这里的大海应是一位年长男性。最后一句，"说呀——海——接纳我！"诗人内心强烈的情感需求一览无遗。短短几句诗行，诗人的情感一直处在变化中。一开始，"我的河儿流向你"，似乎是诗人情感不经意的流露，坦诚又自然。接着，诗人产生"会否欢迎我"的疑问和犹豫，但她以退为进，急不可待地要对方亮明观点，接纳自己。诗人的情感顺着诗行流淌，越流越急，恋爱中女性复杂的内心变化跃然纸上。在《暴风雨夜，暴风雨夜！》中，狄金森再一次以大海象征男性，表达自己对爱人的深情倾诉：

> 暴风雨夜——暴风雨夜！
> 我若和你在一起
> 暴风雨该是
> 我们的欢娱！
>
> 徒劳——这狂风——
> 对着一颗泊港的心——
> 不用罗盘——
> 不用海图！
>
> 荡漾伊甸园——

啊，大海！
今夜——但愿我泊在
你的胸怀里！（江枫译）

诗人宣称，只要能和爱人厮守，狂风也无法阻挡她的脚步。对诗人来讲，泊在大海怀里如同荡漾在伊甸园。大海此时隐喻男人的怀抱，狂风暴雨象征爱的欢愉。诗中不再使用第二、第三人称，而是使用便于抒情的"我"来表白，短短几句，写出了愿意为爱奉献一切的女人的内心。

狄金森的"大海"究竟指谁？长期以来，评论界的看法并不一致。有学者认为，狄金森心中的"大海"是本·纽顿。纽顿曾在狄金森父亲的律师事务所工作过，两人的确有一段交往，然而纽顿最终迎娶他人为妻，且过早地离开了人世。狄金森由于爱情不利受到重创。据学者考证，狄金森在19世纪50年代中期到1865年间，经历了一场感情危机，不仅健康受损，诗歌创作也从1862年的366首锐减到1866年的36首，1867年仅有7首。从此，狄金森性情大变，过起了与世隔绝的隐士生活。有人认为"大海"应该是塞缪尔·鲍尔斯。鲍尔斯是狄金森一家的朋友，英俊而有文采，狄金森爱上他也在情理之中。然而狄金森的爱情可能是柏拉图式的。这种难以排解的苦涩相思，促使她创作了大量情诗。还有人认为，狄金森的"大海"是查尔斯·沃兹沃斯牧师。狄金森的嫂子兼好友苏珊·吉尔伯特持此观点。据说，狄金森在费城听过查尔斯布道，并对这位牧师产生了好感。狄金森给这位"导师"写过三首诗，在信中哀求"导师"来看她。1860年，沃兹沃斯果然拜访了狄金森。狄金森在这一年文思泉涌，创作了大量情真意切的诗歌。查尔斯比狄金森年长 16 岁，正如《暴风雨夜，暴风雨夜！》中那位"亲切慈祥"的长者。狄金森盼望对方"说呀——海——接纳我"，然而查尔斯已有自己的家庭，两人的爱情之花注定不会结果。在查尔斯离世之后，狄金森满怀深情地写道：

> 今夜——我又更老了
> 先生——
> 但爱却没变
> ……
> 我常想当我死去的时候——
> 我就能见到你——
> 因此，我愿尽快死去——（江枫译）

狄金森的"大海"已经成了一个谜，永远留在后人的想象中了。不过可以肯定的是，狄金森在晚年的确遭遇过一场爱情，还差点把自己嫁出去。此时狄金森已经 47 岁。男方洛德是她父亲的好友，比诗人年长 18 岁，彼此早就认识，完全有可能走进婚姻的殿堂，但结果还是遗憾地分手。至此，狄金森一次次与缘分擦肩而过，最终也没有融入"海洋"。然而她却宣布自己熟知浪花的模样：

> 没有海图
> 我从未见过荒原，
> 也从未见过海洋；
> 却知道石楠像什么，
> 也知道浪花什么样。

> 我从未与上帝交谈，
> 也从未游览天堂；
> 但却一定回到那个地方，
> 就像有海图为我导航。（屈僦聆译）

狄金森最终与"大海"失之交臂，孑然一身，大概与诗人的女性意识和诗歌创作有关。在狄金森生活的时代，女性与男性并不处于对等地位，女性的人生宿命是家庭，为丈夫和家庭奉献出一切。狄金森对这样的生活感到恐惧。1852年，她在给未来的嫂子苏珊的信中写道，"你曾看到过清早的花朵，惬意地享受晨露的甘美，然而，也仍是那些花儿，正午时分却在强烈的阳光下痛苦地垂下脑袋，想一想，你们这些干渴的花朵，此时除了露珠就再也不需要什么了吗？不，尽管会被灼伤、被烤焦，她们也会渴求阳光，渴望火热的正午，她们已平静地接受了——她们知道，正午的男人比清早更强大，她们的生活从此要随了他。啊，苏西，这太危险了。"在狄金森看来，"妻子"只是一个空洞的称号，并没有体现女性的真正价值。狄金森不愿遵从世俗的规范，做一个依附于男人的女性。

狄金森放弃了对男性的期待，宣布自己"生来就得独身"，是因为她的灵魂已经找到了归宿——诗歌。她在诗歌园地里发现了自己的价值和幸福，获得了精神的皈依和救赎。尽管浅吟低唱没有什么听众，但她唱出了自己心灵的歌声，用诗歌书写了不朽的辉煌："怀着选择或拒绝的意愿，我选择的，只是一顶王冠……"从此以后，她更愿意为诗歌奉献自己，而不是世俗世界的某个男人。她已不自觉地将诗歌创作升华为一种信仰,"殉从理想的诗人,不曾说话/把精神的剧痛在章节中浇铸/当他们人间的姓名已僵化/他们在人间的命运会给某些人以鼓舞。"狄金森在历经渴望、焦虑、怀疑和痛苦之后,终于以一个叛逆者的决绝姿态,向世界发出了自己的独立宣言:

> 灵魂选择了自己的伴侣
> 从此,把门紧闭——
> 她神圣的决定——
> 再不容干预——
> 发现车辇,停在,她低矮的门前——
> 不为所动——
> 一位皇帝,跪在她的席垫——
> 不为所动——
> 我知道她,从人口众多的整个民族——
> 选中了一个——
> 从此,封闭关心的阀门——
> 像一块石头——(江枫译)

思考题

1. 通过本节,谈谈狄金森是如何通过"大海"来表达感情的?
2. 狄金森为了创作,选择了独身。对此,你如何看待?

推荐书目

狄金森. 狄金森名诗精选[M]. 江枫译, 西安: 太白文艺出版社, 1997.

海洋与爱情的文艺关联

　　海洋是地球上伟大的自然景观,爱情是人类美好的情感,二者分属地理和心理学范畴,似乎并不存在什么关联。然而实际上,海洋与爱情的联系是非常密切的。一方面海洋激越恣肆,犹如恋爱者澎湃的内心激情;另一方面,人类生活在地球上,而海洋是地球的一部分,人与海洋必然会产生联系。下面,来看文艺作品中大海与爱情的复杂关系。

一、海洋比拟爱情

　　以海洋比喻爱人或爱情,在海洋文学作品中比较常见。雪莱在《爱的哲学》中将海浪喻为恋爱中的男女:

> 高山亲吻蓝天
> 波浪拥抱波浪
> 百花相亲相爱
> 共享和煦春光。
>
> 阳光拥抱大地

> 月色亲吻海浪
> 如果你不吻我
> 一切都是荒唐。

诗歌采用中国诗人常用的比兴手法，从蓝天和高山的亲昵行为联想到"波浪拥抱波浪"，通过"月色亲吻海浪"意象赋予海洋以人的生命，自然景象的海浪也因此带有人类的情感。

美籍黎巴嫩作家纪伯伦礼赞大海，甚至将海浪与海岸比作一对情人：

> 我同海岸是一对情人，爱情让我们相亲相近……我随着碧海丹霞来到这里，为的是将我银白的浪花与金沙铺成的海岸合为一体……清晨，我在情人的耳边发出海誓山盟，于是他把我紧紧搂抱在怀中；傍晚，我把爱恋的祷词歌吟，于是他将我亲吻。

在纪伯伦这里，海浪对海岸的依恋是人类忠贞爱情的体现。文中的海浪宛如一位处于热恋期的青春少女，甜蜜爱情让她兴奋得彻夜难眠：

> 夜阑人静，万物都在梦乡里沉睡，唯有我彻夜不眠；时而歌唱，时而叹息。呜呼！彻夜不眠让我形容憔悴。可是我在恋爱呀，而爱情的脾气是不喜欢睡眠的。

匈牙利诗人裴多菲也以海洋比喻爱情，声称爱情就是"咆哮的海"：

> 我的爱情是咆哮的海
> 它的巨大的波浪
> 这时已不再打击着大地和天空。

诗人用"咆哮的海"反映爱情的热烈程度，也揭示爱情所具有的非理性特征。(按照希腊神话的说法,小爱神厄洛斯是个盲童,他的金箭射中谁,谁就赢得爱情,铅箭射中谁,谁就失去爱情。因此莎士比亚在剧作中感叹,爱情是盲目的)诗人并未一味沉浸于"咆哮"的激情,其奔腾的情感后来逐渐平静。

> 在明镜似的水波上
> 我划着那温柔的
> 幻想的船,向着开花的山谷前行。

诗人此时仿佛看到情人踏浪而来:

> 从未来那船坞里
> 嘹亮的歌迎着我……
> 你歌唱着希望,
> 你这可爱的夜莺!

诗人在"咆哮"激情驱使下向"山谷前行",终于见到自己心爱的"夜莺"。

海洋与爱情又并非简单的喻体与本体关系。在意大利诗人夸西莫多的《海涛》中,海洋与爱情的联系是多层次的。诗歌第一节,诗人先写自己听到的涛声:

> 多少个夜晚
> 我听到大海的轻涛细浪
> 拍打柔和的海滩
> 抒出了一阵阵温情的
> 软声款语。

诗人表面上写自然界的海洋，其实是借助海洋抒发内心的缱绻之情。但作者的情感又并无具体所指，诗中披露这种爱的情感强度是"细""轻""软"和"温"，但并未交代这种温柔的情感是恋人、亲人还是朋友之爱。诗歌第三段，诗人在回忆过去中引出爱的对象——恋人"你"：

> 你与我——
> 在那难忘的年月
> 伴随这海涛的悄声碎语
> 曾是何等亲密相爱。

诗人听到涛声想起昔日良辰美景，愈加思念远方的亲密爱人。诗歌末尾，诗人再次借用波浪抒发内心情感，希望自己的"怀念"能随着轻波细浪来到爱人身旁。

> 啊，我多么希望
> 我的怀念的回音
> 像这茫茫黑夜里
> 大海的轻波细浪
> 飘然来到你的身旁。

夸西莫多由海涛联想到情人，用海浪象征情侣间的美好感情，渴望海浪给恋人捎去问候，诗人由听到海涛声写爱情，爱情犹如海洋般深沉，字里行间流淌着似水柔情，整首诗也因海洋显得含蓄隽永。

海洋有时又是见证爱情的信物。李益《江南曲》写道：

> 嫁得瞿塘贾，
> 朝朝误妾期。

早知潮有信，

嫁与弄潮儿。

诗歌表达思妇对外出经商丈夫的思念与抱怨，既叙写思妇的孤独和落寞，也从侧面揭示妻子对丈夫的忠贞不渝，这时海洋已成为爱情的镜子，将痴情女子的爱情心理展现出来。

《庄子·盗跖》中有个尾生"抱柱守信"的故事："尾生与女子期于梁下，女子不来，水至不去，抱梁柱而死。"痴情男子尾生与情人相约幽会于桥下，对方迟迟未来，江水泛潮后竟被淹死。尾生的固执愚笨不可理喻，但他信守爱的诺言、至死无悔的做法，还是值得称道的。正因为海洋可以是爱情的信物，恋人们才喜欢在海边订立"海誓山盟"，希望即使"海枯石烂"，彼此也永不变心，实际上是要海洋见证他们的爱情，祈求爱情之花常开不败。

人类被誉为"宇宙的精华"和"万物的灵长"，不仅具有复杂的思想感情，还能运用文字和语言来表情达意，然而由于爱情是最为神秘复杂的心理现象，很难直接被描绘出来，加之，爱情的深度和浓度无法测量，文艺家就需要借助外界物体来比兴爱情，而博大精深的海洋恰好可以作为载体，海洋由此便被各国文艺家运用于文艺创作之中。"海浪""海岸"和"海风"等与海相关的物体，也随即摆脱其自然性征，被转化为文艺作品中的重要意象。

二、海洋妨碍爱情

文艺作品中，海洋有时会成为爱情道路上的障碍，给恋爱当事人造成痛苦。比如，有情人生活于陆地，却因海峡横亘而只能隔海相望。在英国诗人白朗宁夫人《夜会》中，海洋就是阻碍情人见面的重要障碍：

> 灰暗的大海，昏黑的陆地
> 金黄的半月大而低
> 浪花睡梦中惊跳起
> 水面飞溅成涟漪
> 船头驶进山凹里……
> 两颗心儿跳动在一起
> 语声低微惊又喜。

荷马史诗《奥德赛》中，奥德修斯在特洛伊战争后返乡，由于得罪海神在海上经历磨难，海洋成为阻碍他与妻子佩涅洛佩团圆的障碍。希腊神话中还有一位侍奉爱神的女教士希洛，与青年利安得尔相爱。后者夜夜泅过赫里斯海峡与她相会。希洛每晚在楼上挂一盏明灯为他引路，然而暴风雨之夜灯被吹熄，利安得尔迷失方向而溺死海中。

海洋对爱情的影响还表现在，恋爱双方生活于海洋和陆地两个世界，因并非属于同一族类而爱情受挫。这类故事常发生在陆地青年与美人鱼或龙女之间。恋爱双方由于来自不同世界而在习性和语言等方面存在差异，这给他们的爱情蒙上一层阴霾。电影《美人鱼》（美国，2006）中，美人鱼玛莲为逃脱海神安排的婚姻逃到人间，与人类青年雷蒙德发生恋情。玛莲失足落水时被海神卷走，却因获得真爱而让海神妥协。安徒生《海的女儿》也叙述人鱼相爱的故事。美人鱼因爱上王子来到人间，为此付出了巨大代价："为了他，她离开了她的族人和家庭，她交出了自己美丽的声音，她每天忍受着无止境的痛苦。"然而王子并不倾心爱她,她将被化作一阵泡沫,只有杀死王子才能摆脱厄运:"当他的热血流到你脚上时,你的双脚将会又连到一起,变成一条鱼尾,那么你就可以恢复人鱼的原形。"但美人鱼决定牺牲自己,她最终因为真爱也获得上帝的拯救。此类传说中,海神常是爱情的反对者,但他们并非不爱自己的女儿,而是认为不同族类不能通婚。美人鱼的故事体现了人类中心主义意识,也反映了人类对美好爱情的憧憬。

海洋阻碍爱情的情况还有,恋爱中的男方为海边渔民,渔民出海时遇到风暴而罹难,海洋成为毁灭爱情的罪魁祸首。洛蒂《冰岛渔夫》叙述渔民扬恩与少女歌特的爱情悲剧。歌特爱上英俊的扬恩,可扬恩不敢接受她的爱情,一来他们的地位存在悬殊,他感到自己不配娶歌特为妻:"不行,歌特小姐……你有钱,我们不是同一等级的人。你们家我高攀不上。"二来渔民生活极其危险,家里几代人死于海难,他认为自己最终也会属于大海。歌特经历了漫长的痛苦等待,因爱情无望几乎窒息而死。扬恩后来承认爱她,两人随即幸福地结合。可婚后第六天,扬恩收到了渔讯,与同伴们一起出海捕鱼。歌特在等待中度过春天和夏天。秋天渔民们纷纷返航,可歌特的扬恩再也没有回来。扬恩为了生活必须出海捕鱼,他作为长子,如不出海,家里就会陷入生存危机,而海上航行充满诸多不确定性,随时都有葬身大海的危险。海洋原本是一种客观存在,但在《冰岛渔夫》中,它却是与爱情对立的邪恶势力。

上述作品中,也许正是由于海洋从中设置障碍,人类的爱情之花才会开得绚烂多彩。根据心理学知识,人类的爱情受制于一种内驱力:它并不因外在的障碍而失去活力,"相反会由于经受挫折而增强,以至使之甘愿孤注一掷,这种随着干涉程度增加而增加的爱情,西方心理学称为'罗密欧与朱丽叶效应'。"文艺家之所以要在爱情故事中引入海洋因素,实际是让热烈的爱情与冷酷的海洋相对照，一热一冷形成强烈冲突，结果要么是"情人终成眷属"，要么是劳燕分飞各西东。海洋构成了爱情故事的基本情境，影响并制约着爱情故事的发展走向。

三、为爱殉情

恋爱主体在爱情理想不能实现时常会选择葬身海洋，以消灭肉体这一极端形式来应对面临的困境。此时海洋对情人而言即意味着死亡。当然，投海殉情与冰岛渔夫死于海难的情况不同，投海殉情是恋爱当事人意志选择的结果。文艺作品中，恋爱当事人因爱情无望而溺海身亡的情况比较常见。

其一，为爱殉情。殉情又分两种情况，双方殉情与追随殉情。双方殉情是指恋爱双方彼此相爱，但由于家庭等外在阻力而无法结合，双方投海自尽以捍卫神圣爱情。巴厘岛的乌鲁瓦度情人崖曾有一段爱情传说。当地一对青年男女彼此相爱，可女方父亲因门第悬殊而不赞成婚姻。这对情人从悬崖投海殉情。他们以毁灭肉体方式捍卫爱与被爱的权利，践行了"但求同年同月同日死"的爱情誓言。追随殉情则指恋爱主体彼此相爱，一方因天灾人祸离世，另一方伤心欲绝、投海自尽。希腊神话中，海尔赛妮和刻宇克斯为一对恩爱夫妻。妻子日夜思念出海的丈夫，一直在海边等待丈夫归来，然而丈夫在海上遇难身亡。海尔赛妮获悉噩耗伤心不已，毅然投海自尽。宙斯为其深情所感动，将他们变成一对翠鸟，帮助他们实现了双宿双飞的愿望。

其二，单相思自杀。一方陷于爱情不能自拔，但由于对方早已情有所属，热烈的爱情遭遇冰点，追求者对人生极度失望而投身大海。在雨果《海上劳工》里，吉利亚特爱上了德玉西特："那天圣诞节早上，他遇见德玉西特，看见她含笑在雪地上写下了他的名字，他回到家里，忘了为什么自己要出去了。夜里，他睡不着。他梦见千百种怪事。"德玉西特叔父的船出海遇难，船上有他给侄女的巨额陪嫁。叔父承诺无论谁找回嫁妆，都将自己侄女嫁他为妻。吉利亚特经过与大海和风暴搏斗后，从海底找回德玉西特的嫁妆。他意外发现德玉西特已有意中人。他听见牧师对德玉西特说："你是我的未婚妻。站起来，走过来。让蔚蓝天空漫天星星，见证你的灵魂接受了我的灵魂，愿我们的初吻和那天空合在一起。"吉利亚特陷入矛盾之中，一方面他深爱德玉西特；另一方面他又希望德玉西特幸福。经过一番痛苦思索后，他决定牺牲自己成全别人。这种成人之美的做法，正好体现了雨果的人道主义思想，印证了他的名言：世界上广阔的是海洋，比海洋更广阔的是天空，比天空更广阔的是人的心灵。

其三，为爱献身。恋爱当事人深爱自己另一半，爱对方胜过自己的生命，由于突然出现不可抗拒因素，一方为搭救另一方牺牲自己生命。这时阻碍爱情的不是社会因素，而是冷漠无情的海洋本身。影片《泰坦尼克号》以一个老妇人回忆的方式，叙述"泰坦尼克"号巨轮首航当日，富家少女罗丝与母亲及未婚夫卡尔登上该轮，少年画家杰克因赌博赢的船票也得以上船。杰克在关键时刻挽救了罗丝，两位年轻人由此相识相爱。然而当他们沉醉于幸福爱情时，"泰坦尼克"号却撞上了冰山。杰克为让爱人罗丝活着，自己选择了死亡，可谓义薄云天、情深似海。

上述三种情况都是恋爱主体遭遇极端情况，在爱情理想无法实现时，他们宁愿舍弃生命也要捍卫爱情。海洋作为无情杀手夺取了情人生命，同时它又在一定意义上保全了爱情，因为生命可以被海洋吞噬，爱情并未因此而消亡，恰恰相反，爱情之歌反而穿越时空，成为绝响。

文艺作品中海洋与爱情的关系是密切的，极为广泛而复杂的。人类在日常生活中接触海洋、了解海洋，在文艺作品中描写海洋、讴歌海洋。由于爱情这种神秘情感的特殊性，文艺家进行文艺创作时常用海洋来象征爱情，以海洋作为爱情故事的基本情境，来揭示恋爱主体面临的爱情困境。当然，人类毕竟是具有能动作用的高级动物，在追求爱情理想遇到挫折时，有时会采取极端的溺海方式来捍卫爱情。可以说，海洋既是人类表达情爱的重要方式，也见证了人类忠贞不渝的爱情。"沧海月明珠有泪""碧海青天夜夜心"，人类的爱情也因海洋而显得多姿多彩。恋人们"海誓山盟"，希望对方"海枯石烂"不变心，与其说是在借助海洋追求爱情理想，不如说是在追求生活中的美与善，追求和谐、融洽的人际关系，甚至可以说，是试图突破自身的有限性，追求一种无限的、永恒的精神性存在。

在此，要提请读者们注意自己的爱情观，不能走入误区。爱情玄奥又神秘，对于什么是爱情，历来不同人会有不同的理解。有人认为爱情只是一种感觉；有人认为爱情是荷尔蒙作用下的心理反应，证据是失恋以后心口会疼痛。弗洛伊德认为，爱情是受制于力比多的本能冲动。马克思主义者认为，爱情"是一对男女基于一定的客观物质基础和共同的生活理想，在各自内心形成对对方的最真挚的仰慕，并渴望对方成为自己终身伴侣的最强烈的、稳定的、专一的感情"。有人认为爱情是海市蜃楼，走近以后，它会消失得无影无踪；有人套用鲁迅先生的话说，也许世界上本没有爱情，说的人多了，也就有了爱情。笔者认为，爱情作为一种人与人之间的美好情感，正如公平、正义、真理一样，不能因为我们看不到，就否定它的存在。

但要提醒大家的是，根据唯物主义观点，世间万事万物都有一个变化过程，事物都要经过生老病死。爱情也一样。爱情老了，就会变成亲情。一个人的爱情寿命究竟多长，需要根据具体情况进行判断。步入婚姻的殿堂以后，爱情之花需要不断浇灌、培养，才不会过早地枯萎。

许多读者在文学作品看到凄美的爱情，如罗密欧与朱丽叶、焦仲卿与刘兰芝、梁山伯与祝英台等，就认为爱就应该生死相随。还有人因为在生活中失恋，就寻死觅活、放弃生命。这是极其不负责任的。"生命诚可贵，爱情价更高。若为自由故，两者皆可抛。"这首诗不是说爱情高于生命本身，而是说没有自由的生命是屈辱的，自由与爱情相比更重要，因此不能对这首诗产生误读。

把爱情视为生命的全部，一旦爱情触礁，人生之舟也会摔得粉碎，这是很危险的。人的命运永远都要掌握在自己手里，尽管你会爱上某人，但不能因此放弃自己的追求。我们认为，爱情就是开在你人生路口的花朵，觉得它美丽、芬芳，你摘下它戴在身上，然后继续赶路，千万不要因为这朵花儿而迷失自己前进的方向。《神曲》中，但丁在维吉尔的带领下游历地狱与炼狱，他的初恋情人贝特丽采把他引进天堂。但丁告诉我们，天堂之路等于爱（贝特丽采）+智慧（维吉尔）。

思考题

1. 爱情是人类最美好的情感体验，作家常常都不遗余力地讴歌爱情。据你所知，还有哪些文学作品描述过海洋与爱情？

2. 通过本讲的学习，你认为青年学生应该树立怎样的爱情观？

推荐书目

1. 洛蒂. 冰岛渔夫·菊子夫人[M]. 艾珉译. 上海：上海译文出版社，1995.
2. 夸西莫多：夸西莫多抒情诗选[M]. 吕同六译. 成都：四川文艺出版社，1992.
3. 白朗宁夫人，普希金. 情弦二重奏——白朗宁夫人、普希金情诗选 [M]. 杜承南编译. 成都：四川人民出版社，1999.

参考书目

[1] 雪莱等. 英语爱情名诗选译 [M]. 吕志鲁译. 武汉：武汉出版社，2003:152.
[2] 纪伯伦. 纪伯伦散文诗精选 [M]. 伊宏编. 杭州：浙江文艺出版社，2004:140.
[3] 裴多菲. 我的爱情是咆哮的海 [J]. 意林，2008(9):59.
[4] 夸西莫多. 夸西莫多抒情诗选 [M]. 吕同六译. 成都：四川文艺出版社，1992:85.
[5] 孙建民、贾晓英. 翻译可以既忠又美[J]. 河北师范大学学报（社科版），2006(3):155.
[6] 安徒生. 海的女儿[M]. 叶君健译. 北京：北京燕山出版社，2007:25.
[7] 洛蒂. 冰岛渔夫·菊子夫人[M]. 艾珉译. 上海：上海译文出版社，1995:70.
[8] 吴舜立，李红. 生命"恶之花"[J]. 国外文学，2005(3):100.
[9] 雨果. 海上劳工[M]. 罗玉君译. 成都：四川人民出版社，1980:78，391.
[10] 陈岸涛，王京跃. 思想道德修养与法律基础 [M]. 北京：人民出版社，2005:117.

第三讲　海洋文学与自由

拜伦海洋诗与自由

　　拜伦（George Gordon Byron，1788—1824）是19世纪英国浪漫主义诗人，被誉为世界诗歌史上不可复制的天才。拜伦一生有两大特点。一是风流多情。这可能是遗传了父亲的基因。拜伦之父是一位纵情酒色的放荡军人，被人称作"疯子杰克"。拜伦出生以后不久，杰克就抛弃妻儿，带着一位公爵夫人私奔法国，还生下私生女，最终病死于巴黎街头。拜伦像他父亲一样英俊潇洒，因此深得女性喜爱。二是富有反抗精神。拜伦生来微跛，自尊敏感。家庭不幸和身体残疾令他非常自卑。少年时代，他便养成孤独、反抗、向往自由、同情弱小的性格，常为保护同学而与高年级学生打架。10岁时继承伯祖爵位与遗产，成了勋爵，但他一直对专制暴政深恶痛绝。大学毕业后，拜伦获得英国上议院席位，但他不愿与上流社会同流合污。他在议会挺身而出，支持英国卢德工人运动，反对英国出兵爱尔兰，因此得罪了英国贵族。1811年，拜伦游历葡萄牙、西班牙、马耳他、希腊、土耳其等国，写下长诗《恰尔德·哈罗尔德游记》。该诗在英国文坛产生很大反响。拜伦在日记中写道：一觉醒来，我发现自己出了名，成为"文坛的拿破仑"。

1813—1816 年，拜伦创作组诗"东方叙事诗"，包括《异教徒》《海盗》《阿比道斯的新娘》《莱拉》等作品，塑造了一系列桀骜不驯、孤独愤世的叛逆者形象。这些主人公大多热爱自由、忠于爱情，有着非凡的力量和才华，但在现实世界找不到出路，只能孤傲地反抗社会制度，但由于没有明确的斗争目标，往往以失败告终。失败以后，他们又往往陷于苦闷、抑郁、悲观和绝望。这些主人公的叛逆性格和反抗行为，带有拜伦本人的思想特征，因此被称作"拜伦式英雄"。

　　1816 年秋，拜伦来到意大利。当时意大利正处于奥地利统治之下，民族解放运动风起云涌。拜伦与意大利爱国志士过从甚密，加入当地一个秘密组织"烧炭党"。烧炭党运动失败后，拜伦在 1823 年 7 月来到希腊，参加希腊人民的民族解放斗争。拜伦利用自己的声望和财产，帮助希腊成立独立革命军，并亲自指挥部队行军、打仗。1824 年 4 月 9 日，拜伦外出巡视时感染了风寒，10 天后与世长辞。弥留之际，他要求将自己的尸体运回英国，把心脏埋在希腊。希腊人民对他的逝世非常悲痛，为他举行了国葬，举国哀悼 3 天。

　　拜伦在《恰尔德·哈罗尔德游记》《海盗》《唐璜》等诗中描写过大海，表达了他对大海的赞美。拜伦对大海非常热衷，可能与他的性格有关。首先，拜伦笔下的海洋与爱情有关。拜伦在其代表作——长篇叙事诗《唐璜》中叙述，主人公唐璜因为与贵族少妇茱莉亚恋爱，东窗事发后，被迫乘船外出避祸。他在海上经历了生死考验，最后被海盗的女儿海蒂所救。唐璜与海蒂偷偷谈起了恋爱。诗歌叙述海蒂与唐璜一起来到海边，面对青山、红日倾诉绵绵情话。此时，海湾敞开阔大的臂膀，将一对有情人揽入怀中，海滩寂静无声，偌大的世界仿佛只有他们两人。

>一边半掩着远处新月形的峰巅，
>一边是寂静的寒飕飕的大海，
>天空透泛着浅绛的雾霭与彩晕，
>有一颗只眼似的星，闪耀着光明。

拜伦用"黄昏""落日""青山""新月"等意象，营构了诗情画意的氛围。这时"大海"似乎感受到什么，突然变得宁静、柔和起来，不再汹涌、不再喧嚣。自然界的红日、远山、大海和天上的星星等，一切都因爱情显得格外温馨。在海滩，两位相爱的情侣手挽手走着，踏着光滑的贝壳与砂粒，相互搂着对方的腰肢，沉浸在美好的二人世界。此时大海像一位慈祥的老人，默默见证他们纯真的爱情。上有苍天、下有碧海，他们以海滩为床、以蓝天为幕，在蓝天碧海间开始人生的高峰体验：

>他们俯看着海，海里激滟的波光，
>荡起了明月，一轮腴满的，骄矜的
>他们听海澜飞溅，听呜咽的风响，
>他们互看着，眼内的星芒相互的
>投射——渐渐的，一双热恋的恋唇
>渐渐地接近，合成一个亲吻。

由于有情人花前月下谈恋爱，周围景物也被赋予温暖色调。作者反复使用"宁静波澜""星光""海湾""黄昏""余晖"等字眼，以电影蒙太奇手法将它们编排在一起，激发了读者的想象力和审美感受。正是以这些散发温度的词汇，拜伦营造了一个乐园般的世界。与亚当和夏娃一样，海蒂和唐璜无拘无束、毫无压力地生活着，眼里只有对方，他们也因对方而无比幸福。拜伦是一位描写爱情的高手，他笔下海边景物尽显人情、人性之美。

> 他们不由得更紧紧地依偎，
>
> 好像普天之下再也没有生命，
>
> 只有他们两人，
>
> 而他们将永生。

唐璜与海蒂两情相悦、心心相印，除了爱情什么都不用考虑。这种爱情故事只能发生在海边——这个远离尘世的大自然中。对唐璜和海蒂而言，海边沙滩就是他们的乐园。他们无拘无束地徜徉其间，身心交融在一起。海蒂在拜伦眼里是大自然的女儿，唐璜与其结合便是人与自然的结合，是他摆脱现代文明、返归自然、实现天人合一的途径。拜伦赞美他们结合的美妙瞬间，因为这个瞬间是极其圣洁的。拜伦对神圣爱情发出祈祷和呐喊："福哉，玛利亚！这是祈祷的时辰！ 福哉，玛利亚！这是爱情的良宵！"正如我国学者徐葆耕所言，在拜伦这里，西方人两大情感体验——爱情与宗教紧密融合在一起，达到人与人、人与自然、人与上帝的和谐无间的美妙境地。

其次，拜伦笔下的海洋又与自由联系在一起。在《恰尔德·哈罗尔德游记》中，拜伦有许多描写大海的诗句。诗人要用大自然的壮美突显社会现实的丑恶与贫困，表达诗人对现实的鄙视与不满。某种意义上，大海又成为作者表达自我的隐喻。正如学者所言，"大海的广阔，是他可以容忍所有的污秽而不污染了自己，正因如此，拜伦对大海有一种崇拜，一种出淤泥而不染的崇拜。他崇尚灵魂的高洁，也做到了自我灵魂的高洁"。倪正芳在《地狱的布道者——拜伦悲剧精神论》中指出："拜伦复杂，坎坷，悲壮的人生经历形成了他独特的人格和精神内涵,其中悲剧精神构成其最有价值的也是具有核心地位的内容。这种悲剧精神又通过兼具诗人,思想者和革命家身份的拜伦的思考,创作和社会实践得以充分体现。"倪正芳认为所谓悲剧精神,是指建立在对悲剧清醒把握的基础上,是知其不可为之的抗争与超越精神,它是人类特定的情感,意志和行动的综合体。从这个方面看,拜伦的诗歌是富有悲剧精神的。

一直以来,拜伦以叛逆诗人形象为人所知。他在受到人们模仿、崇拜的同时,也遭受了辱骂、质疑和误解。拜伦在《唐璜》里表达对自由的向往:

> 我没有爱过这个世界,
> 他对我也一样;
> 我没有阿谀过腐臭的呼吸,
> 也不曾忍从地屈膝,
> 膜拜它的各种偶像;
> 我没有在脸上堆着笑,
> 更没有高声
> 叫嚷着崇拜一种回音;
> 纷纭的世人
> 不配把我看作他们的一伙,
> 我站在人群中
> 却不属于他们;
> 也没有把头脑放在
> 那并非而又称作他们

的思想尸衣中，
一起列队行进，
因此才被压抑而致温顺。
他热烈地向往自由
但是，自由啊，
你的旗帜虽破而仍飘扬空中，
招展着，就像雷雨一般，
勇敢地迎接狂风；
你的号角虽然中断，
余音渐渐低沉，
仍然是暴风雨过后
最嘹亮的声响；
你树上的花朵
虽凋零殆尽
树皮也饱受斧钺摧残，
看起来那样伤痕遍体，
真是粗陋不堪，
但是树浆依然保存——
而且种子深深埋入
土壤，
甚至已经深深地播入
北国的胸膛。
因此，一个更加美好的
春天，

将会把

　　更加甜美的果实献上！

在成名作《恰尔德·哈罗尔德游记》中，拜伦表达了他对自由的向往。当时，拜伦在英国承受巨大的压力。社会上传闻他个人生活极不检点，加之拜伦与妻子长期分居，有人甚至怀疑他与同父异母的姐姐奥古斯塔关系暧昧。拜伦又无法为自己的出格行为、超前思想辩护，一些上议院议员便斥之为"恶魔"。拜伦在精神上陷于孤立无援的境地。在四面楚歌中，拜伦决定前往欧洲大陆。在这样一个特定时代背景下，拜伦离开英国不仅意味着对现实的逃避，更代表了他对新生活的一种追求，因为拜伦对保守的英国社会心存怨气，实在感到度日如年、生不如死。对拜伦而言，离开英国就成为他纾解压力的最佳途径。由此，当拜伦在出发远行之际，欢欣鼓舞地写道，"我欢迎你，欢迎你，吼叫的波浪！"拜伦希望海水能像骏马一样将自己带向远方，只要不是在死气沉沉的英国就行，他才不会介意自己去什么地方。尽管船上桅杆"像芦苇般摇晃"，船篷"在大风中飘摇"，诗人并未被眼前景象吓倒。他知道自己的处境和命运，也懂得出走才是他摆脱困境的捷径，所以他在诗中写道，"我像从岩石上掉下的一棵草，将在海洋上漂泊，不管风暴多凶，浪头多么高。"这里，诗人用"草""风暴"等意象，似乎另有一番深意。"一棵草"比喻诗人在国内孤独无依，而"风暴"比喻面临的种种压力。"不论送往什么地方"，则表达他离开祖国的决心。尽管未来命运并不可知，尽管人生路上会有几多坎坷，不管怎样，拜伦通过出走的方式抛开了嘲笑、辱骂和攻击，所以他的心情是愉快的。此时，大海在拜伦心中犹如一方净土。诗人站在波涛汹涌的海上，仿佛置身于美好的人间乐园。

拜伦还对大海的"主人"——海盗表达了敬意。在《海盗》第一章第一节,拜伦在讴歌"暗蓝色的"海洋之际,还认为海盗的"心是自由的""思想无拘无束"。海盗们在浩渺的大海上自由行走,没有任何力量可以限制他们的脚步。"尽风能吹到、海波起沫的地方/量一量我们的版图,看一看我们的家乡/这全是我们的帝国,它的权力到处通行——"有意思的是,拜伦在诗中多次运用"我们"这一字眼,表达了他的心与海盗紧紧连在一起,海洋是海盗和诗人共同的"版图""家乡"和"帝国"。拜伦对海洋的热爱和对海盗生活的向往,在诗歌中表达得淋漓尽致。

拜伦在诗中联想到受压迫的民族,希望大海也起来反抗暴政,诗歌思想境界逐渐得以提升,从"小我"走向了"大我"。在《恰尔德·哈罗尔德游记》第三章,拜伦认为滑铁卢战争的胜利并非自由的胜利,而是一个野心勃勃的资产阶级帝王被推翻,一群封建君主又卷土重来的悲剧。他预言世人终有一天会觉醒,重新标举革命的旗帜,将专制政权推进历史的垃圾堆。在著名诗篇《哀希腊》一章,拜伦为希腊的光荣历史感到骄傲,也为希腊受奴役的现状感到揪心。诗人无限忧伤地发出呼喊:"希腊群岛啊,希腊群岛……在我的梦幻中,希腊还是自由的土地……"拜伦用第一人称手法直抒胸臆,认为亡国奴一样的希腊不再是自由的乐土。拜伦目睹希腊遭受土耳其的统治,不由怒火中烧、义愤填膺。他呼吁希腊人民团结起来、奋勇抗争,用自己的双手砸烂身上枷锁,"世世代代做奴隶的人们!你们知否,谁要获得解放,就必须自己动手。"我国学者李嘉娜在《拜伦作品解读》中认为,拜伦及其笔下的英雄有着海洋一般放荡不羁的精神。她强调主人公哈罗尔德的精神气质犹如变幻无穷的大海,有时跌宕起伏、难以驾驭,有时宁静安详、充满神秘色彩。她宣称"拜伦式"英雄的性格具有大海的特点：表面平整的海面却隐藏着深沉、神秘的内涵。

杨通福指出，在许多诗人笔下，大海充满了诱惑和魅力，作为一种象征性符号，大海对人类的生存是一种巨大挑战和威胁。大海由此激发了人们的空间想象，"成为考验和显示人类意志力的理想场所，而人类也渴望在与海的搏斗中显现自身的坚韧和勇敢。"他认为大海在西方诗人笔下是一个人生舞台，成为象征着自由、民主精神的载体。换句话说，拜伦之所以会讴歌大海，是因为放浪不羁的大海代表了自由精神。拜伦在诗歌中赞扬西班牙人民的斗争精神；谴责阿尔巴尼亚暴君的残忍，赞美人民的慷慨好义；对土耳其统治下的希腊人民深感痛心，呼吁他们起来争取民族解放。拜伦为被压迫民族纵情歌唱，希望大海掀起惊涛骇浪，摧毁世上所有暴君的统治。为了自由，他宁可舍弃生活中的一切："我宁愿永远孤独，也不愿用我的自由思想，去换一个国王的宝座。"

拜伦是一个无比复杂的作家。学术界对其评论往往失之偏颇。他不仅是一位热爱自由的勇士，对被压迫民族满腔同情，也是一位富有浪漫情怀的诗人，善于描写二人世界。在以往的研究中，批评家往往从一个角度评论拜伦，致使他常以一副浪荡公子的面目示人。一些学者认识到拜伦诗歌的魅力与复杂性，也很难还原诗人的真实面目。本节对拜伦笔下"大海"意象的分析，试图通过他对海洋的描写与讴歌，发掘其海洋诗的独特价值。

《致大海》与自由

普希金（Александр Сергеевич Пушкин，1799—1837）是"俄罗斯诗歌的太阳"，也是一位渴望自由、反对暴政的诗人。他生活的沙皇农奴制时代，正是俄国历史上比较黑暗的时期。上流社会过着骄奢淫逸的生活，广大农奴则饥寒交迫、苦不堪言。当时，以十二月党人为首的贵族知识分子，希望推翻沙皇专制统治，但起义失败。普希金目睹残酷的社会现实，以诗歌表达自己的政治立场，表达他对十二月党人的支持。他先后写下《自由颂》《致普柳斯科娃》《致恰达耶夫》等诗篇，诅咒专制制度、歌唱自由与反抗，引起沙皇亚历山大一世的愤怒。经茹可夫斯基等人调停，普希金被流放到南俄地区。在此期间，普希金并未向沙皇当局妥协，而是继续从事诗歌创作，表达他对现实的不满和对自由的向往。著名诗篇《致大海》（К МОРЮ，1824）就创作于这个时期。

诗歌开始，普希金就把大海称作朋友。即将踏上旅程之际，他来到海边向大海告别。大海的涛声犹如朋友的呼唤，让他依依不舍、难以离开："像是友人的伤心的怨诉/像是他分手时候的深深呼唤/你忧郁的喧响，你的急呼/最后一次在我耳边回旋。"普希金称大海为"我的心灵所向往的地方"，坦承自己对大海的热爱。但他不能与大海长期相伴，只能向"朋友"挥手告别，因此"我独自静静地沉思，彷徨/为夙愿难偿而满怀愁苦！"不难发现，普希金的"大海"有很多映射，并非自然界那个大海。1825年，俄国爆发著名的十二月党人起义。普希金创作这首诗时，正处在流放过程中。他伫立海边、久久不愿离去，这首诗正是他离开朋友时的心理写照。

从这个角度看，普希金的"大海"喻指十二月党人。另一方面，大海在普希金心里还意味着自由，是"奔放不羁的元素"。此时，普希金的处境恰好相反，正处于被流放和监管之中。诗人将自己和大海进行对比："你召唤——我却被束缚；心灵的挣扎也是枉然。"普希金感到自己像囚笼中的小鸟，不知道该何去何从，"如今哪儿是我热烈向往、无牵无挂的道路？"不过，他心中的愁云很快就被一扫而空，他明白"在你的浩瀚中有一个住所/能使我沉睡的心灵复苏"。从第1节至第8节，诗人站在海边赞美大海，与大海深情地告别，"为大海强烈的激情所迷惑"。

诗人的心境后来豁然开朗。此时，他想到葬身海岛的一代伟人——拿破仑："一面峭壁，一座光荣的坟墓……在那儿，多少珍贵的思念/沉浸在无限凄凉的梦境/ 拿破仑就在那儿长眠。"在欧洲历史上，拿破仑是一位举足轻重的人物。他在欧洲以暴风骤雨般的革命手段，推翻一个个封建王朝，推行一系列资产阶级改革，极大地推动了社会发展进程。1815年滑铁卢战役失败以后，拿破仑被流放大西洋上的圣赫勒拿岛，这个显赫一时的人物最终魂归大海。尽管拿破仑在1812年远征俄国，给俄国人民带来了战争与灾难，但普希金作为一名俄罗斯诗人，对他不仅没有怨恨和不满，反而热情讴歌其丰功伟绩，这种情感超越了国家与民族的界限。接着，普希金又想起死于海边的拜伦。拜伦是19世纪英国著名浪漫主义诗人，在诗中讴歌自由与民主，支持希腊、意大利等民族的解放斗争，以实际行动践行自由理想。由于行军时感染了风寒，拜伦过早地离开了人世。普希金对拜伦比较崇拜，其代表作《叶甫盖尼·奥涅金》就受到了拜伦《唐璜》的影响，因此普希金在作品中毫不讳言，称拜伦是"另一个天才"和"我们思想的主宰"。他对拜伦的英年早逝非常痛心，认为拜伦的功绩将万世长存，永远为人民所感念："他长逝了，自由失声痛哭/他给世界留下了自己的桂冠。"他甚至呼吁大海也起来歌唱拜伦，"汹涌奔腾吧，掀起狂风暴雨/大海啊，他生前曾把你礼赞！"在普希金笔下，大海、拿破仑和拜伦三个形象联系在一起。两位自由之子都有大海般的胸怀，具有大海一样的顽强意志："你的形象在他身上体现/他身上凝结着你的精神/像你一样，磅礴、忧郁、深远/像你一样，顽强而坚韧。"

诗歌结尾，诗人即将踏上新的人生旅途，不得不与大海告别。此时，大海的壮丽景象和坚韧精神，已在诗人脑海中定格，给予他面对新生活的勇气与决心。正如评论者所言，尽管诗人对未来还感到迷惑和彷徨，感到前面的"世界一片虚空"，"但在大海精神的指引下，'我'还是向着'丛林与静谧的草原'进发"。也就是说，诗人已经从大海中汲取了力量，他将继承拿破仑和拜伦的自由理想，同黑暗势力进行不懈的斗争："再见吧，大海！你的壮观的景色/将永远不会被我遗忘；我将久久地，久久地听着/你在黄昏时分的轰响"。

思考题

1. 什么是"拜伦式英雄"？
2. 从拜伦的《赞大海》，你得到怎样的人生启发？

推荐书目

拜伦. 恰尔德·哈罗尔德游记[M]. 杨熙龄译. 上海：上海译文出版社，1990.

参考书目

[1] 倪正芳. 地狱的布道者——拜伦悲剧精神论 [J]. 湖南社会科学，2003(4):142.
[2] 拜伦. 拜伦诗选[M]. 查良铮译. 上海：上海译文出版社，1982:148，149.
[3] 吴伟仁，印冰. 美国文学史及选读学习指南（第二册）[M]. 北京：中央民族大学出版社，2002:30.
[4] 拜伦. 拜伦诗歌精选 [M]. 杨德豫、查良铮译. 太原：北岳文艺出版社，1994:162.
[5] 郑克鲁. 外国文学作品选（上卷）[M]. 上海：复旦大学出版社，1999:90.
[6] 徐克勤. 欧美文学简编 [M]. 济南：山东教育出版社，1982:214.
[7] 李嘉娜. 拜伦作品解读 [J]. 漳州师范学院学报（哲学社会科学版），1999(2):42.
[8] 杨福通. 苏俄文学中的大海形象 [J]. 语文教学之友，2006(10):33.
[9] 拜伦. 拜伦诗选[M]. 查良铮译. 上海：上海译文出版社，1982:150.

第四讲　海洋文学与伦理

　　什么是伦理学和伦理原则？有学者认为，"伦理学是关于道德的科学，因而只能研究可以言道德善恶的人性，而不能研究不可言道德善恶的人性……只有可以言道德善恶的人性，才是伦理学的研究对象。"也有学者认为，"伦理原则亦称道德原则，它是处理人们伦理道德关系的根本准则，是调整人们伦理道德关系的各种道德规范的基本特点和指导原则，是伦理道德的社会本质和阶级属性最集中的反映，是道德体系的核心。它是人们立身处世的基本原则，也是判断行为是非、善恶的尺度。"不难发现，人们在谈论伦理和伦理原则问题时，总会关注其中的道德内容。相应地，从伦理视角讨论文学作品，学者们也比较强调作品的教化功用，热衷以道德标准衡量作品的高低得失，而往往忽视其他伦理维度的内容。事实上，伦理批评作为考量人与人、人与社会、人与自然以及人与自我关系的价值尺度，除通常的道德伦理外，还包含宗教伦理、爱情伦理、生态伦理、生命伦理和文化伦理等内容。在当今全球化语境下，应从宏观视角关注伦理批评其他层面的内容，摒弃以单一维度去评价文学作品的做法。下面，以《海的女儿》为例，从爱情伦理、生态伦理和生命伦理三个层面剖析这篇作品复杂的伦理内涵。

《海的女儿》与伦理

汉斯·克里斯蒂安·安徒生（Hanse Christian Andersen，1805—1875），是世界闻名的童话作家，出生于丹麦海港城市欧登塞。父亲是一位穷苦的鞋匠，喜欢阅读剧本和《阿拉伯故事集》。年幼的安徒生深受其影响。父亲去世时，安徒生年仅 11 岁，生活艰辛，受尽磨难。为了寻找人生出路，他从家乡来到哥本哈根。在好心人帮助下，进拉丁文学校学习，最终进入哥本哈根大学。他一生创作成果丰硕，出版过诗集、小说、诗剧和童话等多种作品。

安徒生开始创作童话的时候，只有少数人发现其创作才华。有人认为，童话算不上真正的文学创作。随着安徒生童话越来越多，特别是他在国外越来越受到好评，丹麦国内才开始逐渐重视其童话作品。事实上，安徒生本人不愿被称作童话作家，他认为自己并非只为儿童写作，成人也可以从他的童话中获益很多。安徒生出生在海港城市，大海是他出生和成长的重要环境，也是他文学创作的一个题材。诗剧《亚格涅特与海神》、童话《海的女儿》《大海蟒》《两个海岛》等都与海洋有关。

《海的女儿》和《亚格涅特与海神》都是描写人鱼生活的作品。童话叙述海底小人鱼为追求爱情来到人间，在受尽生理和心理折磨以后，终因自我牺牲精神获得拯救的故事；诗剧则讲述人间少女亚格涅特被海神引诱至海底，与海神结合后又重返人间的故事。两部作品都是作家第一创作阶段（浪漫主义时期）作品，文中人物存在一定的联系——童话中小人鱼为诗剧中亚格涅特的女儿，有学者据此认为《海的女儿》是浪漫主义作品，童话是诗剧的续篇或姊妹篇。实际上，这种说法不仅不够严谨，也在很大程度上贬低了童话的艺术价值。首先，诗剧仅仅照搬北欧地区的神话传说，情节和主题相对比较单一，而童话则突破诗剧情节和主题单一的狭隘性，融入作家对自然、社会和人生等问题的思考。其次，童话以小人鱼的情感追求为主线，想象丰富、情节离奇，虽然反映了浪漫主义部分特征，但童话以强烈的伦理关怀逼近现实人生，从反面倡导理智与情感的相互作用，强调自然界与社会文明和谐发展等，在一定程度上又具有反浪漫主义倾向，也拥有更为复杂的伦理指向和象征意蕴。

童话《海的女儿》叙述海洋王国中生活着一群美丽可爱的人鱼。一次，小公主在搭救落水的年轻王子时爱上他，为了追求人类的爱情，她在女巫的帮助下来到人间，用自己美丽的鱼尾换来一双人腿，同时还付出巨大的代价——失去美妙的嗓音。但王子最后却与邻国的公主结了婚。小人鱼面临一个人生困境，她只有杀死自己心爱的王子，并让王子的血流到自己腿上，她才能回归大海，重新过上无忧无虑的生活。可她宁愿自己化为泡沫，也不愿意伤害王子。最终她被天使救上天堂，从表面看，《海的女儿》叙述的是小人鱼追求爱情的故事。实际上，作品内涵要复杂得多。

一、爱情伦理

学者对《海的女儿》中小人鱼追求爱情的执着精神评价很高，认为："(读者)从她牺牲自我的行为方式、从伦理学的角度敬佩她对爱的奉献。"实际上，从爱情伦理的角度看，小人鱼追求爱情的做法并不值得过分褒扬。在获悉拥有人类爱情便可"灵魂不朽"后，小人鱼对人类世界充满了向往。尽管老祖母反复提醒她"比起上面的人类来，我们在这儿的生活要幸福和美好得多"。老祖母告诫她不要作不切实际的幻想，巫婆也警告她追求人类爱情是一种危险行为，但小人鱼无法冷静思考别人的建议，依然对人类的爱情痴迷不悟。这里的老祖母和巫婆系小人鱼海底同类或长辈，她们拥有丰富的生活经验和人生智慧，一再提醒小人鱼要珍惜海底幸福生活，以免将来落得悲惨的人生结局。然而小人鱼对这些劝诫置若罔闻。由此可见，小人鱼个性偏执、行动盲目，一味按照自己的主观愿望行事，是她陷于绝望痛苦命运的根源。从此意义看，小人鱼的人生悲剧其实也是性格悲剧。

小人鱼的短暂一生经历了四个阶段：在祖母启蒙下憧憬爱情；遇到王子后萌生爱情；与女巫交易后来到人间——为爱情受苦；最后心甘情愿沦为泡沫——为爱情牺牲。在不同人生阶段，爱情一直是她魂牵梦绕、苦苦追寻的目标，也可以说，小人鱼已将爱情演化为一种迷信，爱情对她而言即意味着一切，她所做一切都是为了拥有爱情，为了爱情可以放弃一切，即便失去人格、受难和牺牲也在所不惜。然而小人鱼与女巫做完交易以后，却陷入一个"爱而不能成其爱"的悖论：原本她是为了爱情来到人类世界，却要为获得爱情付出高昂代价——失去声音，而一旦失去声音她又无法向王子示爱，最终又因无法表达心意失去爱情。爱情对小人鱼而言犹如一座米诺斯迷宫，她身陷其中却一直找不到出口。

在上述四个阶段，小人鱼"失声"是导致其悲剧命运的关键一步。有学者认为，这里的"失声"具有一定的象征意味，暗示女性失去了表达的权利与自由。在他们看来，"要接近王子就必须失去声音的寓意为，女性在男性面前的沉默是男权世界中的第一法则。"这是从女权批评视角探讨"失声"意义的，固然具有鲜明的性别政治色彩和创见性，但其中的局限性也不容忽视。实际上，小人鱼的声音不仅代表女性的话语权，还可以理解为人之所以为人的主体意识。从海德格尔"语言是存在的家园"的说法看，话语也是界定人类本质属性的重要标志，小人鱼失去声音即意味着她失去自我和人格。这是导致其爱情悲剧的另一重要因素。众所周知，男女双方在爱情交往中必须处于对等地位，如果一方一味迁就或迎合另一方，甚至为爱情放弃自己的原则和立场，这样的爱情即使能够开花结果，也大都是结出令人遗憾的苦果和恶果。童话中的王子举止优雅、仪表非凡，拥有至高无上的权力和巨大财富，的确是许多女性心仪的人生伴侣，然而小人鱼在无原则的自我牺牲之后，她与王子之间却变成"主人"与"宠物"的关系。由于她丧失独立的人格和话语表达权，最终与梦寐以求的爱情失之交臂。爱情原本是男女之间的和谐人际关系，但小人鱼却将其视为自己生命的全部，这时爱情便成为压抑其主体意志的外在力量，成为她无力担负的精神十字架。她将全部人生希望都投放到爱情上，而一旦爱情遭遇不测风云，她的整个世界势必会在顷刻间崩塌。

从本质上看，小人鱼追求的是虚幻缥缈、不食人间烟火的爱情，这种爱情在现实世界根本不存在。根据马克思主义的理解，爱情通常由性欲、情感、理想和义务四个要素构成，其中性欲是极为重要的前提条件，情感是灵与肉相统一的感情，理想是爱情存在的社会基础，而义务则是双方的道德责任感。然而在安徒生这里，或许由于作品是写给儿童阅读的缘故，主人公小人鱼的爱情既与性欲无关，又缺乏男女双方共同的理想和道德义务。如此一来，这种乌托邦式的爱情充其量只是少女怀春式的单相思。尽管这种情感也带有纯洁美好等特点，但由于当事双方缺少情感交流和精神互动，它注定要沦为令人扼腕叹息的春梦。

二、生态伦理

叶君健先生指出,"海的女儿"其实是安徒生理想中的人的缩影。他相信拥有人鱼品质的"人"一定能走向光明并创造美好生活,叶先生由此得出这样一个结论:《海的女儿》是一部赞美和歌颂人的作品。叶君健先生这番说法无疑很有见地,童话也的确讴歌了人性之美,然而细读全文,又可以发现讴歌人性并非作品唯一的主题。在当代语境下,童话所揭示的生态问题同样启人深思。

小人鱼虽有人的部分外形特征,但她仍是生活在海底的人鱼而非真正意义上的人类,"鱼"的自然属性仍是她爱情道路上的一道障碍。小人鱼也清楚自己与人类的差别主要在于尾鳍,因此她对自己的尾鳍极不满意。尽管尾鳍在海底生物看来可能是美的,但它并不符合人类的审美标准,小人鱼千方百计要除掉这个"丑陋的东西"。小人鱼渴望摆脱尾鳍也即要摆脱自然属性。她用美妙声音换取"呆笨支柱"似的腿,因为"腿"是她由鱼变成人的重要标志。小人鱼拥有"呆笨支柱"的双腿,即意味着她获得了进入人类世界的许可证。惟其如此,她才会觉得自己不是低等的海底动物"鱼"——人类眼中的一个异类,而是一个与王子有着相同外形的人,她才能获得与王子谈情说爱的资本。安徒生聚焦小人鱼的内心世界,全面揭示她在求爱过程中的焦灼心理,有学者由此断定安徒生"超越了人类中心主义意识,深入到自然万物的'内心'层面,让他们在童话里拥有按照自己的天生禀赋喜怒哀乐的生存权利"。然而事实上,小人鱼渴望进入人类世界的种种努力,恰恰反映了作者的人类中心主义意识。

首先,小人鱼作为一种生活在海底的鱼类,她追求的不是同类而是异类的情感，这显然违背了生物圈物种繁衍的规律。众所周知，不同生物种族在生理结构、生活习性和审美认知上存在差异，鱼类只有与同类在一起才有共同语言，小人鱼追求鱼类感情才是一种本能反应，然而她却将人类爱情视为自己的理想，并按照人类价值观念和审美标准要求自己。小人鱼这种极端的求爱经历可以概括为：人类拥有的东西她必须拥有（如脚），以人类作为自己活动的中心和参照，一切要向人类世界看齐。然而小人鱼作为一个人类的异类，她并未被人类社会真正接纳，客观上她仍是王子的"宠物"。其次，小人鱼对自己作为一个异类而感到自卑。小人鱼渴望摆脱"不伦不类"的尾巴，用优美的声音换来可以行走的腿，为此她付出了血淋淋的代价。这也可以理解为，小人鱼不仅认同人类世界的价值标准，还否定自己生命的价值和意义。小人鱼这种看法与文艺复兴以降欧洲对人的理解基本一致。文艺复兴时代，西方人普遍认识到自身的存在价值，在文艺作品中不断讴歌人和人性，宣称人是"宇宙的精华、万物的灵长"，由此轰轰烈烈地拉开现代人意识觉醒的大幕。启蒙运动时代，思想家们高擎"自由、平等和博爱"的旗帜，提倡尊重人权并让人自由发展，更是将人抬升到极为神圣的地位。由此，西方人在处理人类与自然界的关系时，极少能够摆脱二元对立的思维模式。他们认为人类在宇宙中处于至高无上的主体地位，自然界作为人类活动的对象和客体，与人相比处于受支配的从属地位。正如学者所言，"将人视为唯一有价值的存在和自然界至高无上，可以无法无天的统治者，为满足人自身的贪欲，无限度地向自然界掠夺，完全忽视生态规律和其他生物的生存权利。"小人鱼否定自己自然属性而向人类世界靠拢，也即变相认同人类崇高、人鱼为低等动物这一传统观点，这显然也是人类中心主义思维模式的反映。

然而问题在于，小人鱼与人类同属地球生物圈的成员，一样拥有平等的生存权利和存在价值，二者之间既不存在孰美孰丑的问题，更不存在物种优劣和价值高低的问题，小人鱼为何一定要放弃本质特征而进入人类世界？从整个生态系统来看，人鱼与人类是一种共生共存关系，鱼类为人类生存提供必要的食物来源，鱼类处于生物食物链的低端，但人和鱼的相互依存是地球可持续发展的前提，地球生物圈缺少其中任何一方都是不完整的，一方的消失对另一方而言即意味着不幸和灾难；也可以说，在漫长历史演进过程中，人类与鱼类形成了休戚与共、相互依存的关系。然而小人鱼却用尾鳍换取腿、寻找人类爱情，要从鱼类变为人类中的一员，实现由自然界向人类社会的转化，这不仅违背生物圈物种繁衍的基本规律，打破生态系统与食物链的平衡，也扭曲了人与自然的和谐共存关系。难怪有学者会认为，"《海的女儿》是一部彻头彻尾的人类中心意识下的异类悲剧"。小人鱼为追求不灭灵魂而放弃自己的鱼类性征，在对"人"的迷信与向往中迷失了自己，最后不仅没有得到人类社会的认可，还差点造成无可挽回的损失。作品借助小人鱼的经历向读者发出警示，人类在处理人与自然关系时应破除自我中心主义意识，尊重自然界的普遍规律，才能避免遭受大自然惩罚和自我毁灭的厄运。

三、生命伦理

小人鱼在求爱过程中从海底来到人间、再从人间飞往天堂，其人生角色从"海的女儿"变成"人间精灵"，又从"人间精灵"变为"天空的女儿"。小人鱼在空间位移和角色变化过程中，其生命形态和人生境界也逐渐向更高阶段迈进。从生命伦理层面看，这里的海底、人间和天堂三重世界也有隐喻意义。

海底世界不仅拥有多姿多彩的海洋生物，还有着亲密和谐的人际关系，是小人鱼出生与成长的摇篮，也是最适合小人鱼生存的环境，然而她并不满足于海底生活。当获知人类死后拥有不朽的灵魂时，她心中的希望之火开始被点燃，海底此时在小人鱼眼里便成为拘囿其存在的牢笼。与姐姐们相比，小人鱼表现出迥然不同的叛逆性，俨然是海底世界的一个另类：一，姐姐们看到人间景象后纷纷游回海底，并认为这是天经地义的事情；小人鱼却对人类世界怀有浓厚兴趣，有一种渴望了解和接近人类的冲动。二，姐姐们经常游弋到失事船边，将落海水手引入死亡之神的怀抱；而小人鱼看到王子溺水后内心不忍，竟违背习俗将王子营救上岸。三，小人鱼一直认为大海并非温暖的家园，而是通向黑暗和死亡的最终归宿。小人鱼的思想及其行为表明，她已经不甘于海底世界的狭隘生活，强烈渴望逃离海底以进入人类世界。

然而人间对小人鱼而言却犹如炼狱——她不得不承受生理和心理上的双重痛苦。首先，她必须用"足"代替原有的尾鳍，在陆地上每走一步都疼痛难忍。其次，她失声后再也无法唱出美妙的歌声，这让热爱歌唱的小人鱼痛苦不堪。其三，尽管小人鱼经常守护在王子身边，内心对王子充满无限柔情，却只能发出"呜啊呜啊"的悲鸣，她不得不承受这些难以承受的折磨。难能可贵的是，小人鱼在生死攸关之际忘记了痛苦，宁愿牺牲自己也要成全他人，她以博爱和自我牺牲精神对待一切，非但没有嫉恨自己的情敌——王子的新娘，反而亲吻新娘的额头。此时小人鱼的人生目标已发生了转移。她先前从利己主义角度追求个人幸福，渴望获得人类爱情而拥有不朽灵魂，此时她却将别人幸福摆在首要位置，由原来追求小我幸福转向追求他人幸福。由于小人鱼改变了人生目标，其外形、信仰和人生命运也发生了显著变化。

小人鱼爱他人胜过爱自己、毁灭自己以成全他人的做法，充分体现耶稣基督的受难精神。肉身的基督是神、人之子，他遭受各种磨难仍坚持向世人传播福音，具有神和人的双重特性。小人鱼的身份也像耶稣一样复杂，她曾经有着鱼类的外形和人类的思想，既是鱼又是人，或既不是鱼又不是人，在失去双腿以后她听到天堂召唤，并一步步接近天堂，此时她既是人又是神。小人鱼"鱼—人—神"的角色转化，与基督教文化中的三位一体的定位是对应的。长期以来，西方伦理学对人一直持有三种理解：一种观点认为人是源于自然的感性的人；一种观点认为人是源于自由的理性的人；还有一种观点认为人是超越自然的神性的人。小人鱼追求爱情时是受到情感的驱使，但她以自我牺牲精神忍受着人生的痛苦，实现了从感性的人到理性的人的转化。小人鱼最终获得上帝救赎而进入天堂，她又超越自然属性而成为一种神性的存在。

小人鱼实现"鱼—人—神"生命形态转化的关键在于她心中有爱。小人鱼身上一直交织着爱和善两种伦理力量，二者在不同时刻还会相互转化。小人鱼受到王子善待后产生爱情——由善生爱；关键时刻她牺牲自己以成全别人——由爱生善。她原来追求狭隘的个人爱情，后来却将对爱人的爱转化为对爱人的爱人的爱，由小爱生发出爱众人的博爱和大爱，爱和善构成小人鱼生命中最重要的两极。她之所以能够从人间飞往天堂，其根本动因就在于善和爱这双翅膀，是爱心和善举引领她逐渐飞向更高的境界。从这个角度看，《海的女儿》与但丁幻游三界的故事有异曲同工之妙。在经典名著《神曲》中，但丁在维吉尔带领下游历地狱、炼狱，然后又在情人贝特丽采引领下走向天堂，作品预示人类在知识和爱的引导下从黑暗走向光明，人类要经过迷惘和错误才能到达至善至美的境界。在安徒生《海的女儿》中，小人鱼在爱的引领下不断追求，从海底到人间再到天堂，尽管她先后遭受不同挫折和痛苦，但最终实现了生命意义和人生境界的升华。

安徒生《海的女儿》从反面告诉读者，年轻人在恋爱时要听从长辈规劝，不能全凭感觉追求虚幻的爱情；以失去自我和人格为代价追逐爱情，势必会失去爱情。人类活动不应违背生物圈的生态规律，否则，人类不仅无法实现与自然和谐共存的理想，还有可能酿成各种社会悲剧。人类应该摒弃狭隘的利己主义计较，怀着利他的博爱精神积极追求，才能实现人生价值和生命境界的升华。小人鱼的求爱经历令人思考什么是爱、什么是善，怎样才能走向大爱和至善，如何才能使人生更有意义等问题。可见，《海的女儿》有着极为丰富的伦理内涵，它不仅是安徒生写给孩子的童话作品，也是作家赠给成年人的弥足珍贵的人生教科书。

思考题

1. 小人鱼为了追求爱情，吃尽了千辛万苦。请评价一下她的爱情观。
2. 小人鱼从海里来到人间，从人间飞往天堂。这三个人生阶段，她的人生境界不断提升。你认为，她提升人生境界的动因是什么？

推荐书目

安徒生. 海的女儿[M]. 叶君健译. 北京：北京燕山出版社，2007.

参考书目

[1] 王海明. 伦理学导论 [M]. 上海：复旦大学出版社，2009:70.
[2] 陈君慧. 话说伦理学 [M]. 北京：北京燕山出版社，2009:85.
[3] 潘一禾. 安徒生与克尔凯郭尔——安徒生童话的成人解读 [J]. 浙江学刊，2001(6):100.
[4] 安徒生. 海的女儿 [M]. 叶君健译. 北京：北京燕山出版社，2007:1.
[5] 黄秀国. 失声的女性 [J]. 高等教育与学术研究，2007(5):196.
[6] 陈岸涛，王京跃. 思想道德修养与法律基础 [M]. 北京：人民出版社，2005:117.
[7] 胡红. 人类中心意识下的异类悲剧 [J]. 昭通师范高等专科学校学报，2004(4):19.
[8] 吴东.《海的女儿》中小人鱼形象的人类中心意识解读 [J]. 湖南人文科技学院学报，2007(5):26.
[9] 强以华. 西方伦理十二讲 [M]. 重庆：重庆出版社，2008:1.

《海上扁舟》与伦理

克莱恩（Stephen Crane，1871—1900）是美国著名作家，被誉为"美国文学史上第一位真正意义上的自然主义作家"。作为一名记者，克莱恩非常看重文学的真实性，其作品大都基于社会现实，但同时，他又能自觉突破现实因素的局限，使其作品产生丰富的形而上内涵。《海上扁舟》就是其中著名的短篇力作。1897年1月，克莱恩在去古巴采访途中遭遇一次海难，他奋力泅渡50多个小时，最终成功获救。作家根据这次经历创作了小说《海上扁舟》。作品叙述船长、加油工人、厨子和记者4人，相互之间不太熟悉，但在沉船之后，他们相互鼓励，相互支持，一起与大海展开殊死搏斗，最终走向了希望的彼岸——陆地。这篇小说故事简单，人物不多，几乎没什么情节，但作品却有着深刻的伦理内涵。

一、人与自然

《海上扁舟》开篇描绘这样一幅画面：一只小船在大海上随波逐流，不知从何而来、向何处去。大海一望无际、恣睢暴虐，小船却显得微不足道，仅能容纳4人。"好多人用的洗澡盆都应该比漂流在海上的这条扁舟还大一些。""由母鸡屁股底下偷鸡蛋，也比在那小船上换座位容易些。"这让人难免心生疑虑，如此扁舟能否拯救4位落海者？果然，4人在海上经历千难万险，他们拼命地划桨、舀水。大海不断向他们施展淫威："那小船随着每一阵耸起的大浪颠起，被浪头狠狠地打得哗哗响，就这么向前行进，那进度，在没有海藻的时候，对于船上的那些人是不易察觉的。"克莱恩通过一叶扁舟与大海的较量与对比，强调大海是无比强大的，而扁舟及扁舟上的人是弱小的。

考验还在继续。小船在惊涛骇浪中漂移。坐在船上，"简直就像是坐在一匹奔腾的野马上，而且，一匹野马也不比那船小多少。那船腾跃、颠起、簸下，就和野兽一样。"这种情形下，任何一个巨浪都代表着死神的邀请。巨浪此起彼伏、连绵不绝，危险无时不在、无处不在，这叶扁舟随时会被大海吞噬："就是在你顺利地征服一个大浪之后，你发现那后边又来了一个，一样的气势汹汹，一样的焦灼急切，非得想办法把船淹没不可。"在暴虐的大海面前，逃生者几乎束手无策。作为地球上最高统治者，他们甚至无法掌握自己的命运，只能听天由命、随波逐流。冯友兰先生认为："人生境界有四个层次，这四个层次由低到高依次为自然境界、功利境界、道德境界和天地境界。所谓自然境界即顺着本能和习惯做事；功利境界即从利己出发为自己做事而不损害别人；道德境界即具有道德意义的为社会的利益做事，而天地境界则是为包括人与社会在内的整个宇宙的利益做事。"从此意义看，4位落海者的"自我实现"还停留在自然境界这一低级阶段。小说结尾，1人溺海身亡，3人获得了拯救。尽管如此，获救者与大海的搏斗，并不是人类征服和改造自然的缩影。事实上，他们与大海搏斗只是出于求生本能，这种搏斗不会在大海上留下痕迹，无法改变大海的属性，更不能验证人的本质力量，逃生仅仅是出于侥幸。

通过扁舟与大海对比及落海者与大海搏斗，克莱恩对人与自然界的关系提出了反思，批判了西方社会的传统价值观——人类中心主义。在人类历史上，人与自然界的关系比较复杂。一方面人是自然存在物，要从自然界获取生活资料以维系生存，另一方面人又是社会存在物，可以能动地利用和改造大自然。这就决定了人与自然的关系，是既依赖又利用的关系。但西方社会自文艺复兴以来，随着人的主体意识的觉醒，往往从主客二元对立的思维来认识大自然，逐渐形成了人类中心主义观念。"从伦理学的角度分析，人类中心主义认为，只有人类才具有内在价值、才有资格获得伦理关怀。人作为理性的存在物，其道德地位优于其他物种，其他存在物仅仅具有工具价值，而无内在价值、自我价值。"小说《海上扁舟》中，克莱恩让我们看到，人只是偌大世界中普通一员，并非无所不知、无所不能，人在自然界面前是渺小而可怜的。人不仅不能主宰大自然，甚至有时难以主导自己命运。

二、人与人

作品中，4位落海者的关系有一个变化过程。一开始，即海难发生不久，记者与其他3人并不认识，船上的人际关系是疏远的。此时，船上4人并未从原来角色中走出来，在现实生活中他们是船长、加油工人、厨子和记者，分别处在不同的社会阶层，有着不同身份和人生经历。然而此时，他们毕竟身处大海而非现实世界，严峻形势要求他们必须抛弃过去，面向未来：一，他们有着"同是天涯沦落人"的命运，都在大海上漂泊，处于相同的危险境地。二，他们都有"走向陆地"这一共同目标。他们意识到个人的力量是微不足道的，团结起来才有获救的希望，4位落海者开始齐心协力、互帮互助。他们始终不停地舀水、划桨，配合默契。

如此一来，船上4人就形成一个高度组织化的小社会。船长人生阅历丰富，是他们中间领头人物，其他3人各司其职，或舀水或划船，无不竭尽全力。小说这样描述他们轮番划桨："加油工人与记者划着船。他们仍然划着。他们一起坐在一个座位上，一人划一把桨。后来加油工人划着双桨；后来记者划着双桨；后来是加油工人；后来是记者。他们划着，划着。"这样，原来互不相识的船上4人，现在成了同舟共济的同盟军。为了对抗残暴的大海，他们心往一处想，劲往一处使，最终形成一股强大的合力。这也是在与自然打交道的过程中，社会上人与人之间关系的反映。有学者指出："整个人类社会发展的历史，既是一部人与自然关系的发展史，也是一部人与人关系的发展史，更是一部人与自然、人与人两大关系交织缠绕、互动互进的发展史。"克莱恩通过落海者与大海搏斗这一场面，揭示了社会发展基本规律。

劳动过程中，扁舟上 4 人至少形成了三种关系。一、友爱关系。他们在船上各司其职，协同作战，谁也不计较付出多少，因为此时他们心里清楚，只有依靠集体力量，才能赢得这场战斗的胜利。作者坦言，他无法用文字描述他们结下的兄弟情谊。4 人也没有互相表达友情，但每人都能体会到它的存在，这种友善成了他们奋斗力量的源泉。船长、厨师、加油工人和记者本来不认识，此时却成为生死与共的朋友。二、平等关系。船长指挥大家统一行动，是这个小团体的领袖，但他与大家的地位是平等的，也要舀水、划船，并没有凌驾于别人之上。其他 3 人之间也没有"等级差别"。三、合作关系。落海者为实现共同目标互相合作，形成一个"扁舟共同体"，共同应付大海的挑战。对于这种友善平等、团结互助的精神以及他们在困境中建立的手足之情，作者不遗余力地进行赞美。船上 4 人为了一个共同目标，互相依赖、相互帮助，这实际上是作者理想中的人际关系写照。

克莱恩描述这种极端处境下的人际关系，目的是要映射现实社会扭曲的人际关系。在现实世界中，人与人之间是陌生的，人与人的关系是冷漠、疏远的。现代都市中，人与人的关系更是可怕至极，"互不认识、互不攀谈的人突然聚集在城市这么一个狭小空间时。人们每天遭遇这么多人，彼此只照面而不攀谈，彼此不了解对方，而又必须安然无恙地相处在一起。"城市社会人与人之间很少交流，人与其所处的社会脱节了，他生活在社会之中，却不属于自己所在的社会。这种人与社会脱节、沦为局外人的现象，反映了当代社会人类生存的荒诞性，"在一个突然被剥夺了幻觉和光明的宇宙中，人就感到自己是个局外人……这种人和生活的分离、演员和布景的分离，正是荒诞感。"克莱恩对社会的洞察是深刻的，他通过一次普通的海难及 4 位落海者的关系，表达他对现代人荒诞处境的不满以及他对理想的和谐人际关系的吁求。

三、人与命运

小说中，记者在溺海以后经常想起一首小诗："一个义勇军奄奄一息躺在阿尔及尔，没有女人的爱抚，没有女人的泪珠；只有一个伙伴站在他身旁。他拉起伙伴的手，说：'我再也看不到我自己的故乡、我土生土长的地方。'"记者之所以会想起这首诗，是因为当时他所处的情境与义勇军十分相似，都是千钧一发、命悬一线，他和义勇军一样远离祖国和亲人，离死神很近，差别在于义勇军是躺在北非沙漠，记者是身处茫茫大海。对他而言，像沙漠埋葬了义勇军一样，大海也会成为他的最后归宿。这首诗在作品中多次出现，显然是作者有意为之。他通过这首诗将沙漠、大海、生与死连在一起，发人深省。

深入分析，可以发现作品很多细节都有象征意义。首先，一群旅行者在海上航行，因为风暴而遭遇一场海难，这表明人在旅程中总会遇到风雨，总有一些无法预料的因素，会对人的生存产生不利影响。人无法把握外在的偶然性因素，却能把握自己应对困境的态度。其次，记者在独自划船时看到了鲨鱼，当时他身心俱疲，内心充满焦虑与恐惧。这表明人在独自面对困难时是脆弱的，会被貌似强大的困难所吓倒。实际上，困难可能没有他想象的那样强大——鲨鱼对船上 4 人不感兴趣，拖着尾巴离开了。再者，小说以较大篇幅描写海上黑暗。四位逃生者在黑夜中看不到任何光亮，几乎陷入灰心绝望的泥潭，这表明人生充满迷雾与黑暗，让人难以看清前进的方向，但理想的彼岸可能就在前面不远的地方。由此可见，这部作品虽然自然主义色彩浓郁，却有着丰富复杂的象征性内涵。理解作品，最好从多个层面来思考其含义，而不能局限于望文生义、就事论事。实际上，4位逃生者的海上之旅，就是寻求光明、探求人生出路的生命之旅。

《海上扁舟》昭示这样几个人生道理：一，要在绝望中看到希望。船长、记者、厨子和加油工人在海难中幸存，生死就在一念之间，但船上4人没有放弃求生希望，一次次在希望与失望中徘徊，先是船长看到蚊子湾灯塔，大家第一次有了希望，但等他们靠近以后，发现这不过是海市蜃楼而已，所有的希望一下子灰飞烟灭。后来，他们看到海滩上人影幢幢，以为这伙人是来拯救他们的，但海滩上的人并没有叫救护员，而是驱车扬长而去，船上4人再次陷入失望。就这样，在一次次失望之后，一次次产生新的希望，他们终于到达了彼岸。二，人要有一种信念。从落难与救赎的角度看，海上扁舟与《圣经》中的诺亚方舟存在一定相似性。"诺亚方舟"故事叙述上帝因为人类堕落而毁灭人类。上帝让大洪水淹没了世界，只有诺亚一家幸得逃脱。诺亚一家之所以能够获得拯救，是因为他们一直对上帝虔诚。或者说，是因为他们有着坚定的信仰，对神的存在从不怀疑，所以他们才能获得上帝的眷顾。相似地，《海上扁舟》中落难者之所以能够获救，也是因为他们有着坚定的信念，坚信自己能够回到岸上。这一信念激发了他们的潜能，也最终改变了他们的处境。正因如此，英国小说家约瑟夫·康拉德才这样评价："4个人在一条小船上的故事，所表现的深刻而单纯的人性，似乎就阐明了生命的要义。"

综上所述，小说《海上扁舟》揭示了人与自然、人与人的关系，蕴涵着深刻的伦理内涵与人生哲理。作家以生活中常见的一次海难，表明人类不能以自我中心主义来衡量海洋；人与人要相互关爱、相互帮助；人生旅途难免遇到挫折和困难，无论处境多么艰难，人也不应该放弃希望。经过不断努力和抗争，总有获得拯救、迎来新生的一天，总能从黑暗走向光明，从此岸走向彼岸。

思考题

1. 人生难免会遇到这样那样的困难。结合《海上扁舟》，谈谈我们应该怎样面对困难？

2. 小说叙述4个不同身份的人在海上同舟共济、互相帮助的故事。你从中明白了什么道理？

推荐书目

维拉·凯瑟. 没有点亮的灯[M]. 聂华苓译. 北京：北京出版社，1981.

参考书目

[1] 维拉·凯瑟. 没有点亮的灯 [M]. 聂华苓译. 北京：北京出版社，1981.
[2] 邬焜. 自然辩证法新教程 [M]. 西安：西安交通大学出版社，2009:115.
[3] 曾繁亮. 科学发展的理论基石及其范式转换 [M]. 成都：四川人民出版社，2008:81.
[4] 柳鸣九. 萨特研究 [M]. 北京：中国社会科学出版社，1987:385.

第五讲　海洋文学与科技

《新大西岛》与科技

培根（Francis Bacon，1561—1626），英国著名散文家、哲学家和现代实验科学创始人，在文学、哲学和自然科学等方面成就卓著。培根生于英国一贵族家庭，其父是伊丽莎白女王的掌玺大臣，其母是一位多才多艺的贵族妇女。培根自幼受到良好的文化教育，12岁进入剑桥大学三一学院，导师是当时有名的三一学院院长。在校期间，培根并未迷失在导师的光环里，而是对亚里士多德奠定的西方知识体系提出了质疑。由于对大学教育深感失望，他在1576年辍学回家。

1584年，培根当选为英国下议院议员，从此走上仕途。不久，培根与伊丽莎白女王的宠臣埃塞克斯伯爵相交，并成为后者顾问与朋友。埃塞克斯因谋反而被捕，培根在法庭上指证他的罪行，招来许多非议。詹姆士一世即位以后，培根迎来政治生涯的巅峰。1613年任总检察长，数年以后又任国玺大臣和大法官。难能可贵的是，培根在担任社会公职的同时，还积极从事学术研究工作。此间，他写出《关于自然的解释》《论人类的知识》和《论学术的进步》等作品。

1621年，培根由于受贿受到起诉，从此结束政治生涯，但他并未因此一蹶不振，而是全身心投入研究工作，先后撰写《论厄运》《亨利七世》《亨利八世》等作品，还完成《大不列颠史》提纲。"1623年，培根把《论学术的进步》译成拉丁文，并进行了增改，把篇幅扩充为九卷本，书名定为《论学术的进步与价值》"。

在英国海外殖民史上，培根一些观点产生了重要影响。他提出一个著名观点——"海上帝国"论，认为英国要想抵御外敌侵略，必须建立英吉利民族自己的"海上帝国"。一个国家的海上力量代表了这个国家的实力，英国只有取得海上霸权，才能像西班牙和葡萄牙一样，建立起庞大的殖民贸易帝国，并分享东、西印度的巨量财富。他毫不掩饰自己的殖民主义观点："一个国家若能成为海上的主人，就等于成了一个帝国。"他看到了在海上称霸的重要价值，认为"握有海上霸权的一方是很自由的，在战争上是可多可少，一随己意的"。16世纪后期，随着英国经济发展和综合国力增强，越来越多的知识分子意识到，只有打破西班牙、葡萄牙的海上垄断地位，英国才能在大西洋上扩展生存空间。学界通常把这种想法视为英国人民族意识的觉醒，英国由此开始走上民族国家之路。培根是这些知识分子中的佼佼者，他以敏锐的目光觉察到向外扩张的必要性。有学者这样评价，"如果说16世纪初期托马斯·莫尔为解决英国社会问题而提出把'过剩人口'移向海外的主张，理查德·哈克卢伊特在英国战胜西班牙'无敌舰队'之前已经阐述了移民北美的种种理由的话，那么，弗兰西斯·培根则把前人富国强民的殖民思想发展成为一种带有强烈扩张主义倾向的殖民主张，他的理想就是要建立一个英吉利民族的'海上帝国'。"

培根是为科学实验献出生命的。1626年春，他在乘车外出途中看到积雪，突然冒出一个冷冻食物的想法。他立刻下车买来一只鸡，掏空其内脏，并将一些雪塞进鸡肚。实验结束后，培根突然感到浑身发冷，几乎难以行走。他被抬到朋友艾伦德家休息，并未把病痛放在心上，仍沉浸在实验的兴奋中，还在给朋友的信中大谈实验。数天以后，培根病情恶化，溘然长逝。两年后，其秘书罗莱先生整理出版《新大西岛》。罗素在《西方哲学史》中这样评价培根，"培根对科学感兴趣，见解也是科学的，但他却忽略了当时的科学发现。他否定哥白尼和开普勒的学说；不了解解剖学先驱维萨留斯的工作；对他的私人医生哈维的血液循环说也茫然无知。"尽管如此，培根在近代科学史上仍然是个举足轻重的人物。他不仅是近代归纳法的创始人，还强调知识的重要性，提出了"知识是快乐的源泉""知识就是力量"等口号。这些口号反映了文艺复兴时代人们渴望知识、渴望了解世界的愿望。

　　新大西岛（the New Atlantis），取名于希腊传说中的亚特兰蒂斯。希腊人认为，亚特兰蒂斯是一个扼守大西洋交通要道的城市，曾多次利用技术征服其他岛屿，成为大西洋上实力最强、幅员最广的国家。柏拉图在《克里底亚》中描述过亚特兰蒂斯的情况。遗憾的是，亚特兰蒂斯在被雅典击败之后，由于地震和洪水很快沉入海底。根据柏拉图的叙述，诸神在划分大地的时候，波塞冬通过抽签获得亚特兰蒂斯的管辖权。亚特兰蒂斯人有着和大海一样桀骜不驯的性格。亚特兰蒂斯中部有一座世界上最高的山峰，山上住着埃维诺和留西佩夫妇。他们的女儿克里托（Clito）后来嫁给了波塞冬。亚特兰蒂斯的科技水平非常发达，科技成了推动社会发展的决定力量。柏拉图在作品中这样描述：

　　"亚特兰蒂斯人在海上架设桥梁，修筑了一条出入王宫的大道。它的每位国王一继任便大兴土木，给原本就金碧辉煌的宫殿增光添彩，并且总是竭尽所能超过以前的国王，最后王宫在规模和庄严气派上令人叫绝。

他们从海边开挖一条运河直抵围绕王宫的内圈海沟，长 50 斯塔迪亚（Stadia）（希腊长度单位，1 斯塔迪亚 ≈ 185 米），宽 300 英尺（1 英尺 = 0.3048 米），深 100 英尺。这条运河非常宽敞，能接纳最大的航船。此外，他们在桥梁之间与陆地的围圈上开掘水道，那水道之宽足以通行三列桨战船，同时由于陆地圈的两岸大大高于海平面，所以他们将水道覆盖而形成地下航路。每个陆地圈之间隔着一定距离，由外至里直达岛的中央。岛的中心乃王宫所在地。这些水陆圈和桥梁将中心小岛团团围住，桥梁宽 100 英尺，完全由石头墙筑城，桥的两端修筑了瞭望塔和闸门"。

有学者认为，"亚特兰蒂斯全身心都打上了海洋的烙印，其海陆建设使它像铁桶一般坚不可摧，海沟、护城河、桥梁、铁闸、地下船坞、海港、三列桨战船这些技术性事物赋予了亚特兰蒂斯要往何处去的自由。"如果将培根与柏拉图的描述进行对比，可以发现他笔下的"新大西岛"与亚特兰蒂斯有着一定相似之处，都是一个科技发达、繁荣富裕的所在。也许正因如此，才有学者断言，"培根的《新大西岛》（又名《新大洋国》）就是以柏拉图的描绘为基础"。

培根的《新大西岛》是一部没有完成的作品，在作家去世后第二年出版。小说描述在南海中央有一个爱好科技的本色列岛。这个岛国由一个科学家任国王，他的执政理念是通过科技和教育让所有人过上幸福生活。本色列国是一个理想中的乌托邦国度。许多学者在论述《新大西岛》时，常将它与托马斯·莫尔的《乌托邦》和康帕内拉的《太阳城》相提并论。实际上，《新大西岛》是培根晚年作品，虽属未竟之作，却是他长期思考的结果，甚至可以说，它是培根一生政治、思想的总结。作品中，培根表达了"科学改变一切、科学主宰一切"的思想。正如学者所言，"《新大西岛》不仅在 16 世纪和 17 世纪欧洲的乌托邦作品中独树一帜，而且在培根哲学著作中也有重要意义。通过它，可以更清楚地把握培根一系列关于科学哲学的思想及社会伦理观点。"

新大西岛上的核心机构是"所罗门宫"。"所罗门宫"被称作"国家的眼睛"和"国家的指路明灯"。它既是一个教团或公会，又是整个国家的行政中枢。不过，与其他地区不同的是，这里的各级官员都由科学精英担任。建造"所罗门宫"一个重要目的，是要"探讨事物的本质和秘密，扩大人类的认知领域，从而验证实现各种理想的可能性"。"所罗门宫实际是一个设施完善，科研部门齐全的科学研究机构，在这里的科研人员，终日忙忙碌碌地进行着各种各样的科学实验和研究"。科学家享有很高的地位和很大权力，甚至有权决定全体人民的幸福。一些"大科学家"被称作元老，像国家元首一样受人膜拜。其他科学家也受到人民尊重与爱戴。他们乘坐镶有金子和蓝宝石的马车，车后跟着 50 多个为其服务的男仆。新大西岛上鼓励人民发明创造。在所罗门宫的两侧长廊里，陈列着各种发明成果，竖立着发明家的雕像。发明家不仅会获得荣誉称号，还会获得可观的物质奖励。

所罗门宫的实验室分为上、中、下三个区域。各种深度不一的洞穴被称为下层区域，最深的洞穴达 3600 英尺。科技工作者在这些洞穴进行科学实验，如冷冻和保存食物、仿造天然矿物、生产人造金属、研究治疗秘方等。山上的高塔被称为上层区域。科技工作者利用地理高度从事其他研究，如暴晒和保存各种物体、观察气象等。上层与下层之间的地面为中层区域。科学家利用湖泊、河流、海洋等资源，养殖各种鱼类、从事盐水淡化或淡水盐化实验、借助海上雾气做实验等。他们从河水和瀑布中开发动力，借助各种机器增加风力，然后再用风力驱动更多机器。科学家开展试验的一个重要目标，是要再造符合人类生活所需的自然环境。

这里还有果园、花园、植物园和动物园。科研人员通过实验嫁接植物、改良品种，用葡萄等植物的果浆酿酒。他们还能让瓜果早熟或晚熟，让瓜果长得又大又快，或者停止生长；动物园里饲养各种动物，科学家可以提高或降低动物的繁殖力；各种鸟兽在杂交之后，会在皮毛颜色、形状和习性上发生变异。这些鸟兽不仅具有观赏价值，还有巨大的医药价值。科学家对它们解剖与试验，在获得相应的知识与经验后，再把这些经验应用到人身上。科学家不断进行科学实验，研制新药，探求治疗各种疾病的方法。

所罗门宫里还有光学馆、音乐馆和机器馆等。科技工作者在光学馆里进行颜色和光学实验，分析各种光线与光的辐射，制造各种光学仪器。通过光学仪器把小的物体放大，把大的物体缩小。让近的物体变得更遥远，让远的物体变得更近。通过增加光的强度让光照得更远。通过实验使光线呈不同颜色，使物体呈现不同形状、大小、远近和颜色等，利用光学知识给人的视觉制造各种假象。科学家在这里制造人工彩虹、日月晕和光圈等，从事反射、折射、复光等现象的研究工作。在音乐馆，科技人员可以进行声音实验，让高音变低音或低音变高音，让低沉舒缓的变得高亢激昂。他们还制造了各种助听器，提高了人们的听觉效果，甚至聋子都能听到优美的乐曲。在机器馆，科学家制造各种机器、工具和武器。他们能够制造机器人、机器兽、机器鸟、机器鱼、机器蛇等，还能制造不同颜色的焰火。各种武器、军械和火药也在这里制造，所有产品都匀称美观、精致好用。

所罗门宫里分工明确、运行有序。不同学者从事不同的工作，比如，有一类人专门收集资料。但他们的分工并不一样，有人去国外收集图书、论文、仪器和模型等。还有人专门搜集外国书上记载的实验。有人负责收集实验的操作方法，也有人专门收集机械的制作方法等。有一类人从事实验、实践工作，把书本知识和社会实践结合起来。还有一类人进行整理概括工作，在前面两类人工作基础上，把实验结果制成各类图表，对各种科学现象进行研判，从中发现普遍的经验、定理和科学规律。所罗门宫还有许多学徒、实习生和男女佣人等。培根把这些视为科学研究的后备军，认为学徒和实习生经过训练和教育，就能够走上研究岗位、取代前辈学者。不难发现，培根在《新大西岛》中对人员的安排，正好体现了他在《新工具》中阐述的归纳方法三个步骤。或者说，对所罗门宫的描绘体现了培根归纳方法的基本思想。

《新大西岛》体现了科学创造财富、科技改变世界、科技促进社会进步等思想。培根的科技思想立足于英国社会现实，是文艺复兴时期各方面因素的综合产物，与"早期资本主义经济的需要"相联系。学者指出培根对知识的推崇，"为理论建构和公共幸福而需有合作与知识的思想，是来自于16世纪手工业师傅、机械工程师以及一些学者和人文主义者的明智态度。'奴隶的缺乏。机械技术的存在，资本主义的企业精神和经济合理性看来是先决条件，没有它们则科学进步的思想不可能产生'。"也就是说，培根看到了文艺复兴时期西方社会历史趋势，顺应了时代发展要求，在作品中提出了自己的思想主张。据说，培根在仕途上升期曾主张建立皇家研究机构，但这个愿望没有实现。培根晚年就把自己对科学机构的设想，写进了著作《新大西岛》。培根认为，社会的发展离不开科学进步，科技是推动社会进步的重要动力，然而官宦很难意识到科技和人才的价值，他们中间一些人把持财政经费，成了科技进步和社会发展的障碍。"在培根看来，要使科学享有崇高的社会声誉，使科学研究能够得到来自物质和精神两方面的鼓励和支持，必须与权力联姻。培根认为，一个直截了当的办法就是：使研究科学的人直接拥有权力，使科学工作者不仅在科学的王国里称王，而且在世俗的王国里也要称王，甚至有凌驾于国王之上的权力。"

思考题

你对培根提出的"海上帝国论"如何评价？

推荐书目

培根. 新大西岛[M]. 何新译. 北京：商务印书馆，1979.

参考书目

[1] 高阳. 百位世界杰出的思想家(上)[M]. 北京：中国环境科学出版社，2006:183.
[2] 培根. 培根论说文集 [M]. 水天同译. 北京：商务印书馆，1996:114.
[3] 姜守明. 从民族国家走向帝国之路：近代早期英国海外殖民扩张研究[M]. 南京：南京师范大学出版社，2000:46-47.
[4] 罗素. 西方哲学史[M]. 张作成编译. 北京：北京出版社，2012:127.
[5] 林国基. 帝国春秋[M]. 上海：上海人民出版社，2009:139-143.
[6] 刘明君. 培根 [M]. 天津：新蕾出版社，2000:127.
[7] [美]卡洛琳·麦茜特. 自然之死——妇女、生态和科学革命 [M]. 吴国胜等译. 长春：吉林人民出版社，1999:197.

《海底两万里》与科技

儒勒·凡尔纳（Jules G. Verne，1828—1905）是法国科幻小说家、博物学家。1828年2月8日，出生于法国西部港口城市南特。父亲是一位诉讼代理人。18岁时，凡尔纳前往巴黎学习法律，但他对文学更感兴趣。一个偶然机会，他结识了法国著名作家大仲马。稍后与之合作，完成一个剧本《折断的麦秆》。父亲对他放弃法律十分失望，不再为他提供任何经济资助。凡尔纳似乎并不在意，他在图书馆如饥似渴地阅读，渴望探求未知的世界。他自学天文、地理、数学、物理等各科知识，与地理学家、天文学家、旅行家、探险家等交往。这为他成为一名科幻作家奠定了基础。

凡尔纳对海上生活十分向往。小说《海底两万里》中，他借尼摩船长之口宣布，"我爱大海。海就是一切！它占地球面积的十分之七。它的气息纯洁、健康……大海就是无限的生命……地球始于海洋。"11岁那年，凡尔纳志愿到一艘船上见习，准备航行去东方的印度。遗憾的是，这次冒险行动后来被家人发现，他被强行拉了回去。家人为避免此类事情再次发生，把凡尔纳狠狠揍了一顿。凡尔纳忍着剧痛向家人保证："以后保证只躺在床上在幻想中旅行。"正如他所保证的，凡尔纳一生都沉浸在幻想中，凭借非凡的想象力，写出一部又一部优秀作品。1865年，凡尔纳在经济上宽裕之后，就购买一艘渔船，并以儿子米歇尔的名字命名。他乘船到布列塔尼和诺曼底海岸考察。1868年，凡尔纳将渔船重新装修，再次乘船到海上考察。他把航行和写作紧密结合起来："刚完成了《海底两万里》第一卷……景色美极了，给想象填补不少燃料。"凡尔纳许多小说都与航行联系在一起。比如,《绿光》以作家在苏格兰艾奥纳岛和斯塔法岛的经历为基础,涉及他 1861 年的挪威之行。《桑道夫伯爵》写的是他自从丹吉尔到马耳他的游艇航行。凡尔纳妻子对其航行非常支持,她把作家的成功归结为他的好奇心:"要是儒勒老是不去了解,怎能写出这么多海上奇迹?"

在凡尔纳创作中,有一部分作品是以海洋为背景的。《十五岁的船长》叙述捕鲸船"流浪者"号从新西兰返归旧金山,中途救起落海的 5 名黑人。船长为追捕一头座头鲸,与船员乘小艇下海,结果全部不幸遇难。这样,15 岁的迪克·桑德成为船长。船上厨师试图将船开往非洲,并卖掉船上几个黑人。迪克与众人一起挫败厨师的阴谋,最终成功回到美国。《烽火岛》(1881)描述法国军官亨利·达巴莱与希腊姑娘哈琼娜的爱情,通过达巴莱与爱琴海海盗斗争的故事,塑造希腊民族英雄形象,歌颂希腊人民反抗土耳其的民族斗争,表达作家反对侵略行径、维护世界正义的立场。《机器岛》(1895)中,美国人造出一座可以漂流的岛屿,小岛宽与长分别为 5 千米和 7 千米。这个装有驱动装置的钢铁岛,可以在海上不断飘移。岛上居民都是来自美国的千万富翁。这些富翁由于彼此间的矛盾形成两大集团,他们各自控制一台驱动器,朝着不同的方向驾驶,导致整座机器岛被撕成碎片,最终沉入海底。

凡尔纳最出名的海洋小说,当属"海洋三部曲"《格兰特船长的儿女》《海底两万里》和《神秘岛》。《格兰特船长的儿女》中,苏格兰贵族哥利纳帆爵士在捕获一条鲨鱼后,发现鱼肚有一个漂流瓶。瓶中装有格兰特船长两年前发出的求救信,他向英格兰海军寻求帮助,遭到拒绝。哥利纳帆与格兰特船长的儿女玛丽和罗伯特驾驶"邓肯号",沿着南纬 37°线四处寻找。他们在南美洲遇到狼群、洪水和风暴,后来被逃犯带至澳大利亚，差一点被新西兰毛利人杀害，最后在荒无人烟的达抱岛找到了格兰特船长。《神秘岛》叙述在美国南北内战时期，被困南方的几个俘虏（分别为工程师、记者、水手、厨师等）夺得一个气球，乘气球逃至太平洋一岛屿。他们在极端环境下没有绝望，相互激励、相互帮助，一直渴望返回祖国。他们经历了一系列惊心动魄的冒险，如与海盗作战、遇到"野人"、火山爆发等，关键时刻总有神秘人出手帮助。此人正是《海底两万里》中的尼摩船长。在火山爆发时，格兰特船长的儿子罗伯特驾船归来，与众人一起离开了神秘岛。

《海底两万里》是凡尔纳"海洋三部曲"的第二部。这部作品分为上、下两部，共有四十七章，大约30余万字。小说主要叙述法国生物学家阿龙纳斯在潜艇"鹦鹉螺"号上的经历。1866年，社会上传言海里有个巨大怪物，外形像硕大的独角鲸。阿龙纳斯由于出版过《海底的秘密》，被邀请去追捕怪物。他在追捕怪物过程中不幸落水。阿龙纳斯与助手康塞尔和美国人尼德·兰三位幸存者爬近怪物，发现这是个神奇的潜水艇——"鹦鹉螺"号。三人随着"鹦鹉螺"号穿行太平洋、印度洋、红海、地中海和大西洋等海域，进行一系列惊心动魄的海底历险。他们漫步在海底平原，穿过海底森林，领略太平洋下4000英尺深的景色，在印度洋海域搭救遇险的采珠人……当"鹦鹉螺"号抵达挪威附近时，阿龙纳斯3人结束这次难忘的海底之旅，再一次踏上久违的陆地。作品中对神奇的海底世界的描绘，曾令无数读者激动不已。

凡尔纳的作品大多融入丰富的科学知识，小说《海底两万里》也不例外。"鹦鹉螺"号上图书馆藏书多达1.2万册，这些书是尼摩船长与陆地的"唯一联系"。书籍涵盖历史学、文学和科学等方面。文学书籍有从荷马到雨果的诗歌，也有从拉伯雷到乔治·桑的小说。比较而言，"机械、弹道、水文地理、气象、地理、地质等学科的书籍与博物史方面的著作均占据同等重要的位置……这都是船长重点研究的学问。我发现书架上有韩波尔全集、阿拉哥全集，以及傅戈尔、亨利·圣·克利·德维尔夏斯尔、密尔·爱德华、卡特法日、邓达尔、法拉第、白尔特洛、薛希修道院长、别台曼、莫利少校、阿加昔斯等人的著作。"图书馆成为尼摩船长重要的知识宝库，书籍为他科技创新提供了有力支撑。"鹦鹉螺"号上博物馆聚集了各种艺术品，甚至还有一些非常珍贵的作品：达·芬奇、戈列治、狄提恩、维罗耐斯、缪利罗、贺尔拜因、鲁本斯、韦拉斯格兹、此外，还有"韦伯、罗西尼、莫扎特、贝多芬、海顿、梅斯比尔、海罗尔、瓦格纳、奥比、古诺以及许多其他人的乐谱"。"鹦鹉螺"号上的食物均来自海洋。他们食用海龟里脊、海豚肝、罐头海参。奶油则是鲸鱼乳房里挤出的奶水。糖是从北极海藻中提炼的。"床是用海里最柔软的大叶藻做的……笔是鲸鱼的触须做的，墨水是墨鱼或枪乌贼的分泌物。"

船舱墙壁上悬挂着各种仪表：温度计、晴雨表、湿度计、风暴镜、罗盘仪、六分仪、经线仪、流体压力计等。尼摩船长看着眼前这些仪器，就能对航海环境了然于心。最神奇的是潜水艇"鹦鹉螺"号的驱动力"原动力"——"这原动力强大、驯服、快捷、方便。它具有各种各样的用途，是我船上的主宰。一切都靠它了。它给我光、给我热，它是我所有机械的灵魂。这种原动力，就是电。"电的用途非常广泛，"厨房里，烹调全部用电。这比起煤气更有效、更方便。电线接在炉子下面，将热传递到白金片上，热量四处传播，均匀分布。"今天的电磁炉工作原理正是如此。"鹦鹉螺"号的电能主要来自海水发电。海水中的钠和汞取代本生[①]电池里的锌，

---

① 注：本生（1811—1899），德国物理学家、化学家。本生灯（煤气灯）发明者。

其中汞是消耗不尽的，消耗掉的只有钠。而大海中的钠是无穷无尽的，这样电池就一直为潜艇提供能量。据说，1954年下水的美国第一艘核潜艇，之所以要取名"鹦鹉螺"号，在一定上受到了凡尔纳小说的影响，因为两者拥有相似之处——超长的续航能力。

潜水艇和潜水员的工作原理，也与今天的情况比较相似。潜艇房间被密闭隔板一一分开，"密闭隔板上都开有门，用橡胶塞塞得紧紧的，即使出现个把漏水洞，也能确保'鹦鹉螺'号船上的安全。"潜水员打开外面一个隔板，背上呼吸器，在腰部挂一个探照灯，就可以下海作业了。"潜水员的衣服有一个用螺钉铆住的铜领子，领子上钉着金属头盔。头盔上有三个用厚玻璃防护着的孔，只要人头在圆球内转动，就可以看清楚各个方向。脑袋一套进圆球帽，我们背上的捆着的呼吸器便开始运作起来。"凡尔纳这样说过，"凡是人能够想象到的事情，总有人能够最终实现它。"事实的确如此。他在《海底两万里》等作品中设想的传真电话、录音电话、电视、电灯、飞机、潜水艇、导弹、人工降雨、登月、太空探测等，在今天基本上都变成了现实。正如法国利奥台元帅在讲话中所言，"现代科学只不过是将凡尔纳的预言付诸实践的过程而已。"比如，凡尔纳设想一个钢铁做成的"机器岛"，在两个大功率驱动器的牵引下漂流，这个"机器岛"就相当于今天的航空母舰。

凡尔纳一生出版60多部科幻小说，有人猜想他有一个写作公司。但事实上，所有作品均出自他一人之手。凡尔纳是一个非常勤奋的作家，曾写下上万本读书笔记，并分门别类地贴上标签。他早晨5点钟开始写作，一直写到晚上10点，每天工作长达15个小时。同时，他还关心科学技术的发展状况。1895年，他宣称"至于我描绘的准确，来自我远在写作之前，长期以来就习惯从书籍、报纸、各种各样科学杂志中搜集许多摘录。这些摘录分门别类，给我提供了价值无可估量的材料宝库。我长期订阅 20 来份报纸。我是一个坚持不懈的科学著作的读者，我自然而然就了解各个科学领域，包括天文学、生理学、气象学、物理学、化学中出现的一切发现和发明。"正是由于他熟悉当时科学界的成果，凡尔纳的各种设想才会显得科学、可信。

长期以来，人们习惯给凡尔纳贴上科幻作家的标签，以至忽视了他作品中的丰富内涵。实际上，凡尔纳作品的思想内容是比较丰富的，绝不仅仅限于"科幻"这点内容。其一，凡尔纳在作品中控诉了殖民主义的罪恶。在《格兰特船长的儿女》中，凡尔纳对英国殖民者的种族政策提出了控诉。英国人将澳洲土人圈禁在"黑人区"，导致当地黑人数量急剧减少。凡尔纳这样发出控诉："大英帝国的殖民制度是要使被征服的弱小民族灭种，要把这些弱小民族消灭在他们的故乡……在澳大利亚则更明显。"他接着抨击说："英国人在征服初期是用屠杀土人的手段来发展殖民事业的。他们的残酷实在是惨绝人寰。在印度，他们消灭了 500 万印度人；在好望角，100 万霍吞脱人只剩下 10 万。19 世纪初年，凡第门岛上有 5 千人，到了 1863 年只剩下 7 个人了。"在《十五岁的船长》中，凡尔纳揭露了殖民者贩卖黑奴的勾当：东非的黑人被戴上枷锁，有的黑人不堪饥饿和奴役倒在了路上，有的黑人在半路上就被鳄鱼吞噬，最后到达非洲西海岸时，幸存的黑人不到一半。其次，凡尔纳对被压迫民族给予一定的同情。《海底两万里》中，尼摩船长对克里特岛人民的不幸遭遇深表同情，为他们的反抗斗争送去大量黄金；在印度洋海域，他不仅拯救了印度采珠人的性命，还把一颗硕大的珍珠送给他。正是因为他的小说颇有道德价值，1884 年，教皇利奥十三世在接见凡尔纳时才说，"我并不是不知道您的作品的科学价值，但我最珍重的却是它们的纯洁、道德价值和精神力量。"

　　要说明的是，凡尔纳不是一个科技乐观主义者。他认为科学技术是一把双刃剑，不仅能够造福人类社会，也能给人类带来灾难、毁掉地球。在《海底两万里》中，尼摩船长是一个知识渊博的巨人，他利用铁门上的电流击退赤脚的"食人族"。他利用自己先进的武器和弹药，对前来进犯的敌人予以沉重打击。在《神秘岛》中，在尼摩船长的精心筹划下，整座神秘岛在瞬间被炸毁。正如学者所言，"他认为科学进步丝毫没有解决世界的伦理问题，非正义和暴虐继续横行无忌，统治者以强大的武器对付人民。尼摩的拉丁文意为'人'，凡尔纳通过它表达了对人类科学进步的悲观看法。"

　　凡尔纳一再强调自己是为成年读者创作的。除去创作大量的长篇、短篇小说外，还创作过数量可观的戏剧。实际上，他在文学史上地位还是靠科幻小说确立的。凡尔纳的小说情节离奇，知识量大，想象丰富，富有浪漫气息，在世界范围内拥有无数读者。据联合国教科文组织统计，他的小说发行量超过莎士比亚的剧本，成为全球最受欢迎的作品之一。他的小说激发了探险者的好奇心，也启发了科学家的灵感火花。曾飞越北极的海军少将理查德·伯德坦言，凡尔纳是自己人生的引路人；潜艇发明者西蒙·莱克也受到凡尔纳的影响，他在自传中认为凡尔纳是其事业的指导者。此外，气球及深海探险家皮卡德、无线电的发明者马克尼等也认为，凡尔纳的科幻小说给了他们许多启发。

思考题

结合凡尔纳对科学的认识,谈谈科学技术的两面性。

推荐书目

凡尔纳. 海底两万里[M]. 邓月刚,郭丽娜译. 北京:北京燕山出版社,2008.

参考书目

[1] 凡尔纳. 海底两万里[M]. 邓月刚,郭丽娜译. 北京:北京燕山出版社,2008.
[2] 翟文明. 说世界文学(上)[M]. 北京:北京联合出版公司,2012: 167,169.
[3] 郑克鲁. 外国文学史(上)[M]. 北京:高等教育出版社,2006:209,211.
[4] 谭旭东. 西方儿童文学的视野[M]. 长春:吉林人民出版社,2012:163.

第六讲　海洋文学与劳动

《潮骚》与劳动

三岛由纪夫（Yukio Mishima，1925—1970），日本著名作家，原名平冈公威，生于日本一没落贵族家庭。祖母出身名门望族，把重振家声的希望寄托在孙子身上。"她为人固执、守旧，其一举一动俨似一个独裁者、一个暴君，随心所欲。三岛出生不到 2 个月，就被这位固执的祖母强行从母亲的怀里抱走。她想按照自己的意愿造就这位未来的接班人，复兴其家境。三岛一直在祖母身边生活到 12 岁……祖母的专制、怪癖、守旧、病态无不都给幼小的心灵种下变态的心理。"

三岛是一位比较早熟、颇有天赋的作家，少年时期便出版诗集，16 岁时发表中篇小说《花儿怒放的森林》。他希望将来从事文学方面工作，但遭到父亲反对。父亲认为三岛应该学习法律，将来像自己一样当个官员，实现自己未能实现的理想。三岛迫于父亲威严，只好进法律学校读书。1945 年 2 月，三岛被征召入伍，因体检被误诊为肺结核，当天就被遣送回家。1946 年 6 月，这批部队在菲律宾几乎全部死亡。此事对三岛影响很大。三岛的文学创作受到川端康成的提携。经后者推荐，他在《人间》杂志上发表小说《烟草》，开始在文坛崭露头角。此后，三岛陆续创作《假面的告白》(1949)、《潮骚》(1954)、《志贺寺上人之恋》(1954)、《金阁寺》(1956)等作品。其中,《潮骚》获得第一届新潮社文学奖;《金阁寺》获得第八届读卖文学大奖。三岛被誉为"日本的海明威",两度获得诺贝尔文学奖提名。他的作品被译成多种文字在各国流传。

三岛在作品中描述毁灭、血腥和死亡,并在现实生活中付诸实施。1970年11月25日,正值壮年的三岛劫持陆军司令,煽动军人政变,失败后剖腹自杀,验证了他在《镜子之缘》中"趁肉体还美的时候就要自杀"的说法。长期以来,三岛自杀一直是人们津津乐道的话题。有人认为他是疯子;也有人认为他以死明志,值得尊敬。三岛的母亲倭文重最能理解儿子,她告诉前来吊唁的三岛的朋友:"你们不要为公威送白花,应该为他送红花才是。因为公威一生中自己做了自己想做的事,这还是头一回。应该为他高兴。"由此看来,三岛的人生悲剧是由他生活的环境造成的。

三岛以海洋为背景的作品有《仲夏之死》(1953)、《潮骚》(1954)和《午后曳船》(1963)等。《午后曳船》中,少年阿登与寡居的母亲一起生活。母亲带领阿登参观航船,并由此认识海员龙二。阿登对"海洋之子"龙二极为崇拜,认为他身上有着大海的美和力量。后来,龙二与阿登母亲谈婚论嫁,要回到陆地上生活,在阿登看来,这是海员龙二背叛了美和大海。阿登便与小伙伴合谋杀死龙二。

小说《仲夏之死》与《潮骚》发表时间相差一年,却呈现出迥然不同的创作风格。"前者写出海的可恶与死亡的沉郁与恐怖,后者颂扬海的宏阔与丰饶,是一曲以大海为主题的生命赞歌。"

《潮骚》是一部以海岛为背景的爱情小说。在伊势湾的神岛（小说中叫歌岛）上，青年渔民久保新治出海归来，在海边遇到美丽的少女初江。初江是当地富商宫田照吉的小女儿，由于长期寄养岛外，新治并不知道她是谁。初次见面，新治情不自禁爱上了初江。初江报名参加岛上的学习班，因为对道路不熟，在途中迷了路。新治及时出现，帮她指明了方向，两人的感情迅速升温。新治在帮助初江时丢了工资，初江捡到以后送到他家里。两人相遇后紧紧拥抱，向对方吐露了心声，并约定下次见面的地点。约会那天，大雨如注，先到的新治进入了梦乡。后到的初江淋了个落汤鸡。她脱下衣服烘烤，全被新治看在眼里。两人赤身裸体抱在一起，但始终未越雷池一步。

　　两人下山时，被灯塔长的女儿千代子看到。千代子仰慕新治已久，只是因为容貌不美没敢表白，现在看到新治已有恋人，不由心生妒意。她把此事告诉纨绔子弟安夫。安夫对初江垂涎已久，两家门当户对，宫田照吉已有招他为婿之意。于是，他四处散布新治和初江的谣言。宫田老爷听到以后，不许女儿出门。新治与初江只能靠书信交流。千代子看到新治由于与初江分离非常苦闷，心里感到万分内疚。新治母亲恳求宫田照吉老爷，希望他能成全年轻人的婚事，但遭到拒绝。但宫田并非铁石心肠。他决定考验一下安夫和新治，让他们去冲绳运木材。返航途中遇到台风。缆绳被扯断，情况万分危急。船长让安夫下水系绳，安夫贪生怕死。新治主动请缨，费尽九牛二虎之力，终于系牢浮标，"歌岛丸"号转危为安。回来以后，宫田照吉答应了新治的婚事，一对年轻人终于走到一起。

　　《潮骚》以青年渔民新治为主人公，表达了对普通劳动者的赞美。和生活在歌岛的其他渔民一样，新治也有不怕苦不怕累、奋力拼搏的劲头。父亲去世后，18岁的新治担起了家庭重担，成为一家经济支柱。每天早晨，海面上白雾迷蒙的时候，"新治乘上师傅的船出海捕鱼。"他戴着胶皮手套，握着冰冷的绳索，脊背和额头汗水不断。他与捕捞队的十吉和龙二一起，从海里拉起捕鱼罐子，然后拉网。由于长期经受日晒风吹，他皮肤黝黑，体格健壮。闲暇时，他帮母亲拾柴火、做家务。总之，这个刚刚中学毕业的青年渔民，虽然稚气未脱，涉世不深，却有着劳动者良好的品德。

尽管年轻，新治却懂得感恩和以德报怨。在中学读书时，新治因成绩不佳而留级，他家里的生活因此没了着落。灯塔长找到校长说情，终于让他按时毕业。新治一直铭记灯塔长的恩情，想方设法予以回报。每次出海，他都会捎来一些水产，或帮他们购买东西，因此深得灯塔长夫妇欢心。新治对灯塔长一家非常友好，对"情敌"安夫则以德报怨。安夫四处造谣，说宫田照吉打算把女儿嫁给自己。可以说，安夫是新治爱情道路上最大障碍。然而登上"歌岛丸"以后，新治还是原谅了安夫。他在完成自己工作之余，还帮助安夫干活，丝毫也不记恨他。对年轻人来说，这种品质难能可贵。

作品还通过爱情竞赛强调劳动的作用与价值。安夫在地位、经济上要优于新治，宫田老爷有意招他为婿，但女儿初江不同意。宫田老爷决定以竞赛方式确定女婿人选。在他授意下，新治与安夫到"歌岛丸"号上打工。上船以后，安夫能言善辩、夸夸其谈；新治则沉默不语，被视为木讷的废物。然而随着情节发展，新治的优点逐渐显露出来——他不怕吃苦，努力工作；安夫则偷奸耍滑，不愿干活。这样一来，大伙就改变了看法。当"歌岛丸"号遭遇台风时，新治与安夫的人品形成了对照。在危险面前，安夫躲到一边。新治却主动请缨，跳入大海。结果，新治的勇敢行动保证了航船安全，也赢得了宫田老爷的认可。

《潮骚》中，作者还以较大篇幅描述了劳动者的肉体之美。新治身材高大，身强体健，是作家讴歌的主要对象，"他前年刚从新制中学毕业，才18岁。身个儿高大，体魄健壮，一脸稚气很符合他的年龄。他的肌肤被太阳晒得不能再黑了，长着极富岛民特色的端正的鼻子和皲裂的嘴唇。一双闪闪发亮的黑眼珠，是以大海为家的人们从大海那里获得的赏赐。"在观哨所约会时，新治展现了健康、俊美的身材："他很快脱光衣服，当青年身上只剩下一条三角裤时，一个比平时衣着整齐时更加俊美的裸体挺然而立。"此外，从事海洋捕捞的海女也非常健硕。新治母亲是歌岛上老一代海女，已经年近半百，但夏季还会和其他海女一起下海，在寒冷的海水里采捞鲍鱼。劳动没有消磨她的美丽，反而让她充满了活力："一副值得夸耀的好身子骨……撩开衣裾，仔细打量着自己伸展的双腿。两条被太阳晒黑的结实的大腿，不见一丝皱纹，丰满的肌肉高高隆起，放射着琥珀色的光泽。"新治母亲认为，自己身体健壮，可以再生三五个孩子。"新治的母亲最引以为豪的，就是自己乳房还是那样光洁。比起有丈夫的同龄人来，自有一种特别的圆软性。她的乳房似乎是不知爱的饥渴和生活的辛劳。夏季里，她经常将脸朝向太阳，直接从太阳获得取之不尽的力量。"初江是年轻一代海女代表，经过海水的洗礼与冲刷，她的身体同样健美，"肌肤谈不上白皙，经过海潮的不断洗涤，滑润而又结实。一对颇为硬挺的小小乳房……在经历长期潜水磨炼的宽阔的胸脯上，隆起一双玫瑰红的蓓蕾。"

三岛对肉体的推崇源于希腊文化的影响。据学者考证，小说直接以希腊作品《达夫尼斯与克罗埃》为蓝本，在多方面受到后者的影响。"经过《潮骚》而至《忧国》等，都是通过捕捉男性的肉体行动，以其独特的艺术形式，乃至超常识的逆构成法，来表现男性肉体最真实、最激烈的东西，表达生与死这两个绝对的概念。"据说，三岛初次到达希腊时发现，在希腊艺术中肉体和理性是平衡的，由此产生"筋肉里面有思想"的想法。"他特别推崇青春之美，尤其推崇男性的阳刚之美和生命力，他赞美男性的肉体与行动、男性的精力和热情，并在古代日本武士道善的基础上，崇尚青年男性以死相赌的悲壮精神。"

最后，《潮骚》还叙述劳动者之间的深厚情谊。作品中，三岛以浪漫主义笔调营造了乐园般的世界。歌岛由于悬浮海外、与世隔绝，并未受到城市文明的影响，民风淳朴，人心向善。这一点，在新治与同伴的关系上尤为明显。大山十吉是捕捞队的队长，也是新治的师傅，当他知道新治的恋爱受阻以后，就开导他：恋爱"就像钓鱼，不耐着性子是不行的……正义的人们，即使默不作声，也必定会取得胜利。"他劝新治要学会忍耐，不能操之过急。后来，宫田照吉让他们劳动竞赛，他劝新治去"歌岛丸"号做工。作为新治的伙伴和同事，龙二也为新治抱不平，自告奋勇地跑去取信，甘愿当新治和初江的"邮政局长"。

三岛创作《潮骚》时29岁，因此有评论家认为，这是作者向青春告别的作品。有学者指出，"新治与初江的爱情中，希望渗透着忧虑，苦涩伴随着欢乐，说明这个代价是沉重的。作家以跃动奔放的笔墨，流动的色彩，将这一主题开掘到一个新境地，表现了不拘世俗礼法的青年男女渔民特有的叛逆性格。"三岛的其他作品充满了死亡与血腥，《潮骚》则却以青春、爱情为主题，表现出迥然不同的美学趣味。

思考题

小说中，渔民新治与初江的爱情虽经曲折，最终修成正果。请谈谈新治身上有哪些优点。

推荐书目

三岛由纪夫. 潮骚[M]. 陈德文译. 北京：人民文学出版社，2013.

参考书目

[1] 廖枫模. 评三岛由纪夫之死[J]. 中山大学学报（社科版），1992(1):136，137.
[2] 张弘. 外国小说鉴赏辞典之20世纪中卷[M]. 上海：上海辞书出版社，2009:811.
[3] 余华. 三岛由纪夫的写作与生活[J]. 作家，1996(2):20.
[4] 三岛由纪夫. 潮骚[M]. 陈德文译. 北京：人民文学出版社，2013:3，126，57.
[5] 李雪梅. 论《潮骚》的美学特征[J]. 山东商业职业技术学院学报，2013(4):102.
[6] 李德纯. 三岛由纪夫论[J]. 国外文学，1999(3):111.

《海上劳工》与劳动

雨果（Victor Hugo，1802—1885）是法国著名诗人、浪漫派领袖和人道主义作家，在诗歌、剧作和小说领域成就不俗。12岁时已创作一万多行诗歌、一部戏剧、一部史诗和一部散文剧，15岁时在全国征文大赛中荣获一等奖，被文坛泰斗夏多布里昂誉为"神童"，青少年时期就确定人生理想："要么成为夏多布里昂，要么一事无成。"此后数十年间，雨果创作了《东方集》《秋叶集》《静观集》等诗歌；《克伦威尔》《欧那尼》等戏剧；《巴黎圣母院》《笑面人》《九三年》《悲惨世界》等小说，可谓著作等身，蔚为大观。

雨果与海洋的关系非同寻常。"从童年时代起，雨果的父母感情不和，他跟随父亲移居各个小岛，在大海的波涛声长大成人。"1851年12月，路易-波拿巴发动宫廷政变、解散议会，大肆搜捕反对他的议员。雨果在情人朱丽叶的掩护下逃往海外。1852年，雨果与家人迁居大西洋上的泽西岛。英国政府为讨好拿破仑三世（路易-波拿巴），将雨果一家逐出该岛。1855年，雨果被迫迁往更为遥远的盖纳西岛。虽然此岛比较荒凉，但岛上渔民热情善良，雨果经常去海边散步，向他们学习捕鱼和航海知识。流亡期间，雨果望着波涛汹涌的大海，心中想念遥远的法兰西，文思泉涌，创作了《悲惨世界》《海上劳工》和《笑面人》等作品。由于长期生活在岛上，雨果的思维意识也与大海联在一起。他说，世界上最宽阔的是海洋，比海洋更宽阔的是天空，比天空更宽阔的是人的胸怀。

雨果关于海洋的作品有《"诺曼底"号遇难记》《海上劳工》等。前者叙述在一个大雾弥漫的晚上，哈尔威船长驾驶"诺曼底"号从南安普敦前往格恩西岛，突然与飞速驶来的"玛丽"号相撞，情况万分危急。一片混乱中，哈尔威船长命令船员用救生艇搭救乘客。他临危不乱，机智、果断地应对险情，60多位乘客被成功救起，哈尔威船长却与"诺曼底"号一起沉入海底。作品歌颂了哈尔威船长舍己救人的精神，贬斥了极端利己主义行径。这部小说影响不大，相比之下，《海上劳工》倒更受读者欢迎。这部小说是雨果流亡时期所作，体现了作家对海洋的热爱与赞美。在小说献词中，雨果满怀深情地写道："我把这本书献给：殷勤好客的、自由的小岛。高尚的海上人民的家乡，罗尔曼故土的这一角落；严峻而又温暖的格尔伦斯岛（盖纳西岛），我现在流亡的地方——也许是我将来葬身的地方。"

小说《海上劳工》的情节不太复杂：主人公吉利亚特是个卑微的小人物，却爱上高贵、美丽的德玉西特。德玉西特的叔叔李特尔芮因为机器船触礁，心急如焚，宣布谁能救回机器，就可以迎娶自己侄女。吉利亚特独自驾船出海，历经千难万险，最终从失事的"杜朗德"号运回机器。但吉利亚特未能与德玉西特结婚。他发现德玉西特正与神甫恋爱。吉利亚特决心成全他们，一个人投身茫茫大海。作品中，雨果把吉利亚特比作普罗米修斯，对他进行了热烈歌颂。

一、歌颂劳动

雨果在《海上劳工》序言中指出，"宗教、社会和自然，是人类三大斗争的对象；这三者同时也是人类的三种需要。人需要信仰，所以有庙堂；人需要创造，所以有城市；人需要生活，所以有犁和舟。可是要满足这三种需要，就包含着三种斗争。人生的神秘的苦难，就来自这三种斗争里。人类进步必须克服迷信、偏见和物质这三种形式的阻碍。三种沉重的枷锁套在我们的脖子上，那便是教条、法律和自然的桎梏。在《巴黎圣母院》里，作者控诉了第一种桎梏。在《悲惨世界》里，作者指出了第二种桎梏；在这本书里，作者将阐述第三种桎梏。"言外之意是，《海上劳工》描写了人与自然的斗争，歌颂了劳动者战天斗地的豪情。

主人公吉利亚特是个普通劳动者。他为了打捞李特尔芮的机器，独自一人驾船出海。狂风、暴雨、汹涌的海水，随时可能夺去他的生命，但吉利亚特没有被困难吓倒。缺少食物，他从大海捕捞贝类和螃蟹充饥；更多时候，他是饿着肚子坚持工作，始终把工作视为首要任务。他以决心和毅力与大海抗争，创造一个个奇迹。特别令人感佩的是，吉利亚特在海上作业，不是全凭蛮力，而是运用生活经验与大自然搏斗。比如，他修筑防波堤抵挡海水，燃烧破船供应能量，以海水潮汐作为动力，利用风能制作风箱……凡是大自然中可以利用的东西，他都会想方设法加以利用。吉利亚特还有劳动者的聪明才智，制造了"起重机"等劳动工具。他克服种种不利因素，凭一己之力与自然搏斗，最终完成近乎无法完成的任务。吉利亚特这个形象身上，凝聚着雨果对劳动人民的朴素情感。正如学者所说，小说《海上劳工》一个独特之处，就"在于作者把下层劳动人民的形象当作正面主人公来刻画，并以资产阶级革命民主主义的热情加以礼赞和歌颂"。

最能体现劳动者本色的，是吉利亚特与章鱼的激烈搏斗。章鱼是一种不规则的海洋生物，八条腕足张牙舞爪，每条腕足上还有无数吸盘，这些吸盘就像可怕的魔鬼一样善于吸血。章鱼无骨无肉，与陆地上毛毛虫和蜘蛛一样令人讨厌。这种生物喜欢在清澈的海水中游弋，慢慢悠悠地寻找猎食对象。它以各种方式伪装自己，平时藏身黝黑的洞穴，经常悄悄伸出腕足，叮咬人类和海底生物。章鱼狡猾、机敏、凶狠，善于纠缠、绞杀和撤退。不久前，它以残忍手段杀死了克吕班，还以他的尸体为诱饵，用它捕食其他海洋生物。可以说，章鱼是个十恶不赦的坏蛋。

当吉利亚特出现在洞口，章鱼迅速缠住他，将他拖向黑暗的深渊。吉利亚特感到皮肤像被针扎一样疼，血一点点流进章鱼的身体。章鱼像魔咒一样挣脱不开，不断纠缠和折磨他，吉利亚特感到呼吸困难。他知道在自己与章鱼之间，不是你死就是我亡。他决定与章鱼拼搏到底，最终他用小刀割掉章鱼脑袋，才赢得这场战争的胜利。在雨果笔下，章鱼这个八足动物面目狰狞，极其丑陋，是世界上邪恶力量的象征。吉利亚特与章鱼的殊死较量，既是正义与邪恶的斗争，也是人与大海、人与自然的斗争。作品通过吉利亚特与章鱼的搏斗，歌颂了人类征服大自然的丰功伟绩。

二、赞美人性

吉利亚特之所以冒险出海，是因为他爱上美丽少女德玉西特。作为一个出身寒微的普通劳动者，吉利亚特清楚自己的处境。以他目前的地位和能力，他根本不可能实现自己的爱情理想。德玉西特是"杜朗德"号船主的侄女，身份与地位比他高出很多，所以他只能把仰慕之情埋在心底。吉利亚特经常去布拉维寓所，聆听德玉西特美妙的声音。当他获悉德玉西特喜欢海甘蓝，就想方设法培植一些，希望能够博得姑娘的欢心。吉利亚特经常吹响风笛，希望能引起姑娘的注意。可以看出，吉利亚特对德玉西特的感情，与上流社会矫揉造作的表白迥然不同，可谓情真意切、纯洁无瑕，反映了劳动者身上淳朴又神圣的一面。

吉利亚特的人生出现转机，是在"杜朗德"号被克吕班拐走以后。李特尔芮一家陷入困顿，面临破产的危险处境。面对突如其来的家庭变故，德玉西特既难过又绝望，常常以泪洗面。吉利亚特看在眼里，急在心头，他担心她承受不住压力，会变得一蹶不振。吉利亚特决定接受打捞机器这一艰巨任务。得到许诺之后，他冒着生命危险出海。出发当天，没有一个人为他送行，他心头涌起淡淡的失落，但还是踏上了凶吉未卜的航程。吉利亚特最终完成了打捞任务，却未能与德玉西特结合。原来，他在德玉西特家花园里，发现德玉西特正与神甫在恋爱。吉利亚特顿时像遭了雷击，觉得整个世界都坍塌了。经过一番激烈的思想斗争，他决定成全德玉西特与神甫的爱情：参加他们的婚礼，将一箱衣服送给德玉西特，送他们乘"卡什米尔"号离开，独自一人走向苍茫大海。

吉利亚特是个性格复杂的形象，一方面他与大自然的搏斗中，表现出勤劳勇敢、聪明睿智等特点。正如学者所言，"吉利亚特思想性格的形成，是在同恶劣的大自然环境斗争中磨砺出来的。在劳动中，他增长了勇气与力量，显示了智慧与才干。"吉利亚特"对于海洋的一切，他无所不知"，像一个顶天立地的英雄或"超人"。然而另一方面，他在追求爱情过程中比较怯懦、天真。他暗恋德玉西特五年，却始终没有向她表白。更多时候，他一个人沉浸在幻想的世界中，在幻想中体会爱情的美好与温馨。他比较容易轻信别人，易于接受"命运"的安排。

正如雨果所言，吉利亚特身上带有普罗米修斯的特点。普罗米修斯创造了人类，打算送给人类一些礼物，于是从太阳马车里偷来天火，人类由此有了光明与温暖。但普罗米修斯得罪了宙斯，被绑在高加索的悬崖上，饱受日晒、风吹、雨淋，还要忍受老鹰啄食其肝脏。尽管如此，他也没有向宙斯屈服。普罗米修斯为了人类的利益，敢于对抗奥林波斯神界。这一点上，吉利亚特与他确实存在相通之处。吉利亚特冒着风雨出海，独自承受苦难，乃至最后葬身大海，也都是因为他心里装着德玉西特，出于对后者真挚、纯洁的爱。二者都是为了他人的幸福，甘愿自我受难、自我牺牲。

然而，吉利亚特与普罗米修斯又有区别。吉利亚特受苦受累，仅是为了德玉西特姑娘一人；而普罗米修斯受到惩罚，则是为了整个人类的福祉。另一方面，与普罗米修斯相比，吉利亚特身上的自我牺牲精神更为难得。他是出身社会底层的普通劳动者，一个来历不明的外乡人，由于居住在海边的"鬼屋"里，经常受到周围人的误解和歧视。即便如此，他也没有怨天尤人，相反，他一直"坚持善良、纯真的性格"。他对德玉西特的深沉的爱，便是其美好人性一个投影。

综上所述，《海上劳工》中，雨果以一位普通劳动者作为主人公，反映了他的人道主义思想。正如翻译家罗玉君所言，"他应用高度的浪漫主义手法，把主角吉利亚特塑造得多么伟大，多么理想！……由他所表现出来的人道主义精神，大无畏的精神，是由作者对整个人类的深爱所产生、所温暖、所哺育的。"然而也应看到，为了表达人道主义思想，雨果有时走向了另一个极端：为了显示吉利亚特金子般的心灵，对其自杀进行了热情讴歌，这难免有误导读者的嫌疑。毕竟，帮助别人有各种方式，吉利亚特不一定非要自杀不可。

思考题

1. 结合小说《海上劳工》，谈谈雨果的人道主义思想。
2. 结合作品，谈谈雨果是如何描写劳动的。

推荐书目

雨果. 海上劳工[M]. 罗玉君译. 成都：四川人民出版社，1980.

参考书目

[1] 郑克鲁. 外国文学史（上）[M]. 北京：高等教育出版社，2006:187.
[2] 雨果. 海上劳工[M]. 罗玉君译. 成都：四川人民出版社，1980:1.
[3] 陈伏保，杨觉华.《海上劳工》浅析[J]. 法国研究，1985(3):103.
[4] 黄曼青. 完美主人公的悲剧根源——雨果《海上劳工》中吉利亚特的形象探析[J]. 名作欣赏，2011(36):85.

第七讲　海洋文学与意志

《白鲸》与权力意志

麦尔维尔（Melville，1819—1891）是美国19世纪浪漫主义小说家、诗人，与"美利坚民族第一位伟大小说家霍桑"齐名。他出生于纽约一个商人家庭，系家中次子。祖父是从苏格兰移民美国的贵族，参加过美国独立战争。1830年因生意经营不善而宣告破产，两年后患上肺炎离世，当时麦尔维尔只有13岁。他先后从事银行文书、店员和小学教师和农场工人等职业。1837年，他没有找到合适的岗位，便应聘到一艘帆船上工作，由此开始长达三年的航海生涯。1839年，他在"圣劳伦斯"号商船上当服务员，在美国纽约至英国利物浦航线上往返。1841年，他在捕鲸船"阿库什尼特"号上当水手，在南太平洋海域开展捕鱼活动，到过马克萨斯群岛，被"食人生番"泰比族抓过俘虏。成功逃脱以后，他在一条澳大利亚商船上当水手，由于违反船上纪律而被囚禁在塔希提岛。同年11月再次登上捕鲸船，在船头担任投叉手。1843年8月加入美国海军，一年后从舰队退伍。这些海上经历成为他后来创作的素材，其早期作品《泰比》(1846)、《奥穆》(1847)、《马尔迪》(1849)、《莱德勃恩》(1849)和《白外套》(1850)等，或描写他在塔希提、马克萨斯群岛的遭遇，或叙述他在海上及英国贫民窟的见闻。可以说，航海生活激发了麦尔维尔的创作灵感，为其早期创作提供了不竭的源泉。

小说《泰比》和《奥穆》出版以后深受读者欢迎，以致著名作家霍桑直接称他为"泰比先生"或"奥穆先生"。《泰比》是一部关于海上漂流的游记体小说，在当时影响很大。美国青年托穆及同伴托尼因为受到船长虐待，便从"萝莉"号航船逃走。他们爬过高山，闯入峡谷，被"食人生番""泰比人"所俘。托尼从"泰比人"手里成功逃脱，托穆则不得不与"食人族"为伍。虽然"泰比人"对他比较友善，但主人公并不想一直待在那里。最后，他终于摆脱"泰比人"的控制，乘坐一艘澳大利亚捕鲸船逃生。作者麦尔维尔将自己对疆域、民族和文化的看法与想象，或明或暗地置于小说文本之中，将文明社会与原始部落进行了对比"。小说中，麦尔维尔对待"泰比人"的态度是矛盾的，一方面他认为"泰比人"生活在大自然中，虽然野蛮落后，倒也不失简单、淳朴的天性，与"文明人"相比，他们不懂勾心斗角、争权夺利，生活得无忧无虑、自由快乐。他们的伦理禁忌与宗教仪式，令托穆感到很新奇；另一方面，托穆从骨子里看不起"泰比人"，认为他们残害同类、餐食人肉，是令人发指的野蛮行径。可以看出，麦尔维尔是以自我中心主义角度看待"泰比人"的，并未摆脱西方人"白人/土著""文明/野蛮"的二元对立思维。

小说《泰比》有着丰富的思想政治内涵。众所周知，作家生活的年代正是美国向外扩张时期，美国人正将其西部边界由俄亥俄州向太平洋地区推移。随着1845年美国专栏作家约翰·L·奥沙利文在《民主评论》上提出所谓的"天定命论"，认为美国领土扩张是"天定"的命运，越来越多的美国人认为领土扩张是不可阻挡的历史趋势。他们不仅野心勃勃地占领土地，还在海洋上巧取豪夺、大肆捕捞。美国捕鲸业在19世纪20—60年代蓬勃兴起，一跃成为国家支柱性产业，就是一个非常有力的例证。麦尔维尔曾在多家捕鲸船上工作过，见证了美国捕鲸业的快速发展，对太平洋上的捕鲸场面非常熟悉，他创作这类小说自然是驾轻就熟。与其他美国民众一样，他也认为海洋是美国疆土的延伸。可贵的是，麦尔维尔通过托穆在南太平洋努库希瓦岛上的生活，对西方国家借推广宗教之名而行之殖民掠夺之实的做法进行了抨击。

另一部小说《白外套》直接描写美国海军生活，对军队中鞭打海员的惩罚制度提出抗议，在读者中产生很大反响。作品不仅引起人们对海军陋习的关注，还促使国会废除了野蛮的体罚制度。

从上述航海题材小说来看，麦尔维尔是怀着强烈的社会责任感进行创作的。他聚焦当时的社会问题，同情水手和海员的不幸遭遇，歌颂土著居民的淳朴善良，批判美国虚假的文明和蓄奴制度。当然最能体现麦尔维尔创作成就的，是他根据早年捕鲸生活创作的长篇小说《白鲸》。遗憾的是，直到作家离开人世，当时的读者也未意识到这部作品的价值。麦尔维尔的影响日渐衰微，似乎被广大读者遗忘。然而历史对他是公正的，从20世纪20年代开始，越来越多的人开始阅读麦尔维尔的作品。"他作为美国19世纪小说大师之一，其地位完全得到了确认，他的代表作《白鲸》已被广泛地推崇为世界文学中最优秀的小说之一。他是一位描写历险的一流小说家，但他同时也是一位思想深邃、勇于探索的伟大艺术家。他对人与自然、善与恶、美与丑所作的思索和探索，即使在今天也是极有意义的"。

长篇小说《白鲸》是麦尔维尔的代表作，被霍桑誉为"伟大的作品"。有学者认为它反映了"变动的时代的一切变动的思想和感情",是"美国想象力最辉煌的表达"。作家以自己早年海上经历为基础,参阅大量的关于捕鲸知识的文献,创作出这部令人惊心动魄的经典之作。作品中,主人公以实玛利厌倦了乏味的美国生活,渴望改变经济窘境,决定出海碰碰运气。他与印第安人季奎格结成好友,一起登上"皮古德"号捕鲸船,成为船长亚哈捕鲸队的队员。亚哈船长对一条名为"莫比·迪克"的白鲸恨之入骨,曾在一次捕鲸过程中受其袭击,并被咬断一条腿。他此次组织人马重新出海,目的就是追捕这条白鲸,报以往被咬致残之仇。为了找到莫比·迪克,他像失去理性的野兽,对手下船员威逼利诱,胁迫他们在大洋中四处航行。他们踏遍海洋的各个角落,终于发现白鲸的行踪。经过多天追踪,"皮古德"号向莫比·迪克发起进攻。船上不断有人跌落海中,亚哈船长却不管不顾,一心要置莫比·迪克于死地。他举起标枪扎向海中"敌人"。白鲸受伤以后非常愤怒,用头撞破"皮古德"号船体。亚哈船长被鱼叉绳索所缠,落入大海深处。"皮古德"号船毁人亡,仅叙述者以实玛利一人得以生还。

18 世纪末,美国一些资本家组织水手下海捕鲸,通过鲸鱼提炼大量的油脂,以此满足生活照明和工业生产的需要。尽管后来发明了电,美国人猎杀鲸鱼(抹香鲸)的数量仍然很大。抹香鲸不仅富含油脂,体内还有一种名贵香料——龙涎香,因此成为猎杀的目标。有学者指出,当时美国捕鲸船数量和捕鲸收入堪称世界之最,"拥有 3 倍于欧洲的捕鲸船,数量达到 700 艘,从事捕鲸的人达 2 万之多,每年为国家增加 700 万美元的收入。所以,美国东海岸城市的繁荣在某种意义上说是靠捕鲸叉从大洋里打捞出来的"。麦尔维尔曾是捕鲸大军中一员,对海上捕鲸生活非常熟悉。他将捕鲸经验写成文字,描写水手的海上捕鲸经历,让无数读者感到耳目一新。作品中,麦尔维尔将不同鲸鱼进行分类，介绍不同鲸鱼的食用价值、经济价值。他叙述，从鲸鱼嘴巴里提炼的香油，成为珠宝商眼中的稀世珍宝；独角鲸的角药用价值极高，是古人抗毒的重要药物；露脊鲸的舌头可以做成美味佳肴，在市场上广受欢迎；抹香鲸的脑浆融入面粉，可以做成芳香四溢的可口食品。"作者详尽地描写了鲸的种类、习性，捕鲸的方法和猎鲸的生活，介绍了从古至今有关鲸鱼和捕鲸的知识。因此，《白鲸》可以说是一部关于捕鲸的百科全书"。这些描写对于读者认识鲸鱼、了解海洋，无疑是非常宝贵的资料。当然，这些文字又激发了读者探索海洋的欲望，甚至有人因此走上了捕鲸之路。

在"皮古德"号捕鲸船上，水手们猎鲸、屠鲸、割油、炼油的目的，不是出于对鲸鱼的仇恨，而是为了获得价值不菲的商业利润。水手们以占有者的姿态对待鲸类，割下鲸鱼嘴唇、舌头、触须和头颅等器官，炫耀已经到手的"战利品"，在一定程度上暴露了资本主义社会金钱的肮脏性和财富的血腥性。当然，麦尔维尔也描写了捕鲸的危险与捕鲸水手的辛酸生活。捕鲸水手大多是印第安人和黑人，处于赤贫状态，因为找不到生活出路而被迫出海。他们采用传统的捕捞方法捕鲸，而非通过现代科技手段，辛苦和危险不言而喻。水手要爬上高高的桅杆瞭望，发现鲸群以后放下小船。他们向鲸鱼投掷带钩的鱼叉，受伤的鲸鱼左右冲突、拼命挣扎，一会搅起惊涛骇浪，一会向海洋深处冲撞，甚至会将小船顶翻、撞碎，随时置他们于死地。即便他们侥幸不死，捕获鲸鱼以后还要辛苦忙碌，割头、破腹、剥皮、割脂、装桶，像机器一样紧张地运转。有时，他们手头工作还没有做完，但只要发现了鱼群，他们仍然要放下小船，与鲸鱼展开新的较量。水手收入很不稳定，如果发现不了鲸鱼，便会长时间处于空耗状态。一旦遇到鲸群，他们就要与鲸鱼以命搏命，可能工钱还没有拿到，自己已经沉入黑暗的海底。

小说《白鲸》中，亚哈船长像一位蛮横专制的暴君，有一股强烈的权力意志。他作为捕鲸船上最高管理者，拥有崇高地位和绝对权力。他发出的每一个指令，水手只能乖乖地执行。在茫茫大海上，任何人不能怀疑他的决定，更不能挑战其权威，否则，就会遭到严厉的惩罚。亚哈的船舱更是一块禁地，其他船员不能轻易涉足。在其铁腕统治之下，"皮古德"号俨然成为等级森严、管理苛刻的监狱。"捕鲸工人则是压在社会底层的奴隶，他们一踏上甲板，就丧失了人权，完全听命于船长的摆布"。亚哈船长"不信神却像神一样骄傲"，有着冷酷的外表和刚毅的性格。为了实现复仇的目标，他命令所有水手追杀莫比·迪克。大副斯达巴克提出反对意见，认为捕杀莫比·迪克是亵渎神灵，也违背股东的经济利益，亚哈耍起嘴皮、成功将其说服。其他水手根本不敢违抗其命令。亚哈宣称，他不仅要抓住大白鲸，还要捅破它，看看它的本来面目；他要对伤害自己的"邪恶"势力斗争到底。亚哈船长性格偏执、一意孤行，要求手下人员全力以赴地抓捕白鲸，却让他们付出了生命的代价。

其实，亚哈船长是可以挽救水手生命的。如果他下令放弃追捕莫比·迪克，"皮古德"号水手就可以安全回家，但他在强大的权力意志支配下，一直认为自己能够战胜白鲸。捕鲸队先后遇到"信天翁"号、"处女"号、"玫瑰蕊"号、"撒母耳·恩德比"号、"拉吉"号和"欢喜"号航船，如果亚哈放下仇恨、主动寻求帮助，水手们也能避免船毁人亡的命运。不断有人向他发出警告，告诉他，莫比·迪克威力无比，不可轻易与之决斗。可亚哈船长对这些忠告置若罔闻。如在与鲸鱼决战之前，斯达巴克就奉劝他赶快住手，亚哈却固执地表示自己心意已决，不能更改。他宣称捕鲸是"既定不移的天意"，自己当然要遵从老天安排。所以，在一定意义上，与其说是白鲸莫比·迪克将水手拖入海底，还不如说是船长亚哈的固执己见，将所有水手推上了万劫不复之路。

那么，亚哈船长究竟是个怎样的形象？是正义力量的代表，还是邪恶势力的化身？是不甘于命运摆布的强者，还是践踏大自然的恶徒？是有仇必报、不计后果的偏狭之辈，还是蔑视宇宙权威、奋起抗争的英雄？曾艳兵先生认为，亚哈船长是"一个敢于反抗神明、反对习俗常规、坚毅无畏、百折不回、骁勇善战、经验丰富的船长。他'跟可怕的大海斗争了四十年'，他有着'高尚的灵魂，伟大、古朴的心胸'。他操鱼枪敏捷而又准确，曾刺中过无数的大鲸。他遭受过挫折，但他永远不会被击败。这时他又是一个普罗米修斯式的人物，他像拜伦笔下的该隐那样背叛天意、挺而走险；他又似歌德笔下的浮士德那样永不满足、探索不止；最后他像密尔顿笔下的力士参孙那样义无反顾地与敌人同归于尽"。由此可知，亚哈船长是一个非常复杂的形象，具有丰富的象征意味。

亚哈船长在追捕鲸鱼过程中表现的偏执性格，带有一定的心理疾病特征。莫比·迪克镰刀似的嘴巴切断他的腿，在身体上给他以沉重一击，也让他在精神上受到重创，以致他内心自我平衡系统受到破坏，自尊心受到伤害，心理极度扭曲。他再次看到白鲸莫比·迪克时，其邪恶的一面彻底暴露出来，逐渐失去正常理智和良知，"白天拿出一副镇定自若的模样，夜晚要么噩梦连连，要么彻夜难眠，思绪翻腾"。在自我与超我的撕扯中，自我逐渐占据上风，亚哈于是命令船队进攻莫比·迪克，彻底沦为孤注一掷的亡命之徒。

亚哈船长的敌人——白鲸莫比·迪克，也是一个非常复杂的形象。它平时在大海中比较安静，可一旦受到鱼叉的攻击，便会愤怒、发狂，在海里横冲直撞、掀起惊涛骇浪，成为一种令人恐怖的力量。它像幽灵一样在海洋里游窜，一会出现在这里，一会出现在那里，行踪飘忽不定，像上帝一样无处不在、无所不能。它是生命力极其顽强的海洋生物，即便身上伤痕累累，也可以自由自在地在深海中穿行。莫比·迪克作为海洋世界的巨无霸，也是大自然的象征。麦尔维尔通过亚哈船长及其水手的不幸遭遇，审视人类与大海的关系，向读者昭示一条生活的真理：如果人类一味从大海中索取、掠夺，那么终有一天，会受到大自然的报复与惩罚。到那时，人类不仅无法从大自然获得生活资料，还有可能付出惨重的代价。

思考题

《白鲸》中的莫比·迪克具有什么象征意义？

推荐书目

麦尔维尔.白鲸 [M]. 成时译.北京：人民文学出版社，2004.

参考书目

[1] 朱振武. 美国小说[M]. 上海：上海外语教育出版社，2018：675.
[2] 郑克鲁，蒋承勇. 外国文学史（上）[M]. 北京：高等教育出版社，1999：232，233.
[3] 曾艳兵. 麦尔维尔与大海[J].东方论坛，1999(4)：71-73.

《海狼》与权力意志

杰克·伦敦（Jack London，1876—1916）是美国 19 世纪现实主义作家。生于旧金山一贫困家庭，以半工半读形式完成学业，所受文化教育只有小学水平。但杰克·伦敦是个勤奋的人，他凭着惊人的毅力和才华，在短暂一生中创作了大量作品。从 24~40 岁这 16 年，他创作出 19 部长篇小说、150 余篇短篇小说、3 个剧本和大量随笔与论文等，主要作品有《马丁·伊登》《野性的呼唤》《白牙》《热爱生命》《海狼》和《铁蹄》等。

海洋是杰克·伦敦成长的摇篮。13 岁时，他独自驾船，在暴风雨中横穿旧金山湾。后来，他攒钱买了一艘小船。由于受毛贼引诱，他驾船去养殖场偷蚝，一度成为海警追捕的对象。青年时代，他在一艘捕猎船上当水手，在亚洲的朝鲜、日本和白令海地区捕猎海豹。由于驾船技术高超，他深受船东和同伴喜爱。

1906 年，杰克·伦敦已是小有名气的作家，不再为经济问题犯愁。他萌生了环球航行的想法，开始建造远航船只。由于不善理财，造船费用大大超出了预算。船还没有完全造好，杰克·伦敦已经迫不及待了。结果刚到夏威夷，他就不得不停下来修船。到达澳大利亚时，他的船已经千疮百孔，杰克·伦敦只得以 3000 元的价格卖掉它，放弃了环球航行的打算。当然此次航行也并非完全失败。据《太平洋航运指南》介绍，夏威夷到马克萨斯的海路危险重重。由于海流、季风等因素影响，很少有人成功穿越这段航程。杰克·伦敦凭借高超技术完成这一壮举，在航海史上留下了浓重一笔。但此次航行也让杰克·伦敦患上多种疾病，为其英年早逝埋下了祸根。伦敦一生命运坎坷，阅历丰富。除海上航行外，他还在阿拉斯加地区淘过金，当过记者，曾经到过欧洲和亚洲一些地区，多次坐牢，听过各种可笑又可怕的故事。这都给他的文学创作提供了素材。

　　杰克·伦敦创作的小说主要分为两类，一类是"北方故事"，另一类是航海小说。其中，"北方故事"通过描写北极地区淘金者的生活，叙述主人公为了生存与环境作斗争，歌颂淘金者的顽强与勇敢。"航海小说"则以作家早年海上生活为基础，"描写主人公在海上为生存而进行的与自然界以及白人殖民主义的顽强抗争，忠实地记录了19世纪末叶帝国主义列强在海外开拓殖民地时的强盗历史，作品中所包含的强烈的反殖民主义色彩，表明了社会党人杰克·伦敦的正义立场。"

　　1904年出版的长篇小说《海狼》是一部海洋文学作品。一些评论家认为，这部"罕见的、具有独创性的天才之作"，是"充实了美国文学的经典著作"。小说叙述了作家汉弗莱·威尔登的遭遇。威尔登在一次航行中落水，被路过的捕猎海豹船"魔鬼"号所救。"魔鬼"号缺少一名大副，船长拉森便强迫威尔登在船上服役。拉森身强力壮、意志刚强，被大家称为"海狼"，"魔鬼"号则被称作"地狱船"。拉森对待水手们冷酷无情，被水手们抛进大海。拉森却爬上船来，再次取得"魔鬼"号控制权，并把带头造反的两名水手扔进大海。后来，"魔鬼"号搭救了落水的莫德。威尔登对莫德心生爱慕，拉森却想乘机霸占莫德。威尔登与莫德心心相印，一起逃往一个小岛。拉森与"魔鬼"号随之而来。船上水手无法忍受拉森的压迫，全部逃离"魔鬼"号，到拉森敌人的船上工作。"海狼"拉森众叛亲离，健康状况迅速恶化，头痛、失明和偏瘫等疾病，折磨得他生不如死。最终，不可一世的"海狼"离开了人世。威尔登和莫德埋葬了拉森，乘"魔鬼"号离开了小岛。

在《海狼》中，杰克·伦敦塑造了船长拉森——"海狼"形象。有学者认为，该形象是"最伟大的东西之一，海狼拉森就是那巨大的创造。如果那还算不上是文学上的附加物的话，那它至少也是一个永远留在读者记忆中的一个形象。你简直'不可能失去'海狼拉森。他永远在你的身边，直到你离开人间……塑造出这样一个形象对于一个人一生的创作也足以满足了。"概括起来，海狼主要有以下几个特征：一，拉森精力充沛、高大威猛。他的力量超乎常人，只要捏住某人的胳膊，就会让人疼痛很长一段时间。他把手中的土豆捏成液体，像糨糊一样喷射出去。他敲破别人的脑袋，就像打碎鸡蛋一样容易。他用手轻轻一挥，"就把乔汉生像一块木头似地抛了出去，脑袋直冲到墙壁上。"二，拉森性格暴戾，冷酷无情。他从海难中救出威尔登，强迫他留在船上服役。"我"一不小心将煤灰撒到他身上，拉森立刻像野狗一样向我踢来，"想不到这一脚竟能使人痛得那么厉害。我跌跌撞撞地走开，靠在舱板壁上，陷入半昏迷状态。眼前只见天旋地转，我感到恶心。胸口只想呕吐。"对于胆敢反抗的水手，拉森会让他们葬身大海。拉森对别人的生命漠不关心。"为了发泄心中的不快，他拿人的生命开玩笑，让人把厨子抛入海中戏耍；当厨子因此被鲨鱼咬掉一条腿时，他无动于衷，轻描淡写地称之为'天意'。冷酷的拉森把这等残忍的行为称作'男人的游戏'。"水手、猎人和厨子等稍有不慎，就会遭到咒骂与毒打。他生气时像狮子一样咆哮，把船上水手打得鬼哭狼嚎。

拉森身上最显著一个特点，就是他有一股刚强的意志力。拉森的权力意志首先反映在学习上。拉森生于贫困家庭，没有受过正规教育，"12岁当茶坊，14岁当杂役，16岁做普通水手，17岁便是高级水手了，也曾做过水手的领班，有无穷的雄心，感到无穷的寂寞"，他找来航海学、数学、科学和文学方面书籍，如饥似渴地学习，熟悉斯宾塞和达尔文的著作及波斯诗人海亚姆的诗，从某种意义讲，他是一位学识渊博、思想深邃的智者。他与威尔登谈论哲学、科学、进化论和宗教，其见解和卓识令后者大为折服。其次，他以铁的意志掌控着"魔鬼"号。他野蛮霸道，任意行事，残酷对待船上人员，弄得水手、猎人和厨子人人自危。他高傲自负，目空一切，如同尼采笔下的"金发野兽"式超人。他相信绝对权力，"强权便是真理，就是这么一回事。懦弱就是错误。说强有力的好，懦弱的坏，说得不够痛快——说得好一些，应该是强有力的可喜，因为有利可得；懦弱的痛苦，因为有所失。"

对于"海狼"拉森身上的权力意志，学界往往有着不同的理解。有学者结合杰克·伦敦坎坷曲折而又不断追求的一生，特别是其早年航海和淘金生活，认为伦敦有一股英雄主义情结，海狼拉森则是其英雄梦一个符号。拉森心中涌动生命的激情，面对死亡有一种不甘屈服的英雄气质，融合了希腊神话中狄奥尼索斯的自由与激情。有学者认为，伦敦塑造海狼形象的最初意图，是要"唤起人们内心的那份对残酷环境的抗争与不妥协，最终达到生命的最高境界。"也有学者认为，拉森凭借力量和权力在"魔鬼"号建立统治，相信拳头即真理，全身散发一股兽性意识，"这种兽性意识导致拉森身上的道德意识丧失殆尽，使海狼成为一头地道的豺狼……拉森奴役别人、虐待别人，是一个能把人变成野兽的魔鬼……海狼拉森不仅行为野蛮，而且在处事上也缺少人性。几乎跟畜生一样没有心肝，他不停地活动着，总是在试图征服别人，试图操纵别人。"

在"海狼"拉森影响下，"魔鬼"号上水手、海豹猎人和厨子的权力意志也被激发出来。一开始，大家慑于海狼的蛮力和嚣张气焰，对其统治敢怒不敢言。但水手们很快明白一个道理：要在"魔鬼"号上生存，必须使自己变得更凶猛、更野蛮。他们开始用暴力手段对付身边的人，还用暴力把拉森扔进大海。其中，变化最大的是作家威尔登。这位温文尔雅的青年学者，在"魔鬼"号上不断受到欺侮，不仅船长海狼对他拳脚相向，连厨子马格立治也侮辱他。在这个野兽丛林，他意识到生存竞争的残酷性，他身上的儒雅气质逐渐褪尽，权力意志、兽性和力量被唤醒。当马格立治再次挑衅时，他像野兽一样冲过去。学者对威尔登的变化这样解释，"在生存竞争、优胜劣汰的选择下，文明人身上的兽性意识是很容易得到复苏的。"

欧文·斯通在传记《马背上的水手》中指出，伦敦受到了尼采超人哲学影响，"他们两个的经验比较近似……他也从尼采著作中发现了超人理论，所谓超人比一般人更高大、更强壮、更聪明，超人能克服一切障碍，统治奴隶大众。杰克觉得超人哲学很合他的口味，因为他以为自己是一个可以克服一切障碍的超人，一个可以统治（教育、领导、指引）大众的巨人。"尼采是19世纪德国著名哲学家，他在继承叔本华意志论的基础上，以基督教斗士的姿态提出"权力意志论"。尼采认为，以基督教为代表的西方文明已失去活力，使人的生命力越来越孱弱。他发出"上帝死了"的呐喊，呼吁具有叛逆精神和权力意志的超人出现。"超人"具有最高权力意志，不受传统观念约束，有着鲜明的酒神精神。只有超人振臂一呼，才能打破偶像、拯救人类和没落的现代文明。权力意志是一切生命追求的终极目标，也是宇宙万物得以发展的内在动力。由于人的本能是利己主义的，人生就是强弱权力意志的较量过程。征服异己、使之成为自己生存、发展的工具，是一切生命的基本原则。美国文伦家米切尔·夸特曾论述杰克·伦敦与尼采的关系。夸特指出，尼采偏激地反对道德和真理，宣扬"权力意志"和"超人"思想，这种反社会的思想是可怕的。伦敦以尼采为原型创造了拉森形象。拉森不信宗教、不讲道德，天资很高、热爱艺术，有着尼采一样的思想、性格与气质，甚至还有着同尼采一样的头疼、失明等毛病。夸特指出，拉森背离了人类社会的道德传统，其行为是反人类的，这就决定了他的悲剧命运。

在一定程度上，"海狼"身上的权力意志体现了美国人的民族气质。美国白人在北美逐渐发展壮大以后，通过强权和暴力从印第安人手里掠夺土地等资源，在开发边疆过程中，同样表现出强悍的一面。正如一些学者所言，在美国发展过程中，弱肉强食的超人哲学和优胜劣汰的达尔文主义很有市场。"强悍、野蛮、具有兽性变成了美国边疆开发者们心中向往的品格，甚至美国大多数身居要职的帝国主义政策制定者和它的拥护者们，在公开演说中也时常流露出对兽性意识特别青睐的倾向。"另一方面，美国WASP(盎格鲁-撒克逊白人后裔)还有一个"美国梦"。他们常常以"上帝的选民"自居，狂妄地蔑视其他民族。美国人的选民观"主要表现在对绝对真理的追求和超人一等的人生态度上，他们认为自己被'选中'获得绝对真理的知识，从而享有足够的权力去干涉、控制甚至左右'非选民'的生活，最终达到'利己'的目的。"这种"控制"和"干涉"别人生活的欲望，与"海狼"在"魔鬼"号上的铁腕统治相一致，体现了美国白人特有的权力意志。

1915年，伦敦在给朋友玛丽·奥斯丁信中坦言自己创作《海狼》的初衷："多年以前，在我创作生涯刚刚开始时，我就攻击尼采和他的超人思想，这就是《海狼》。很多人读了《海狼》，但没有一个人发现那是攻击超人哲学的。"也就是说，杰克·伦敦的目的是要通过"海狼"这个形象反对个人主义，攻击尼采的权力意志论和超人哲学，但后来许多读者误读其作品。实际上，读者的误读是可以理解的，因为杰克·伦敦对"海狼"拉森的态度是矛盾的，既批判又赞颂。他歌颂拉森身上强悍、叛逆的一面，又批判他性格残暴、缺乏人性。比如，威尔登在检查拉森创伤时，情不自禁流露出赞美之情："我向来不赞美肉体的——从来没有；但是我有艺术家的眼光能欣赏这肉体的奇观。我必须承认，'海狼'拉森的身体线条可谓十全十美，使我不得不惊叹，可以说这是一种了不起的美……但是'海狼'拉森的（美感）却是男性的，刚强的，几乎和天神一样完美无缺。"同时，他还宣扬"海狼"身上的"兽性"和"野蛮"："他是更为可怕的野蛮人……他一举手、一投足都露出森林里原始人类的蛮荒的气息……我把他比作大虫，一种勇猛的食肉兽。他就像这种野兽，眼睛里常常现出锐利的闪光。""海狼"后来兽性发作，企图非礼女作家莫德，与威尔登扭打在一起，"像野兽一般愤怒着"。

也有学者认为，《海狼》的基调是现实主义的，通过对人生苦难、病态和荒诞的描写，表达了人应该直面现实、勇敢生活的动机。伦敦通过拉森之口宣布："生命是在自己手里。人是天生的赌徒，生命就是他所能下的最大的东道。越是崎岖，越是惊险。"它强调了人类生存的自主性和自决性。杰克·伦敦借"魔鬼"号上船员变化，他们从接受奴役到集体反抗，强调人的可塑性、自由性、创造性与超越性。这种自我创造和自我成长，正是人成其为人的重要标志。总之，小说《海狼》的思想内涵是非常复杂的，不同的读者会得到不同的启示。这也正是这部作品的魅力所在。

思考题

1. 小说《海狼》中，船长拉森有哪些特点？
2. 结合"海狼"命运，谈谈你如何评价"海狼"身上的"超人"思想？

推荐书目

1. 杰克·伦敦. 海狼[M]. 裘柱常译. 上海：上海译文出版社，1984.
2. 杰克·伦敦. 热爱生命[M]. 曹剑译. 天津：天津教育出版社，2010.

参考书目

[1] 王桂华. 杰克·伦敦作品中的兽性意识和超人思想[J]. 河南理工大学学报（社科版），2008(3)：351.
[2] 欧文·斯通. 马背上的水手[M]. 董秋斯译. 北京：中国青年出版社，1959：188，93.
[3] 王宁. 论杰克·伦敦的《海狼》[J]. 国外文学，1981：114.
[4] 杰克·伦敦. 海狼[M]. 裘柱常译. 上海：上海译文出版社，1984：98，85，66，122，181，128.
[5] 焦建平. 杰克·伦敦的英雄主义情结[J]. 西北大学学报（哲社版），2008(4)：174.
[6] 金楠楠. 杰克伦敦在《海狼》中的英雄主义和超人哲学[J]，边疆经济与文化，2010(7)：111.

［7］ 兰守亭. 兽性意识的张扬者——杰克·伦敦 [J]. 上海师范大学学报（社科版），2003(2)：83，84.
［8］ 曹广涛. 试析《海狼》超人思想的论争[J]. 韶关大学学报（社科版），1999(3)：55.
［9］ 史志康. 美国文学背景概观[M]. 上海：上海外语教育出版社，1998.

第八讲　海洋文学与哲思

外国作家描写大海的作品很多，但侧重点各不相同。有作家把海洋与爱情联系在一起；有些作家通过大海揭示人与自然的关系；还有作家面对大海陷入哲理思考，把海洋与自由、生死和生命等联系起来，通过海洋探寻人生价值与意义。本讲，以《越过海滩》《海滨墓园》为例，分析丁尼生和瓦雷里对海洋的描写，探讨生死和永恒等问题，以深化对他们诗歌内涵的理解。

大海与死亡

丁尼生（Alfred Tennyson，1809—1892）是英国维多利亚时代诗人，也是当时广受欢迎的作家。1889年，丁尼生已经是80岁的耄耋老人，目睹多位亲人离世，他领悟到人生的奥秘和意义，看淡了兴衰荣辱、生老病死，因而1889年在创作诗歌《越过海滩》(Crossing the Bar)时，表现出一种超然豁达的生死观。诗歌篇幅不长，只有短短四节，却内涵丰富、意味深长。"第一、二节为第一部分，表达了诗的主旨和境界。第三、四节是前两节的重复与对仗，渲染气氛，使读者印象深刻。"

诗歌开头，正值黄昏时分，诗人独自站在海边，看太阳西沉，群星闪烁，似乎听到大海深情的呼唤。这里，诗人用"太阳沉没"暗示自己人到暮年，即将走向生命的终点。他知道自己将要出海——踏上未知的人生旅程。诗人平静地宣告，"潮太满了，反而无声无息/从无边的海洋里汲取的/如今又复归去。"意思是说，自己年事已高，不会因为死亡来临心中不安，生命从无到有、从有到无，从喧哗与骚动到平淡与孤寂，这是无法更改的自然规律。对诗人来讲，死亡就像"睡去"的海水一样，没有什么值得介怀的。此时，诗人心里异常平静，并没有恐惧与悲伤。诗歌也由此透出一股祥和静谧之美。"英国传统文化认为，在人死亡之际，落潮也要发出哀鸣。丁尼生反用其意，认为死亡是自然轮回，因而盼望自己死时沙滩边不会有哀泣呜咽，可见诗人乐天知命的襟怀。"

诗歌第三节，暮色深沉，"黑暗"（喻指死亡）即将降临。诗人希望在他"起航的时辰"，所有亲人不要有"诀别的悲痛"。这与他在第二段中表达的死亡观一致。丁尼生认为，死亡是生命体的自然现象，就像自然界的花落与潮退一样，都是极为平常的事情，当然也就无需悲哀与感伤。诗歌第四节，诗人甚至怀着欣喜之情迎接死亡的到来，他相信潮水会送他去远方，他将超越时间与空间，进入一个永恒澄明的美好世界。当然，他也希望能够见到那个"领航人"——上帝。这样，诗人就从此岸走向了彼岸，在精神上越过了"海滩"。

丁尼生的生死观与中国诗人陶渊明比较相像。陶渊明在多篇诗歌中谈及死亡，却始终乐观。丁尼生的生死观与他的宗教信仰有关。在基督教观念中，死亡并不意味着人生的终结。尽管人的肉体消亡了，其灵魂仍然活着，对那些博爱、仁慈的人来说，灵魂的最终归宿应该是天堂。因此许多人认为，人生世间就像临时住在驿站，现世生活不过是昙花一现的幻影，彼岸世界才是抵达永恒的所在。基于这样一个观念，许多基督徒并不觉得死亡是件可怕的事情。在《越过海滩》中，丁尼生能够坦然面对死亡，其内心大概也有类似的看法。

丁尼生在《越过海滩》中表达的生死观，不能完全归结于他年岁已高，悟透了人生要义；或许，这正是他对死亡问题的一贯看法。他在《我们为什么要为死去的人悲伤》中也表达了相似观点："地上最美丽的花朵也会凋谢；最光明的希望也会被遗忘。人被创造，只是为了身归黄土，灵居天界，为什么我们还要哀痛惆怅？"丁尼生认为，生不值得过分惊喜，死也无需太多感伤。生与死犹如自然界的草木荣枯，都是造物主的安排。人生难免一死，但死亡并不意味着幻灭，只是人从一个形态变成另一个形态，从一个世界到了另一个世界。死亡是走向"永恒"的必由之路，也是新生活的真正开始。

大海与生命

瓦雷里（Paul Valéry，1871—1945）是"20 世纪最伟大的诗人"，法国象征主义大师。其诗歌善于表达对生死、生命等问题的思考，具有抽象而深刻的意蕴。《海滨墓园》（*Le Cimetiere Marin*）是瓦雷里晚年作品，也是他一生中巅峰之作，其中既有"清晰、玄妙"的抒情成分，又有非常深邃的哲学意味。诗歌描写诗人独自坐在海边的山上墓园，面对一排排坟茔，开始思考人生意义及生死、不朽和永恒等问题，希望在物我交融的境界中参透人生玄机。全诗共有 24 节，从表达内容看，大体可分四个部分。第一部分为 1~4 节，第二部分为 5~8 节，第三部分为 9~18 节，第四部分为 19~24 节。

诗篇开始，诗人描绘了一幅安静祥和的画面，将房顶与大海、白鸽与船帆对应起来，通过这些意象，反映出中午时分大海周围的环境。眼前是蓝色大海，空中是红色太阳，鸽子像点点白帆，诗人坐在海边墓园极目四望，在良辰美景中思绪飘忽。他看到米奈芙神殿的金色顶点，从这"纯粹的顶点"眺望渺茫大海，"时间"如一声长叹在瞬间定格，太阳像一只巨眼俯瞰万物。诗人端坐在天地之间，在"时光"的流转中体悟到永恒。"在诗人专注的目光中，火一般的阳光点燃了大海，火与水这两种对立物质的融合表明太阳（神明）和大海（诗人）由对峙为合一，从而达到一个和谐默契的境界。"

第二部分，诗人的思绪从远处回到自身。他领悟到时光飞逝，万物终将消散，冥冥之中神明自有安排。所有人都是上苍嘴里一枚果实，但形体消亡并不意味生命死寂，因为"它把消失换成了甘美"，或者说，灵魂在另一个世界获得了不朽。正如丁尼生将死亡视为"出海"一样，瓦雷里也持灵魂不死的想法，因此诗中一些句子颇具象征意义。"看我多会变"实际是指人生短促，而"我竟委身于这片光华的廖廓"则比喻时间永恒，此时诗人的灵魂已飞到云霄，与太阳一起俯瞰潮起潮落。他明白世间万物从生到死，都是在运动中走向消亡的。正如学者所言，"像其他象征派诗人一样，瓦雷里也受到无限宇宙的折磨"。他面对上苍感到自己渺小又无助，认识到万物皆变、人生易老，人在天地间犹如一粒尘埃，随风浮游，终将消失在宇宙某个角落，不知所终。

第三部分，瓦雷里追问如何才能实现人生不朽。看到这里金石遍地、树影幢幢，大理石陪伴无数阴魂亡灵，人类在大海涛声里安静入眠，正午的太阳烘烤着大地，也烘干了坟墓里所有的秘密，诗人忽然明白，人生是不完美的、有缺憾的，经常伴随着痛苦、焦虑和忏悔，失去意识的死者尽管能够灵魂不朽，但已然不是真正的存在。诗人不愿意死后不朽，也不愿意像行尸走肉一样活着。他认为人的灵魂被囚禁在肉体的牢房，但人并不希望脱离物质世界，而进入"纯理念世界"中去。由此，诗人开始正视自己的衰老与死亡，彻底摒弃了对不朽、永恒等至善至美境界的追求。

第四部分，诗人参悟人生真谛，便以积极的姿态肯定现实生活。诗人认为"爱情"用"一副秘密的牙齿"与他亲近，但他毫不在乎它的咬噬，"它喜欢我的肉，它会追上我的床"，但人生正因爱情才有一些"生机"。在诗歌第 22 节，诗人喊着要"起来"，满怀信心地"投入不断的未来"。大海仿佛也成了他人生动力的源泉，"奔赴海浪去，跳回来一身是劲"。这里的大海指的是社会生活。如果说诗人在前三部分的沉思中略带迷惘的话，那么他在第四部分似乎振作起来，重新收拾行装迎接生活的挑战。此时，诗人明白人世间一条真理；"只有试着活下去"，不能因为冥思苦想而蹉跎大好时光，因为所谓的"不朽"不是凭空想出来的，而是在动态的生活——不断追求中生发出来的。由此，诗歌的最后一句"白帆啄食的平静的房顶"，与诗歌开头"白鸽荡漾的平静的房顶"形成对应。虽然两句话只有细微的文字之差，但含义却相去甚远。"白鸽荡漾"是大海中的白帆，但此时的船帆是静止状态；而"白帆啄食"则是动态的，作者强调的是人的行动和追求。

综上所述，面对大海这一自然界奇观，不同作家看到的是不同内容。普希金赞美大海的雄浑壮阔，歌颂这个"奔放不羁的元素"，表达他对专制统治的愤懑。丁尼生从大海想到即将到来的死亡。他相信彼岸世界、永恒和不朽，因此能够平静地看待死亡。瓦雷里在面对大海时发出了对生与死的感叹，对运动与永恒的讨论及对人生真谛的追求。他主张人应该在生活的海洋中追求，在不断行动中实现人生意义。瓦雷里对人生的最终顿悟与浮士德相似，也是通过行动告诉读者，人生意义在于追求过程而不在于结局，人应该用行动和意志标识自己的存在。

思考题

1. 面对大海，敏感的作家往往发出哲理思考。结合丁尼生的《越过海滩》，谈谈他的生死观。

2. 结合《海滨墓园》，谈谈你对人生的理解。

推荐书目

1. 丁尼生. 越过海滩[M]. 飞白译. 见汪汉利编《外国海洋文学选编》，北京：中国环境出版社，2015.

2. 汪汉利. 外国海洋文学选编[M]. 北京：中国环境出版社，2015.

参考书目

[1] 汪汉利. 外国海洋文学选编[M]. 北京：中国环境出版社，2015.
[2] 胡明华. 大海：自由精神的见证和象征——普希金《致大海》赏析[J]. 名作欣赏，2003(7):78.
[3] 黄宗英. 缪斯的旋律：欧美诗歌史话[M]. 海口：海南出版社，1993:86.
[4] 飞白. 英国维多利亚时代诗选[M]. 长沙：湖南人民出版社，1985:76.

第九讲　海洋文学与乌托邦

《乌托邦》与乌托邦

乌托邦（Utopia）一词源于希腊文，由两个词根 ou（或 eu）与 topos 构成，前者 ou 是"没有"或"美好"之意；后者 topos 则有"地方"之意。Utopia 即为"没有的地方"或"美好的地方"。现在，"乌托邦"一词常指一些脱离现实的无法实现的理想，或理想中的美好社会。

在外国文学史上，许多作家描写过"乌托邦"式的国度。柏拉图在《理想国》中将城邦公民分为哲学家、军人和农民三等，认为三种人各司其职，就能实现公平、正义与社会和谐，就能建立一个所谓"理想国"。阿里斯托芬在喜剧《鸟》中描述的"云中鹁鸪国"，就是一个虚构的理想世界。康帕内拉认为"自私自利是万恶之源"，便在《太阳城》中叙述一个人人劳动、个个幸福的理想国度——太阳城。在伏尔泰的《老实人》中，"老实人"来到一个"黄金国"。这个国家非常富有，地上的石头就是黄金。人们没有贪欲和各种野心，过着富裕、幸福的生活。总体来讲，这些描述乌托邦世界的作品，或是要表达对现实生活的不满，或是要表达对未来世界的美好预期。

英国是大西洋上一个岛国，英国作家想象的乌托邦世界往往也在岛上。在培根的《新大西岛》(the New Atlantis)中，理想国——新大西岛（本色列岛）位于新旧两个世界之外，是一个拥有无数财富的国度。在斯威夫特《格列佛游记》中，格列佛出海后到达一个慧骃国——智慧的马国。慧骃国的居民爱劳动、有爱心、讲诚信……这体现了作家对社会现实的批判。英国最著名的乌托邦作品是托马斯·莫尔的《乌托邦》。这部小说出版于 1516 年，全名《关于最完全的国家制度和乌托邦新岛的既有益又有趣的全书》，在西方文化史上影响深远。

莫尔（Thomas More，1478—1535）是英国政治家、作家和哲学家。出生于法官家庭，幼年丧母，在父亲严格教育下长大。早年学习拉丁文，曾任坎特伯雷大主教莫顿的侍从。莫顿是当时著名学者，通晓法律、宗教、建筑等学科，睿智成熟、谈吐非凡，对莫尔的成长产生了重要影响。据说，莫顿对才华出众的莫尔青眼有加，他向来访的客人介绍："在我们桌旁的这个孩子，将来会对每一位能看到他成长的人表明他是一位出类拔萃的人物。"14 岁时，莫尔学习柏拉图、伊壁鸠鲁和亚里士多德等先贤作品，受柏拉图哲学思想影响最甚。由于父亲反对他学习古典文学，莫尔在牛津大学等高校研修法律，为将来成为一名律师作准备。此后，莫尔还对宗教产生浓厚兴趣，在卡特豪斯修道院苦修 4 年。

24 岁那年，莫尔离开修道院，进入伦敦世俗社会，随后成为闻名遐迩的律师。由于生性耿直、能力出众，他很快赢得广大市民的拥戴，两年以后成为国会议员。亨利八世即位以后，莫尔迎来悲喜交集的人生。亨利八世一开始对莫尔颇为赏识，委他以重任。莫尔先后担任枢密顾问、财政大臣、下议院议长、大法官等职，成为当时炙手可热的朝廷重臣。后来，他与亨利八世的矛盾逐渐显露出来。亨利八世与王后一直存在矛盾，向罗马教廷提出离婚申请，但遭否决。亨利八世宣布英国脱离罗马教廷，并自任宗教领袖。莫尔对传统宗教有着深厚感情，反对国王集世俗和宗教权力于一身，因此得罪了亨利八世，并以"叛国"罪名受到控告。莫尔面对指控无所畏惧，仍然坚持自己立场。莫尔被处死以后，头颅被挂在伦敦桥上示众。

在英国殖民史上，莫尔是一个绕不开的重要人物。他对国家的殖民统治和海外掠夺，起到了思想先导作用。当时英国的文艺复兴刚刚开始，民族意识逐渐觉醒。随着英国资本主义经济飞速发展，英国各地发生了"羊吃人"的圈地运动——广大农民受到暴力胁迫，不得不离开他们世代耕种的土地，从而成为四处漂泊、居无定所的盲流。他们纷纷涌进英国的大城市，造成城市人口迅速"膨胀""过剩"的假象。如 1582 年伦敦的人口是 12 万人，1605 年猛增至 22.5 万人。"那些被赶出土地的广大农民，作为流浪者和乞丐，他们可能传播疾病、污染环境；作为失业者，他们又会带来危害社会治安等种种问题。于是，越来越多的城镇也就变成这些随处迁移的流浪人群的漫无尽头、不确定移居地的暂时性或永久性落脚点，许多人往往毫无收获地在寻找、漫游或乞讨，只是为了满足最低限度的生存需求而已。同时，日益壮大的乞丐、流浪者和失业者队伍不时受到犯罪心理的驱使，颇令同时代人恐惧和害怕。"实际上，这是英国从封建社会向资本主义过渡时期的必然现象，但当时许多人不理解社会转型时期这一变化，对城市日益增多的乞讨者、流浪汉心怀恐惧，视之为洪水猛兽。针对当时的社会乱象和公众的复杂心理，莫尔提出了他的"人口过剩论"论。

莫尔认为，要想解决失业、流浪和人口过剩问题，英国应该向海外世界寻求新的出路，特别是要向海外输出"多余人口"。莫尔受到柏拉图《理想国》启发，根据当时地理大发现的成果，提出在遥远的大洋中存在一个乌托邦岛。与混乱的英国现实不同的是，这是一个秩序井然的理想世界。"按照莫尔的设计方案，乌托邦岛共有 54 个城市，城市之间至少相距 24 英里（英制长度单位，1 英里=1609.344 米），每个城市幅员 20 平方英里左右，它们加到一起比英国还大。乌托邦岛遥远而安全，外敌难以入侵，是移民的理想场所。"每个城市的人口相对比较固定。当一个城市的人口出现过剩，就可以调剂到人口相对较少的地区。如果全岛人口出现超员现象，那么就在附近地区开辟新的殖民地。有意思的是，当时英格兰和威尔士的城市也是 54 个。莫尔想象乌托邦岛的动机也就不言而喻了。

当然，莫尔提出"人口过剩论"的本意并非建立殖民帝国，而是为了解决社会问题。但客观上，莫尔的"人口过剩论"与培根的"海上帝国论"和理查德·哈克卢伊特的"向西发展论"一起，把英国人的目光从国内引向海外，对建立殖民帝国产生了深远影响。英国人在这些说教的刺激下走出国门，奔赴海外，在全球范围从事海外探险、经济贸易和殖民扩张活动。可以说，英国最终在北美建立殖民地，后来在全球范围内建立海洋霸主地位，在一定程度上得益于莫尔的"人口过剩论"和乌托邦想象。由于莫尔熟悉亚美利哥·维斯普齐的信件和彼得·马丁的《新大陆论》（1511），他所设想的乌托邦岛与北美大陆的地理位置比较接近，因此有学者指出，"英国 17 世纪在北美建立殖民地，一定意义上就是莫尔在《乌托邦》中阐述的殖民思想的产物，而不仅仅是一种偶然的巧合。"

莫尔的《乌托邦》是用拉丁文写成的游记体小说。作品以莫尔与学者拉斐尔·希斯拉德对话的形式展开叙述：后者与一朋友航海出国，因中途遇险而来到乌托邦岛。他看到乌托邦人的生活与英国人不同，就回来向莫尔讲述岛上政治、经济等方面状况。小说主要分为两个部分，第一部分表达他对现实社会的思考与批判，第二部分表达对他未来社会的美好设想与预期。

乌托邦岛的形状像一弯新月，长度大约 500 英里，"两角间有长约 11 英里的海峡，展开一片汪洋大水。由于到处陆地环绕，不受风的侵袭，海湾如同一个巨湖，平静无波，使这个岛国的几乎整个腹部变成一个港口，舟舶可以通航各地。"乌托邦岛周围暗礁遍布、岩石矗立，没有乌托邦人的带领，外人难以进入港口。全岛共有 54 座城市，各个城市的内部和外观差别不大。亚马乌罗提是岛上最重要的城市，各城的代表常常聚集于此，因此可将其视为首都。阿尼德罗河将首都与大海连在一起，海水每隔 6 小时涨落一次。亚马乌罗提离海岸 30 余英里，因此，靠近首都的河水没有受到海潮污染。

经济制度上，莫尔在《乌托邦》中认为，私有制是造成社会分化和各种不幸的根源，实现幸福人生的唯一途径就是要消灭私有制："如果人人对自己能取得的一切财物力图绝对占有，那就不管产品多么丰富，还是少数人分享，其余的人贫困。""私有制存在一天，人类中绝大部分也是最优秀的一部分将始终背上沉重而甩不掉的贫困灾难担子。""我深信，只有完全废止私有制度，财富才可以得到平均公正的分配，人类才能有福利。如果私有制度仍然保留下来，那么大多数人，并且是最优秀的人，会永远被压在痛苦难逃的悲惨重负下。"莫尔不仅看清私有制的罪恶，主张消灭私有制，还提出生产资料共有的想法。在乌托邦岛上，一切生产资料都由全体公民所有，就连日常的消费品也是大家公有。乌托邦岛是以家庭为基本经济单位的。不过，"乌托邦人的家庭已经不同于中世纪家长制的农民家庭或手工业家庭。家庭成员之间并不一定是血缘关系。这种家庭是按照有利于社会生产的原则组成的。一个人如果对自己所在家庭担任的工作不感兴趣，可以根据自己的爱好自行转入从事其他工作的家庭中去。一个家庭的人数如果超过了该家庭所承担的生产需要时，社会把多出的人抽调到人数少的家庭。这种家庭的基础已经不是简单的血缘关系，而主要是某种特定的经济结合。它实际上是一种全社会所有制的经济组织。"

分配制度上，乌托邦人对生产资料和消费品实行按需分配。比如，每个家庭都把自己的劳动产品送进公共仓库，然后从仓库取回自己需要的东西。每天工作 6 小时，乌托邦人生产的物资足以够用。人们到达一定年龄就要参加劳动，不论男女，享有劳动豁免权的不到 500 人。劳动时男女分工不同，女性从事体力消耗较少的工作，如毛织、麻纺等。男性则承担比较繁重的劳动。每 30 个住户共享一个集体餐厅。到吃饭时间，就会有人吹响喇叭，大家陆续走进餐厅用餐。岛上实行免费医疗，住房 10 年调换一次。乌托邦人对土地扩张不感兴趣，因为他们"认为自己是土地的耕种者，而不是占有者。"他们旅游时也不用携带任何用品，因为东西到处都有，可以随时拿来使用。大家各取所需，不需要商品与货币。乌托邦人过着朴素的生活，从海边捡到珍珠、在野外捡到宝石，他们只是把这些东西给孩子做装饰品。孩子长大以后，就会把这些东西扔掉。

政治制度上，乌托邦岛实行的是民主制。每 30 户选举一名"飞拉哈"，每 10 名"飞拉哈"推选一名"首席飞拉哈"。全国 200 名"飞拉哈"在宣誓后再次选举，用秘密投票方式选出总督。总督终身任职，但如有暴政倾向，会被罢免。总督和"飞拉哈"不能轻易镇压人民，随意改变现行国家制度。外交使节由选举出来的学者担任。除总督外，其他官员一年一选。国内重要事务要交飞拉哈会议讨论，也有一些问题要交给全岛大会审议。"切实保证人民的民主权力是乌托邦的重大特征。"

乌托邦人非常重视教育。妇女也有权接受教育，孩子们必须上学。他们在学校不仅要学习文化知识，还要培养道德品质。学者在乌托邦普遍受人尊敬，从事科学研究的人可以免于劳动，但如果辜负人们希望，就要被拉回来做苦力。由于物质富有、教育到位，乌托邦没有盗贼和乞丐，人们遵守各项法律法规，友好平等地对待他人，没有各种腐化堕落行为，不喝烈性酒精饮料，没有妓院等场所。

乌托邦人的精神生活丰富多彩。除工作、睡眠和用餐外，他们的业余时间都由自己支配，但不会在宴会和游荡上浪费时间，而是用来从事学术研究。每天黎明前要举行公共演讲，各界人士成群结队前来听讲。饭后一小时，乌托邦人用来搞文娱活动，或者在花园谈心聊天，或者在冬季的室内演奏音乐。他们从来不搞赌博活动，却热衷于类似于下棋的两种游戏：一种是斗数，一个数字吃掉另一个数字；另一种游戏是罪恶对道德的进攻。所有公民都乐于追求精神上的自由，他们认为这是人生的幸福所在。当然幸福不是由一种快乐构成，而是源于高尚的快乐。乌托邦人认为，至善就是合乎自然的生活。

总而言之，借助乌托邦这个虚构的海岛生活，莫尔在反映当时英国社会现实的同时，还描绘了理想社会的政治、经济、科学文化、社会生活、宗教、对外关系等方面情况，涉及人口、教育、城市规划、交通运输、婚嫁习俗、语言文字、医药等各个方面。莫尔的乌托邦想象反映了社会转型时期广大民众的愿望，特别是他们向往平等、自由民主、追求幸福生活的愿望。它是欧洲第一个系统表达空想社会主义理想的作品，对后来欧文、傅里叶、圣西门等人的理论产生深远影响。

思考题

在《乌托邦》中，人们是怎样分配产品的？

推荐书目

托马斯·莫尔. 乌托邦[M]. 戴镏龄译. 北京：商务印书馆，1982.

参考书目

[1] 程巍. 光与影：文艺复兴时期文学[M]. 海口：海南出版社，1993：118.
[2] 姜守明. 从民族国家走向帝国之路——近代早期英国海外殖民扩展研究[M]. 南京：南京师范大学出版社，2000：31，34.
[3] 托马斯·莫尔. 乌托邦[M]. 戴镏龄译. 北京：商务印书馆，1997：48.
[4] 滕世宗，阎德民，郭学德. 探索理想社会的先驱——空想社会主义史话[M]. 乌鲁木齐：新疆人民出版社，1985：11，12.

荒岛文学与异托邦

英国，全名大不列颠及北爱尔兰联合王国，是位于大西洋东岸的岛屿国家，所辖范围包括大不列颠岛和爱尔兰岛北部地区以及英属维尔京群岛、开曼群岛、福克兰群岛、圣赫伦岛等众多附属岛屿和海外殖民地。

在一定程度上，这种特殊的地理构成影响了英国人的精神世界和思维模式，导致他们想象世界的图景比较另类。他们常以海岛作为想象他者的基本空间，或将故事背景设置在海岛上，或想象海岛环境对人物命运的影响。可以说，从文艺复兴时期的《暴风雨》《新大西岛》《乌托邦》，到启蒙时期的《鲁滨逊漂流记》《格列佛游记》，到 19 世纪的《珊瑚岛》《金银岛》，再到 20 世纪诺贝尔文学奖得主戈尔丁的《蝇王》等，基本上都与海岛相关。从世界范围看，英国作家是描写荒岛频次最高的群体。下面，我们以不同时代的海洋文学作品《暴风雨》《鲁滨逊漂流记》和《珊瑚岛》为例，分析英国作家笔下的荒岛描写，探讨他们建构的海岛异托邦的特征及其意识形态内涵。

一、英国文学中荒岛描写

笛福创作《鲁滨孙漂流记》时，英国还处在快速发展的上升期。在《鲁滨孙漂流记》中，鲁滨孙在北纬 12° 遇到风暴，船只被狂风摔碎，只得乘坐一条小艇逃生。随后小艇也被狂风吹翻，他醒来时已经置身荒岛。"这个海岛非常荒凉，看来荒无人烟，只有野兽出没其间。但至今我尚未遇见任何野兽，却看到无数飞禽，可都叫不出是什么飞禽，也不知道打死之后肉好不好吃。回来路上，见一只大鸟停在一棵树上，就向它开了一枪。我相信，自上帝创造这个世界以来，第一次有人在这个岛上开枪"。此后，小说数十次使用"荒岛"来形容该岛。鲁滨孙分析自己所处的环境，"我流落荒岛，摆脱困境已属无望""小岛虽然荒凉，但我尚有粮食，不致饿死"。岛上不具备基本的生存条件，鲁滨孙在 1659 年 9 月 30 日日记中以"绝望岛"命名该岛。生活一段时间以后，鲁滨孙才发现"绝望岛"的美丽与可爱。1660 年 7 月 16 日，鲁滨孙看到海岛上不同的景色："我来到一片开阔地……一湾清溪从山上流下来，向正东流去。眼前一片清新翠绿、欣欣向荣，一派春天气象，周围景色犹如一个人工花园"。鲁滨孙在岛上考察、旅行和思考之后，对"绝望岛"的态度逐渐变化。"我现在所在的小岛这边的环境，比我原来住的那边好多了。这儿草原开阔，绿草如茵，遍地的野花散发出阵阵芳香，且到处是茂密的树林"。海岛形象出现"向好"趋势，主要原因有两点，一是经过鲁滨孙的经营和种植，"绝望岛"的生活条件逐渐改善，物资日益丰富，他在加工、改造荒岛过程中洒下汗水、付出了劳动，逐渐在荒岛上打上他个人的烙印。荒岛成为他验证本质力量的符码，他在观照海岛时便会产生美感。二是在海岛生活一段时间后，鲁滨孙发现岛上没有食人族，便有了安全感而非害怕和焦虑。与此同时，他感到播种和收获的喜悦，对自己垦殖荒岛非常自信。由此鲁滨孙再次打量海岛时，必然会有一种满足感，他眼中的海岛形象也发生了相应的变化。

在巴兰坦《珊瑚岛》中，拉尔夫、彼得金和杰克三位英国少年向往海外世界，乘船失事以后，沦落到南太平洋一个珊瑚岛。该岛"长满各种异常美丽、五颜六色的树和灌木……白色的沙滩像一条银链环绕着翠绿的海岸，不时有细碎的海浪冲上来"。有趣的是，珊瑚礁中有"一座美丽的花园"，不仅有色彩缤纷的树状珊瑚、形态各异的海草，还有五颜六色的鱼儿游来游去。在"水中花园"海湾，"珊瑚长得更美，水草类植物比环礁湖里的更好看，颜色也更亮丽"。岛上不仅生长椰子和面包树，还有猪、芋头、山药和土豆等生活物资。上述海洋文学中，故事背景都是与世隔绝、不为人知的海岛，远离英国本土，在主人公抵达之前鲜有人类涉足。他们或荒凉不堪，或美如"花园"，都是处于自然状态、待开垦的处女地。实际上,上述关于海岛的描写多为虚构,并非自然状态下的荒岛。作家站在特定的立场进行想象和描写,导致"荒岛"带有鲜明的政治和种族内涵。

二、荒岛与异托邦

在莎翁《暴风雨》中,海岛土著凯列班是女巫西考拉克斯之子,一个在海岛出生、成长的丑陋怪物。他本来认为自己是"海岛之王",而普洛斯彼罗等人到来以后,便沦为遭受压迫的奴隶。凯列班有着鱼一样的外形,兼有人类和兽类的外形特征。安东尼奥称他为"怪物"和"妖怪"。其性格与行为也与人类相去甚远,一度幻想要玷污米兰达,要"让岛上住满大大小小的凯列班"。闯入者很少称呼他的姓名,普洛斯彼罗称他"恶毒的奴才""满嘴扯谎的贱奴"和"妖妇的贱种",斯丹法诺和特林鸠罗称他为"妖怪奴才"。在他们看来,土著居民凯列班已经丧失"人类"特质,而沦为妖魔鬼怪之类"东西"。与凯列班相似,笛福《鲁滨孙漂流记》"绝望岛"的土著居民,则被鲁滨孙称作"星期五"野人。"星期五"是海岛"食人族"部落成员,因派系斗争而被对方抓获,成为人肉宴上即将被"吃掉"的俘虏。他"一直光着身子,一丝不挂",还有令人作呕的"吃人"习惯,是鲁滨孙及时出现、挽救了他性命。在巴兰坦《珊瑚岛》中,珊瑚岛附近也生活着"野蛮"土人:"他们几乎没有穿衣服,所以他们在这场可怕的肉搏战中必须连跑带跳,看上去不像人而更像魔鬼……因为这人的身体像碳一样黑"。上述海洋文学作品中,海岛呈现的都不是自然状态,而是充斥着"食人族""野人"和"土人"的特定空间,一个想象和意识形态杂糅起来的异托邦。

有学者对"乌托邦"和"异托邦"进行过区分，认为乌托邦是"现实世界中不存在的完美社会"，异托邦是"现实存在的异质空间"，是一种"不同于自我文化的'他者空间'"。乌托邦与异托邦的相关性则是，它们都通过命名、反映或呈现其他常规位所或空间的运行逻辑而实现了对常规空间中各种关系的悬搁、中立或颠倒。"乌托邦"是凭空想象的美好社会，"异托邦"则是真实的异质文化空间。异托邦空间的关系与现实生活中并不相同，是现实空间关系的"反面"和"颠倒"。上述作品中，海岛上主要有外来闯入者和土著居民两种，前者大多是欧洲"文明社会"的白种人，后者往往是有色人种"他者"，处在野蛮落后、未进化状态，过着茹毛饮血、愚昧无知的生活，身上还保留一部分兽性或动物性特征。如此一来，海岛异托邦作为他者空间，成为观照自我的镜子，是"自我"建构的重要参照，是反映描述者欲望心理的镜子。

莎士比亚创作戏剧《暴风雨》的年代，在托马斯·莫尔创作小说《乌托邦》之后。他对莫尔的《乌托邦》比较熟悉，却通过贡柴罗讽刺莫尔的"乌托邦"理想："我要禁止一切的贸易；没有地方官的设立；没有文学；富有、贫穷和雇佣都要废止；契约、承袭、疆界、区域、耕种、葡萄园都没有，金属、谷物、酒、油都没有用处，废除职业，所有的人都不做事；妇女也是这样，但她们是天真而纯洁；没有君主"。遭到安东尼奥反驳之后，贡柴罗对其政治理想进行一些补充说明："大自然中一切的产物都须不用血汗劳力而获得；叛逆、重罪、剑、戟、刀、枪、炮以及一切武器的使用，一律杜绝；但是大自然会自己产生出一切丰饶的东西，养育我那些淳朴的人民"。其中原因，或许正如学者所言，"《乌托邦》的一个重要思想就是公有制，可是在一个公有制的国度里却存在帝王，虽然这帝王无比英明，几乎到了神的境界，但他依然是统治阶级，国家的政策即使完美无缺，却不是靠着人民建立的，而是依靠统治阶级颁布实施的，这并不是一个平等的公有制，这是《乌托邦》中的公有制本身的矛盾和局限。莎翁通过其他人物对贡柴罗构想的讽刺，可以看作是他对这样一种矛盾的态度，或者也可以认为这是莎翁对乌托邦的一种讽刺"。莎士比亚并不认同莫尔的乌托邦理想，而在《暴风雨》中描绘异托邦世界，是因为他与笛福和巴兰坦一样，具有一定的殖民意识和政治企图。

三、荒岛与帝国的凝视

在《鲁滨孙漂流记》中，鲁滨孙的独白暴露了他统治荒岛的野心："这一切现在都是我的，我是这地方无可争辩的君王，对这儿拥有所有权，如果可以转让的话，我可以把这块地传给子孙后代，像英国采邑的领主那样"。此时鲁滨孙已在海岛生活多年，亲手将荒岛打造成"独立王国"，其内心自豪感与殖民意识蓬勃而出，"我坐在中间，俨然是全岛的君王。我对自己的臣民拥有绝对的生杀大权。我可以任意处置我的臣民，要杀就杀，要抓就抓，要放就放，而且不会有反叛者"。在《珊瑚岛》中，三位少年刚踏上珊瑚岛，并不熟悉海岛的生存环境，却宣布"这个岛完全属于我们，我们可以代表国王占有这座岛，还可以参加土著黑人的祭祀"。由此可见，上述作家笔下另类的海岛异托邦，一定程度上反映了英国人根深蒂固的殖民意识。作家越是将海岛土著描写成野蛮落后、肮脏龌龊的一群，越能表明这些荒岛被殖民和被奴役的必要性。在《暴风雨》中，普洛斯彼罗则是殖民主义者代表，土著凯列班则是被殖民、被奴役的对象。凯列班对普洛斯彼罗的控诉，直接揭示后者通过欺骗手段夺取海岛资源的真相:"这岛是我老娘西考拉克斯传给我而被你夺去的。你刚来的时候,抚拍我,待我好,给我有浆果的水喝……因此我认为你是好人,把岛上一切的富源都指点给你知道,什么地方是清泉、盐井,什么地方是荒地和肥田……本来我可以自称为王,现在却要做你的唯一的奴仆"。那么闯入者怎样在海岛建立统治?上述作家在作品中给出了相似答案。

首先,闯入者通过暴力手段驯服土著居民的意志。普洛斯彼罗认为"好心肠"对凯列班毫无用处,因为后者根本不懂得感恩,对付他的"最好手段"便是"鞭打","我要叫你浑身抽搐;叫你每个骨节里都痛起来;叫你在地上打滚咆哮"。事实也是如此,普洛斯彼罗通过魔法奴役凯列班,在荒岛上建立起自己的独立王国。鲁滨孙则用枪打死第一个"野人",其他土著被枪声和火光吓得落荒而逃。他搭救的土人便"走到我跟前,再次跪下,吻着地面,又把头贴在地上,把我的一只脚放到他的头上,好像在宣誓愿终身做我的奴隶""向我做出各种姿势,表示顺从降服,愿终身做我的奴隶,为我效劳"。在《珊瑚岛》中,三位少年则用木棍惩罚土人:"杰克一棍子将手提大头棒的土著人打倒在地。"最终,"所有的敌人不是被杀死了,就是成了俘虏,他们手足被缚,直挺挺地并排躺在海滩上"。需要指出的是,三位少年搭救的土著都是妇女和儿童,而追杀他们的"敌人"是身强力壮的男性。如此一来,三位少年便成为锄强扶弱、乐于助人的英雄。作者赋予他们杀害土著行为以正义色彩。

其次,闯入者会通过语言教化等方式进行洗脑,向土著输出白人的价值观念,将他们改造成自己需要的角色。在《暴风雨》中,普洛斯彼罗振振有词地对凯列班说,"看你的样子可怜,才辛辛苦苦地教你讲话,每时每刻教导你这样那样。那时你这野鬼连自己说的什么也不懂,知乎像一只野东西一样咕噜咕噜,我教你怎样用说话来表达你的意思"。然而这只是普洛斯比罗一厢情愿的做法,凯列班其实并不喜欢这种教育,因为他"得到的益处只是知道怎样骂人"。凯列班(Caliban)名字带有鲜明的歧视色彩,不仅与野人"凯尼班"的发音比较相同,还与"食人族"(cannibal)的读音与拼写比较接近。既然凯列班如此野蛮、粗鄙,那么他接受教化、受人奴役,也就成了天经地义的事情。在《鲁滨孙漂流记》中,鲁滨孙不仅将奴隶命名为"星期五",还"教会他说英语,并听懂我说的话……每当他听懂了我的话,或是我听懂了他的话,他就欢天喜地,十分高兴"。值得注意的是,人在许多时候不是"我说语言",而是"语言说我",即他在学习和使用某种语言过程中,会不知不觉受到语言蕴含的价值观念的影响。"星期五"在接受英语语言的同时,也就接受了其中政治、文化和伦理观念,当他开口讲话时,便不可避免地表达该价值体系的内容。由此可知,语言传授是闯入者非常重要的教化手段。

在《鲁滨孙漂流记》中,鲁滨孙带着《圣经》登陆"绝望岛",他用宗教知识改造"星期五"。他在"星期五"学会英语以后,"经常向他灌输一些宗教知识""他专心致志地听我讲,并且很乐意接受我向他灌输的观念"。从鲁滨孙对"星期五"的教育来看,实质上就要求他学会忏悔、感恩、忍耐和顺从,服从海岛之王鲁滨孙的管理和支配,进而维护他在"绝望岛"的权威。在《珊瑚岛》故事结尾,三位英国少年在登船回国之前,在一块铁木上专门刻下他们名字:杰克·马丁、拉尔夫·罗弗和彼得金·盖伊,以此表明珊瑚岛已经被他们这群英国人占领,其实是向当地土著或后来者宣示主权。

思考题

英国作家创作了大量的荒岛文学。文学中的"荒岛"有何特点?

推荐书目

1. 莎士比亚. 莎士比亚全集(第一卷)[M]. 朱生豪译.长春：时代文艺出版社，2010.
2. 巴兰坦. 珊瑚岛[M]．沈忆文、沈亿辉译.北京：中国出版集团，2012.
3. 丹尼尔·笛福. 鲁滨孙漂流记[M]. 郭建中译.南京：译林出版社，2006.

参考书目

[1] 丹尼尔·笛福. 鲁滨孙漂流记[M]. 郭建中译.南京：译林出版社，2006:49，60，90，98，185，192.
[2] 巴兰坦. 珊瑚岛[M]．沈忆文、沈亿辉译.北京：中国出版集团，2012:21，77，219，15，227，229.
[3] 吕超. 从"乌托邦"到"异托邦"[N]. 中国社会科学报，2013 年 12 月 27 日第 B01 版.
[4] 莎士比亚. 莎士比亚全集（第一卷）[M]. 朱生豪译.长春：时代文艺出版社，2010:178、33、133、19、178、181、20.
[5] 张童. 从《暴风雨》中看莎士比亚的反乌托邦精神[J]. 黑龙江教育学院学报，2013（6）: 119-120.

第十讲　海洋文学与帝国

《台风》中的中国形象

约瑟夫·康拉德（Joseph Conrad，1857—1924）是英国"海洋小说家"，原籍波兰，生于一乡绅家庭。父亲是波兰爱国贵族，1862年因参加民族独立运动被沙俄政府流放。在父母死后，康拉德由舅舅抚养。他喜欢阅读法国文学作品，幻想摆脱社会束缚，追求自由的冒险生活。1874年，年仅17岁的康拉德来到法国马赛，开始与海员、领航员和船舶用品商打交道，并逐渐学会驾驶帆船。数年以后，康拉德来到英国，1880年通过二副考试，1884年通过大副考试，从此成为一名高级船员。曾在英国商船担任水手、船长，在海上生活20年，到过南美、非洲、东南亚等地。1924年死于心脏病。

康拉德的作品大体上分为三类：航海小说、丛林小说和社会政治小说。其中，航海小说有《"水仙"号上的黑家伙》《吉姆爷》《台风》《青春》等，主要描写他熟悉的水手生活。一些评论家指出康拉德海洋小说的特点——"他的海洋小说与比他稍早的英国作家史蒂文森的海洋小说就有明显的不同……康拉德更加关心的不是事件本身，而是人物在事件中的作为和事件在人物意识中的反映。在康拉德的小说中，人物比情节、故事更为重要……康拉德通过人物的所作所为，人物的体验、感想，来表现人物的精神、心境、内在品质和潜在力量。"

康拉德对海上暴风骤雨的描写一直为后世学者所称道。但他不愿被人视为"描写海上风雨"的作家。事实上，他并非因为热爱而描写海洋，而是因为喜欢海上无拘无束的生活以及喜欢与大海搏斗的感觉。作家说过，"不管岸上的人说了多少话，公开表示爱它，也不管多少散文和诗歌赞颂过它，海洋对人从来都不友好。从坏的方面看，它伙同别的分子使人类不得安宁，在世界范围内起到'教唆犯'的作用……仿佛由于它太伟大，太有力，普通的道德无法制约它。海洋没有同情心，没有信念，没有法治，也没有记性。它的反复无常，只有用无畏的决心、武力为后盾，才能小心翼翼地对付它。它才对人是有效的。也许在这种情况下，恨总是多于爱。"然而他在描述海外殖民地及其他民族时，始终面临这样的尴尬，即作为一名波兰裔的英国作家，他对亚非民族应持有怎样的立场和态度，是背离大英帝国的殖民话语体系，充当被奴役民族的代言人，还是完全认同国家主流意识形态，为大英帝国的利益摇旗呐喊？为探寻作家的情感态度和思想倾向，下面以其短篇小说《台风》(*Typhoon*) 为例，考察康拉德创造的中国形象的特点。根据形象学理论，异国形象是作家情感和思想的一种混杂物，不仅反映了被想象者的部分情况，更能显示想象者——作家及其所处社会对他者的潜在欲望。

首先，来看康拉德笔下中国人的外形特征。小说《台风》写道，"那些中国人正横七竖八地躺伏在甲板上面。他们没有血色的，皱瘪的黄脸，好似患了肝病哩。"不久，作品又写道，"有一个坐在甲板上，膝头高耸，脑袋歪倒，姿态还带点女孩儿气，正在编绞他的发辫，懒洋洋的神情……"可以看到，康拉德笔下的中国人形象不仅是病态的，还有一些女人气。

其次，再看康拉德描写的中国人的生活状况："苦力们东倒西歪，谈天，抽烟……蹲在那儿，围绕着盛着饭碗和小茶杯的大铁盘；这些天朝人民，每位随身带了他们全部的家私……几件长袍大褂，几炷线香，也许还有几块鸦片……一小堆银圆——在驳船上卖力，进赌场或做小生意碰运气，下窑矿，在地下挖掘，深入瘟疫充溢的丛林，压着沉重的负担，汗流如雨地挣来的——"康拉德笔下的中国人，身份是苦力，在经济上处于赤贫状态；有着懒惰、闲散的特点，不仅"东倒西歪"地"谈天"和"抽烟"，还有"赌博"和"抽鸦片"等恶习。

康拉德还描述了中国人的内讧。台风来临时，中国人哄抢银圆的场景尤其令人震惊，"银圆！银圆啊，先生。他们那些破烂的箱子完全爆裂了。银圆到处滚跳，他们横颠竖倒地追抢——拼命地你拉我咬。那里面简直成了小地狱。"中国人为哄抢银圆争吵不休、不断打斗。作者把这个混乱场景喻为人间地狱。"那跳踏叫啸的一群人被东扔西摔，从这边滚到那边，同撞碎的木块，拉破的衣裳，滚动的银圆，乱七八糟的混作一团。"形成鲜明对照的是，船上其他人都在为抗击台风作准备，大家团结一致应对危险，只有中国人在为几块银元打斗。

康拉德炮制的中国人形象是十分清晰的：有着"苍黄"病态的面容，拖着麻木不仁的"猪尾辫""光赤身体"，嗜爱"赌博"和"抽鸦片"。他们具有市井游民和流氓无赖的部分特质，争勇斗狠，自私自利，常为几个银圆打得头破血流，缺乏崇高的人生目标，也没有西方人追捧的自我牺牲精神，完全是愚昧、丑陋的负面形象。事实上，康拉德笔下的中国形象是有问题的。

首先，在康拉德这里，中国人脸色"暗黑"和"苍黄"意味着不健康，"猪尾辫"和"光赤身体"意味着愚昧，而"带女孩气"和"患了肝病"则代表畸形和病态。他通过一系列颜色名词和描述性形容词，刻画了面黄肌瘦、肮脏病态的中国人形象。这些外貌描写容易让人对中国人产生厌恶心理。事实上，康拉德接触的都是中老年中国水手，这些人经年累月穿行于大洋之上，饱受日晒、风吹和雨淋，必然会满面倦容，饱经沧桑。他们的皮肤在风吹日晒下变得"暗黑""苍黄"，本属正常生理变化，但康拉德却描写他们畸形和病态，难免显得不够公允和别有用心。其次，康拉德对中国人生活状态的描写有一定真实性。贫穷落后的确是旧中国的真实写照，一些中国人也确有"赌博""抽鸦片"等恶习，但也不能忽视这样一些基本事实：近代以来，中国的贫困与西方帝国主义入侵存在一定联系。西方列强用坚船利炮打开中国大门，让中国沦为半殖民地半封建国家，在这样一个畸形社会里，中国人的赤贫与病态也就不足为怪。而他们"抽鸦片"的习性正好反映了西方列强的罪行。"鸦片"是大英帝国的"商品"，曾导致无数中国人家破人亡。康拉德作为英国社会一员，没有反思国家所犯的罪行，反而对受害的中国人冷嘲热讽，这不能不说是一种谬误。其三，康拉德站在道德的制高点上看待中国人，无法体会中国苦力赚钱的艰辛，更无法想象这些报酬对他们意味着什么。看到中国劳工为抢钱而殴斗，康拉德在边上冷嘲热讽，最后甚至得出一个这样结论："一般来说，中国人并没有灵魂。"他一步步走向歧途和谬误。

　　形象学理论认为，"被制作出的'他者'形象无可避免地表现出对'他者'某种否定，对'我'及其空间的某种补充和延长。'我'出于种种原因言说'他者'，但在言说的同时'我'却有意无意、或多或少地否定了'他者'，从而言说了自我"。从这个观点看，康拉德制造的愚昧落后、好勇斗狠、慵懒自私的中国人形象，也是出于一种"自我"参照的需要。

理论上讲，这个他者越是低等的和丑陋的，自我越是能够获得一种优越感。作为"他者"的中国人懒散呆滞、愚昧丑陋，与之相对的西方人必然是聪明的、健康的和生机勃勃的。然而正如赛义德指出的，任何一个西方人看待东方都带有偏见，都带有西方中心主义色彩，他们总是从自身需要去炮制一个与现实相去甚远的东方，其根本目的是要通过这个虚幻的东方形象，维护西方人的价值观念体系。从本质上讲，康拉德想象中国，并未摆脱"他者"/"自我"的二元对立思维模式。与西方殖民主义对东方的理解基本一致。在殖民话语体系中，东方越是被描绘得龌龊不堪，越能证明西方列强对东方殖民统治的必要性和合法性。

《台风》中，英国白人制服中国苦力的过程，从侧面反映了英国对中国的压迫和侵略。船上共有英国人和中国人两群人。英国人高大英武，属上等人，他们都以正面形象出现，中国苦力则愚昧猥琐，是下等人。后者是前者征服和驯化的对象。"有好几个因管束不住过度的恐惧，双眼中间吃了几下硬拳，不再乱动了；那些受了伤的人被粗暴地摆动，连连眨眼，却没有一声抱怨。"在英国白人水手"管理"下，中国苦力"服服帖帖听人摆布""变得软弱无力""像死尸"一样不敢动弹。在鸦片战争以后，中国在西方强势的压迫和欺凌下，已经失去了往日天朝大国的光彩，中国人沦落为任人宰割的东亚病夫。

康拉德将中国苦力比作"野兽"，中国人自始至终没说一句话。这个描写是非常值得推敲的。也就说，他们被剥夺了话语权，无法为自己的存在发声。这与鸦片战争以后中国的历史命运一致。当时中国国力衰弱、人民贫困，在国际上一直遭受西方人歧视，受到不公平待遇也是默默忍受，中国人变成了"沉默的他者"。即使是中国清政府的官员，在康拉德看来，也不比船上苦力要好多少："常见的戴着有边有色大眼镜，坐在轿子里抬来抬去，走过那些恶臭弥漫的街道。"康拉德的语气中充满鄙视，其唯我独尊的自大心态昭然若揭。

然而，康拉德并非土生土长的英国人，他是在殖民者的铁蹄下长大的，青年时代才加入英国国籍。这种特殊身世造就了他对殖民主义怀有复杂情感。一方面他憎恶殖民主义行径，他本人也是殖民主义政策的受害者；但另一方面，康拉德成为英国正式公民以后，又自觉不自觉地站在英国国家立场，对被压迫民族表现了极大的不尊重。有学者甚至认为，康拉德是一个典型的殖民主义者。这的确是一个有意思的现象。康拉德童年经历了殖民统治，饱受压迫痛苦，但是他在描写和批判他者的同时，却又维护和强化了殖民者的利益，不仅对被压迫民族缺乏相应的同情之心，反而对饱受戕害的被殖民者极端鄙视。仔细推敲，这或许是作家创作的一个策略。作为一名英帝国的移民作家，康拉德脱离了母语和母体文化圈，他只有采用一套有利的写作话语，才能在英国文坛迅速获得成功。换句话说，他只有自觉认同英国社会的价值观念，才能跻身英国文坛并获得话语权。反过来，作家在获得话语权之后，又不自觉地充当了英国殖民主义的吹鼓手。康拉德原先英语并不太好，可他却用英语而非波兰语创作，就充分证明他有这方面考量。

总体来说，《台风》中的中国形象是负面的、消极的。中国人面黄肌瘦，肮脏堕落，粗俗野蛮，已被归为"劣等民族"的范畴。然而通过分析可知，该中国形象一方面反映出西方白人固有的种族偏见——他们热衷于在自己制作的东方主义幻象面前，获得自我优越感和陶醉感；另一方面，这也是作家康拉德的一个话语策略。康拉德对中国社会缺乏深入了解，除船上劳工外，他并未接触多少中国人。他将自我想象和文化记忆相结合，炮制出一种不伦不类的中国人形象。反过来，他的中国形象又成为一个文化标本，进一步加深西方人对中国的误读。

思考题

1. 在康拉德笔下，中国人形象是比较负面的。你认为产生这种形象的原因是什么？
2. 当代社会，我们应该怎样塑造中国人形象？

推荐书目

康拉德. 康拉德海洋小说 [M]. 薛诗绮编译. 上海：上海文艺出版社，1998.

参考书目

[1] 薛诗绮. 康拉德海洋小说·序言[M]. 上海：上海译文出版社，1995:7.
[2] 康拉德. 大海如镜[M]. 倪庆饩译. 天津：百花文艺出版社，2000:206.
[3] 康拉德. 康拉德海洋小说 [M]. 薛诗绮编. 上海：上海文艺出版社，1998：53，67，113，127，129.
[4] 陈惇，孙景尧，卢康华. 比较文学 [M]，北京：高等教育出版社，1997: 168.

英国海洋文学与帝国建构

1883 年，英国剑桥大学教授约翰·西利在《英格兰的扩张》(The Expansion of England) 一书中宣称，"我们似乎是在一阵心不在焉中征服和殖民了半个世界"。这是帝国研究史上广为流传的"心不在焉说"源头。客观地讲，"心不在焉说"反映了英国对外扩张的民间性、自发性和盲目性特点，在一定范围内有其真实性和合理性。然而，"心不在焉说"不仅被视为西利本人重要研究成果，还在英帝国史研究领域获得广泛认同，其中的是非曲直就值得推敲了。众所周知，英国在中世纪之前只是大西洋岸边普通的岛屿国家，在欧洲及国际事务中并不占据主导地位，但 19 世纪中叶，英国竟然在全球范围内建立霸主地位，成为世界上最大的所谓"日不落帝国"，那么在帝国演进过程中，英国人果真是"心不在焉"地攫取了世界霸权吗？本文试图通过考察帝国构建与涉海文学的关系，探讨英国涉海文学作家是如何为帝国扩张和殖民事业服务的，以批驳约翰·西利"心不在焉说"的盲视与谬误。

学界对英帝国肇始的具体年份一直存在争议，但大体上认同它发端于都铎王朝时期（1485—1603）。《简明不列颠百科全书》认为，"英帝国的开端通常定于 16 世纪，因为英国对外贸易和航海的强烈要求起源于伊丽莎白时代海员们开拓性的航行"。此时，越来越多的英国人奔赴海外未知世界，从事海外探险、贸易和扩张等活动。英帝国史专家罗斯教授认为，"冒险导致发现，发现导致探索，探索导致殖民，从而导致帝国"。在向外"发现"这一时代潮流面前，英国涉海文学作家审时度势，从理论上探索英国向外殖民的必要性和可能性。

托马斯·莫尔的《乌托邦》是著名的"空想社会主义"作品，在一定意义上，也是一部名副其实的涉海文学著作。莫尔以作者和一名航海家对话的形式叙述一个奇乡异国——乌托邦岛的故事。莫尔在作品中提出"羊吃人运动""人口过剩"和"乌托邦"等著名论点。莫尔将英国社会的圈地运动称作"羊吃人运动"，认为这场运动迫使广大农民离开自己土地，从而沦为城市的雇工和流浪汉。如此一来，英国城市由于涌入大量农民而显得"人口过剩"，社会治安等各种问题随之凸显出来。为改变城市状况和缓解"人口过剩"造成的压力，莫尔提出将"过剩人口"向海外移民的宏大构想。他为此臆造一个名为"乌托邦"的理想国。在此国度，人人过着自由平等、幸福自足的生活，与混乱不堪的旧大陆相比，它是一个极富理想色彩的大同世界。莫尔的"乌托邦"设想令英国读者对岛外世界产生美好憧憬，为原始积累时期的英国人点燃了希望。正如学者所言，"17世纪英国在北美建立的殖民地，一定意义上就是莫尔在《乌托邦》中所阐述的殖民思想的产物，而不仅仅是一种偶然的巧合。"

与托马斯·莫尔不同，培根从未将人口问题作为向外扩张的借口，他明确提出英国应当建立"海上帝国"，主张英国应像西班牙和葡萄牙一样掌控海上霸权，在世界范围内建立起庞大的殖民帝国。培根指出，"一个国家若能成为海上的主人就等于成了一个帝国。"与莫尔相似，培根晚年也创作一部乌托邦式作品《新大西岛》。培根描述的新大西岛（本色列岛）位于新旧两个世界之外，该岛拥有无数船舶和大量财富，同样是一个理想中的富饶国度。如果说培根的"海上强国"论是为国家发展规划目标的话，那么他在《新大西岛》中则为实现这一目标阐明了方法。首先，培根就如何选择殖民地点发表自己观点，"我以为一个殖民地最好是在一片处女地上；那就是说，在那个地方殖起民来，无须乎因为培植新者而拔除旧者。因为否则不算是殖民，倒成了灭民了"。显然，培根主张在蛮荒地区建立英国殖民地。其次，培根还提出如何开发永久性殖民地。他告诫英国人要具有长远的战略眼光，不宜采用急功近利、竭泽而渔的方法。培根是英国著名政治家、思想家和作家，在当时社会具有崇高威望和巨大感召力，其建立殖民帝国的观点，对英国人的思想意识产生了深远影响。

与此同时，一些英国诗人也热情讴歌探险家和航海家，鼓励英国人走出国门去"追求荣誉"和财富。伊丽莎白时代诗人迈克尔·德雷顿在诗中写道："勤奋的哈克卢伊特/你就搞你的航海故事!/人们听了你的话语/将会起来追求荣誉/还将称颂你的懿德/把你作为师表于万世。"诗中的理查德·哈克卢伊特（Richard Hakluyt）是英国"向西殖民"的主要倡导者。他用"历史的眼光"向人们传授地理学知识，目的在于推动英国人投身到海外扩张事业中去。1582年，哈克卢伊特在著作《关于美洲发现的几次航行》提出，英国人应该在北美地区从事远征探险活动。1584年，他又发表名为《向西殖民论》的文章，系统探讨了向北美地区殖民的可行性，提出"与其他殖民势力展开竞争，促使伊丽莎白女王及英国人向西航行探险，分享地理大发现的成果"。德雷顿的诗歌不仅为航海家哈克卢伊特冠上"勤奋"和"懿德"的道德标签，强调向英国本岛以外空间的拓展行为是"追求荣誉"，还肯定英国的海外冒险事业将"师表于万世"，作者将哈克卢伊特的个人行为和国家利益结合起来，从舆论上肯定哈克卢伊特"向西殖民"的理论构想。

英国民众的殖民扩张思想并非瞬间形成，而是经历了从盲目到自觉、从感性到理性的过程。如果说地理大发现刺激了英国人对海外空间想象的话，那么涉海文学提出的"人口过剩"理论及建立"海上帝国"的愿景，则是从理论上探索英国向外扩张的必要性和可能性，对英国人的思想意识起到了启蒙作用。涉海文学给予航海家和探险家以崇高赞誉，帮助渴望向外扩张的英国人建立民族自信。英国社会逐渐达成"向外扩张"的共识，许多人自觉地将个人航海上升到国家事业的高度，由此形成英吉利民族积极外向的民族意识。正是在此意义上，英国历史研究学者大卫·阿米塔奇指出，"英国文学与大英帝国密切联系在一起，是英国文艺复兴的孪生子，是伊丽莎白一世统治时期知识和地理过分扩张的结果。"

帝国上升期，涉海文学作家不再从理论上讨论国家为何扩张及能否扩张，而是关注帝国如何在海外世界建立殖民据点，将文本层面的理论构想付诸殖民实践。在此方面，丹尼尔·笛福1719年的小说《鲁滨孙漂流记》(*Robinson Crusoe*) 最具代表性。笛福在作品中塑造了英国中产阶级殖民者形象，以鲁滨孙的实践经历为帝国殖民提供摹本。鲁滨孙在被抛荒岛之前从事贩卖黑奴的海盗勾当，正是英国殖民贸易和资本积累的真实写照。鲁滨孙登岛以后对荒岛进行拓垦和改造，在荒岛上实现对土地的占有和对"星期五"的统治，通过自己的双手实现建立父权帝国的梦想。他宣称，"我是这儿的地主，如果我乐意，我可以称自己是这块土地的国王"。鲁滨孙把荒岛改造成一个独立王国，实际上是现实世界中大英帝国形成和发展的投影，或者说《鲁滨孙漂流记》验证了帝国早期涉海文学提出的殖民理论。通过小说，笛福明确表达了英国人征服海外世界的途径。

作品中"食人族"及"星期五"是帝国欲望的客体或符号。小说这样描写所谓的"食人族"："胜利的一方抓到了俘虏，就把他们带到这个海岸上来，然后按照他们的可怕习俗——因为他们都是食人族，把俘虏杀了又吃了"。这里的食人族是英国民众对本土以外空间想象的结果。食人族作为与主体"我"对立的他者，往往是异教徒与有色人种，是茹毛饮血、野蛮落后、不懂礼仪的化外之人，而与之相对的"我"是文明高雅、文质彬彬的基督徒——盎格鲁-撒克逊人。日本人类学家石川荣吉指出，"自大航海时代以来，在欧亚大陆西部始终过着比较闭塞生活的欧洲人开始向世界各地扩散。他们把在非洲、新大陆、大洋洲、东南亚等地区遇到的人视为'野蛮人'，并把他们所见到的与他们自身社会极不相同的社会称作'野蛮社会'"。鲁滨孙从食人族手里救下野人"星期五"，教他说英语并让他皈依基督教，由此拯救"一个可怜的野蛮人的灵魂"，让他知道基督教教义和如何做个文明人。这就形成这样一个逻辑：由于"我"在各方面都优越于食人族他者，那么教化和拯救他们也是无法推卸的责任和义务，这也等于说，英国人征服和改造世界其他落后地区完全是一种"义不容辞"之举。

　　从本质上看，英国涉海文学想象食人族的动机之一，就是力图将所谓的"他者"永久固定下来。霍米·巴巴认为在他者文化意识建构中确立某些"固定性概念"是殖民话语的一个显著特征。从霍米·巴巴的观点看，"食人族"作为英国人界定他者的固定性概念，"成为殖民话语中文化/历史/种族差异的符号，是表征的一种矛盾形态：它既表示混乱无序、堕落和恶性循环，又表示不变的秩序。同样的，作为推论的主要策略，其文化认同方式变成了刻板的模式。"涉海文学作家将海外岛屿的土著居民想象成恶劣、野蛮的形象，"这样，殖民征服和殖民侵略被作为一种理所当然的社会存在的同时，被殖民者实际也就被作为不可更改的'他者'形象而固定下来。"既然有了"食人族"如此野蛮、凶恶的前提，那么帝国对海外岛屿的征服和奴役就显得天经地义。大卫·斯普在《修辞与帝国》中一针见血地指出，西方人常用某种修辞方式来表达非西方人。隐喻、神话、象征和修辞手段都是表达目的的殖民话语。从此意义看，"食人族"其实是帝国文化精英刻意炮制的一个修辞。

《鲁滨孙漂流记》通过主人公鲁滨孙——一个殖民者的拓殖实践，为英国民众勾画帝国构建的基本路径。马丁·格林对这一类海外历险故事的功用有着独到认识，他认为以《鲁滨孙漂流记》为代表的一些历险故事不容小觑，这些故事一遍遍讲述主人公的探险壮举，宣扬英国人向外扩张过程中的"勇气"和"力量"，让无数涉世不深的读者热血沸腾。《鲁滨孙漂流记》既是帝国主义海外掠夺的写照，反过来，又进一步刺激了英国人占有世界的欲望。笛福所处时代正值英国资本主义扩张时代，帝国已成为世界上重要殖民主义者之一，在美洲、亚洲和非洲等地正在或即将建立殖民地，国内民众都对海外事业充满热切期待，笛福作品的问世等于给这种欲望火上浇油。正因如此，《鲁滨孙漂流记》出版以后广受欢迎，成为一部家喻户晓的经典之作。许多英国青年人以小说人物鲁滨孙为人生榜样，迫不及待地投身于帝国的海外殖民事业。如此一来，文本层面的荒岛拓殖与现实层面的帝国构建密切配合，形成相互参照、相互印证的复杂关系。

19 世纪中叶以后，英国殖民势力控制着广大海外殖民地，已然成为全球最大的殖民者和宗主国，此时，英国涉海文学也相应调整了写作策略。涉海文学作家认同帝国主义的殖民观念，强调基督教文明对荒蛮地区改造的合理性，客观上起到了为帝国殖民统治秩序进行合法化辩护的作用。维多利亚时代作家巴兰坦（Ballantyne）沿袭笛福的写作套路，在小说《珊瑚岛》（*The Coral Island*，1858）中讲述拉尔夫、杰克和彼得金三个年轻人荒岛漂流的故事。作品同样极力渲染食人族的野蛮与恐怖,三人亲眼目睹岛民举行的恐怖的杀人仪式:"他的身体刚刚停止抽搐,那些土人就从尸体上割下肉来,稍微在火上烤了烤就吃下去。"与笛福相似,巴兰坦描述食人族野蛮残忍的深层动机,也是主张用基督教文化改造荒岛世界。小说中,女主人公虽是一位笃信基督的土著居民,却一直遭受当地土著酋长的迫害。小说结尾,这位暴君由于受到基督教"福音"感化而皈依基督教,带领土著居民烧毁岛上所有木雕偶像。这实际上是渲染基督教文化对荒岛的改造和拯救,强调基督教对岛民精神和心理的控制作用。

　　史蒂文森是帝国主流意识形态的坚定捍卫者,他在小说《金银岛》(*Treasure Island*, 1883)中全方位认同帝国价值观念。首先,小说叙述主人公去海外(加勒比地区)冒险的故事,预设海外岛屿埋藏一笔巨大财富。这不仅肯定资本主义对财富和金钱的占有,同时从侧面表明机会和财富藏在海外,需要有勇气和智慧的人去寻找,这令无数英国人产生奔赴海外的心理冲动。其次,小说歌颂海盗行径及海盗生活,从侧面肯定帝国主义的意识形态。主人公对大海盗比尔"毕恭毕敬,称他为真正的老航海,了不起的老水手",宣称英国之所以能够称雄世界就是仰仗比尔这种人。大海盗比尔也由此成为大英帝国的民族英雄。英国人在长期的海外扩张中对海盗情有独钟,对非正义性的掠夺和争抢有着浓厚兴趣。在英国人看来,像海盗一样从事海外掠夺不仅不可耻,甚至会成为建功立业、为国效力的壮举。再次,作品始终将大英帝国的国家利益放在首要位置。大海盗英格兰船长在所经之处插上英国国旗,将该地区纳入大英帝国的版图。他实际上也成大英帝国国家权力的代表和帝国形象的体现者。对他而言,所谓的海上"历险"其实意味着对其他国家和民族的征服和压迫。

比较而言，海洋文学作家康拉德的叙述策略比较矛盾，一方面他对帝国意识形态持怀疑和批判态度，另一方面他又再次产生了帝国意识形态。康拉德的小说《黑暗的心》(*Heart of Darkness*，1902)叙述主人公马洛到达非洲大陆"黑暗之心"探险的故事。马洛面对世界地图时满怀激情，曾长时间查看南美洲和非洲位置，迷失在所谓"探险的光荣梦想之中"。地球上一些空白地区对他特别有吸引力，"我会用手指着它说，我长大以后一定要去这里。"这实际上表现西方列强对东方世界的觊觎，曲折地表达帝国对他者土地的占有欲望。但作者却在作品中不断制造借口，力图让这种非分之想显得冠冕堂皇。小说开头写道："征服这块土地主要是指那些肤色不同，或是鼻子比我们稍塌一点儿的人手里抢走它，这并不是一件漂亮的事情，如果你仔细地观察一下，就会发现这一点。"作品还通过马洛的叙述视角丑化非洲土人，很少使用黑人这一中性词语，却用"野人""食人生番"和"畜生"等词，宣扬白色人种族优越于非洲黑人，试图为英国人征服非洲捏造黑人"野蛮"的证据。作品对另一人物库尔茨的刻画与处理，也显示作者康拉德的文化立场。库尔茨来自欧洲文明世界，在非洲打理一个收购象牙的收购站。他对收购站周围地区巧取豪夺、明抢暗偷，装神弄鬼地用火枪发出的火花诱骗当地黑人，让他们像崇拜神明一样崇拜自己。对于那些胆敢反抗的当地土著，库尔茨则会毫不犹豫地砍下他们的头颅，甚至在给扫除野蛮习俗国际组织的报告中宣布要消灭这些"畜生"。这是一个贪婪无耻、灭绝人性的殖民主义者，但作者宣称他"是一个具有特殊才能的人……那种表现的才能，那种令人迷惑、给人教益的最高尚也最下流的才能，那搏动着智慧之光，或者说，那来自无法穿透的黑暗深处的欺骗性的自然流露。"从本质上讲，马洛占有土地的欲望和库尔茨巧取豪夺行为没有区别，都是千方百计地让自己的龌龊伎俩显得天经地义。正如赛义德所言，殖民的本质是以一种观念使赤裸裸的占领变得冠冕堂皇，把对更多土地的欲求转变为关于地理与民族之间特殊关系的一套理论。

康拉德生活在帝国强盛的维多利亚时代，他对英国文化推崇备至。作为一名波兰籍移民作家，他放弃自己的母语而采用英语写作其实是出于政治上的考量，他要极力赢得英语世界的文化认同，反过来，他也自觉接受英国主流文化和价值观念，担负起传播这些价值观念的"光荣"使命。康拉德的小说在欧洲殖民主义话语系统中发挥着强有力的功能，他因此成为帝国主义意识形态的坚决维护者，以致批评家伊格尔顿认为他是"保守的英国式帝国主义者"。赛义德还将康拉德小说《黑暗的心》《吉姆爷》和《诺思托莫》称为"帝国叙事"，因为这些作品都以海外殖民活动为背景，运用的叙述话语是帝国主义殖民文化的重要组成部分。赛义德尖锐地指出小说《黑暗的心》呈现的帝国主义姿态："许多人注意到康拉德对殖民主义事业的怀疑，但他们很少认识到，马洛在讲述他的非洲之行时重复并证实了库尔茨的行动：通过叙述非洲的新奇，并将它归入历史中，从而把非洲笼罩在欧洲的霸权之下。"

英国涉海文学认同国家海外扩张和冒险事业，以文本形式为殖民行径辩护，客观上从意识形态层面参与了帝国的建构。经过涉海文学作品的反复描绘与渲染，想象的文本与现实的帝国合谋勾结、密切配合，形成牢不可破的互为因果、相互参照关系。涉海文学设想帝国建构的可能性和必要性，反过来，帝国构建又验证了涉海文学构想的正确性。正如赛义德所言，"帝国主义与小说相互扶持，阅读其一时不能不以某种方式涉及其二"。涉海文学从而沦为帝国殖民事业的宣传工具，实现了从文化叙事向政治功能的转变。由此可见，英帝国在形成和发展时期不仅动用政治、军事和经济力量进行侵略，还动用各种文化资源为殖民行径进行宣传，其中，作为社会意识形态话语的涉海文学充当了帝国殖民的舆论工具，客观上参与了帝国构建这一宏大叙事。帝国的形成和发展即便不是英国政治、文化精英精心谋划的结果，也绝非帝国史专家所吹嘘的"心不在焉"使然。

思考题

1. 请谈谈在文艺复兴时期，海洋文学是如何对帝国的殖民事业产生影响的。
2. 谈谈小说《鲁滨孙漂流记》与帝国建构的关系。

推荐书

1. R.M. 巴兰坦. 珊瑚岛 [M]. 沈忆辉译. 北京：中国对外翻译出版公司，2009.
2. 笛福. 鲁滨孙漂流记 [M]. 郭建中译. 南京：译林出版社，2006.

参考书目

[1] J R. Seeley. The Expansion of England[M].Boston: Roberts Brothers，1883:8.

[2] A L Rowse.The English Spirit: Essays in History and Literature[M]. London: MacMillan. 1946:55.

[3] 姜守明. 从民族国家走向帝国之路[M]. 南京：南京师范大学出版社，2000:34.

[4] 培根. 培根论说文集[C]. 水天同译. 北京：商务印书馆，1996:114.

[5] 培根. 新大西岛 [M]. 何新译. 北京：商务印书馆，1979:13-14.

[6] 范存忠. 中国文化在启蒙时期的英国[M]. 上海：上海外语教学出版社，1991:7.

[7] David Armitage. Literature and Empire[J]，The Oxford History of The British Empire：Vol.1. London: Oxford University Press，1998:99.

[8] 笛福. 鲁滨孙漂流记[M]. 郭建中译. 南京：译林出版社，2006：128.

[9] 石川荣吉. 现代文化人类学[M]. 周星译. 北京：中国国际广播出版社，1988：199.

[10] Homy R habha. The Other Question: Stereotype，Discrimination and the Discourse of Colonialish，in the Location Culture[M]. New York: Routledge. 1994:66.

[11] 石海军. 后殖民：印英文学之间[M]. 北京：北京大学出版社，2008:210.

[12] David Spurr. The Rhetoric of Empire: Colonial Discourse in Journalism，Travel Writing，and Imperial Administration[M]. Durham：Duke University Press，1993:3.

[13] Gerald Gillespie.In Search of the Noble Savage: Some Romantic Cases[J]. Neohelicon. vol.29，Issue.1，2002:89-95.

[14] R.M. 巴兰坦. 珊瑚岛 [M]. 北京：沈忆辉译. 中国对外翻译出版公司，2009：223.

[15] 史蒂文森. 金银岛·化身博士[M]. 戚咏梅，赵毅衡译. 北京：北京燕山出版社，2005:5.

[16] 赛义德. 东方学 [M]. 王宇根译. 北京：生活·读书·新知三联书店，1999：275.

[17] 康拉德. 黑暗的中心 [M]. 黄雨石译. 北京：人民文学出版社，1999：2，41.
[18] 丁兆国. 从审美批评走向"世俗批评"——赛义德的康拉德研究述评[J]. 当代外国文学，2005(4):34-40.
[19] 赛义德. 文化与帝国主义[M]. 李琨译. 北京：生活·读书·新知三联书店，2003：233，96.

第十一讲　海洋文学与苦难

《骑马下海的人》与苦难

　　J.M.辛格(John M. Synge，1871—1909)，又译沁孤，爱尔兰剧作家，诗人。出生于都柏林附近一地主家庭，幼年失怙。1888—1892年，同时在都柏林三一学院和爱尔兰音乐学院深造，大学毕业后赴德国学习音乐，但对语言和文学颇感兴趣，成为爱尔兰文艺复兴运动代表人物。1897年，辛格患病，他听从好友——诗人叶芝的建议，离开"为艺术而艺术"的文人圈子，回到爱尔兰。1898—1903年间，他每年都去阿伦群岛度夏。该群岛位于爱尔兰西部边陲，"不散的浓雾、灰色的海浪、裸露的岩石、寒冷的疾风构成岛上风景的底色"。辛格与当地渔民建立了深厚感情，他搜集当地民间传说，为以后的创作作准备。除代表作《西方世界的花花公子》(1907)外，辛格的作品《幽谷的阴影中》《骑马下海的人》《阿伦群岛》大多取材于海岛生活。由于辛格在"《阿伦岛》和《骑马下海人》中的描绘，阿伦岛的形象第一次被如此集中、具体且生动地勾勒出来，并开始被外部世界所广泛知晓。此后，随着一批受辛格影响的、有关阿伦岛的文本问世，该岛才逐渐成为最能'体现爱尔兰性精髓'的象征性景观之一。"

在岛上，辛格听说一个伊尼什曼岛人的尸体被冲到岸边，受到强烈刺激，由此创作独幕剧《骑马下海的人》（Riders to the Sea，1904）。这部悲剧在 1904 年 2 月 25 日首次公演。它不像传统戏剧那样关注人与人的冲突，而是通过人与残酷无情的大海的冲突，聚焦人物内心的绝望与挣扎。女主人公毛里亚是一个渔村妇女，丈夫和 5 个儿子先后葬身大海。戏剧一开始，两个女儿诺拉和凯瑟琳得到消息：一具尸体被冲到伊尼什曼海滩，可能是她们的哥哥米歇尔。小儿子巴特里不顾母亲恳求，执意要渡海卖马。毛里亚产生一种不祥预感：今天晚上，她恐怕一个儿子也不剩了。女儿们责怪她没有拦住巴特里，毛里亚出去追赶，祈祷儿子一路平安。不久，诺拉与凯瑟琳收到死者衣服，米歇尔死亡的消息被证实。毛里亚回到家里，声称看到米歇尔的鬼魂跟在巴特里后面。接着，她开始悲叹命运的不公——家里男人被大海夺去了生命。不久，村民们抬回巴特里的尸体，原来巴特里从马上摔下来，掉进海里淹死了。

关于《骑马下海的人》的主题，有各种各样的解释。从宗教角度看，辛格通过一个渔民家庭的不幸遭遇，表达他对一些宗教问题的看法。辛格在放弃基督教信仰以后，发现在爱尔兰这个国度，罗马天主教的影响仍然保留在民间传说中，一些凯尔特人还比较迷信。为了说明这一点，他在剧作中设计一个笃信宗教的家庭，让他们和无比强大的自然力量——大海搏斗。辛格以此表明，如果爱尔兰人不能放弃原来的生活方式，转向科学，而一味为宗教信仰和封建迷信所控制，那么爱尔兰不会迎来自由和进步，国家也会像剧中毛里亚一家一样，在强大的自然力量面前败下阵来，落得个毁灭的命运。从这个角度看，毛里亚一家是整个爱尔兰社会的隐喻。辛格在作品中淡化天主教的影响，其实是有良苦用心的，"辛格通过弱化阿伦群岛与天主教的联系，试图将阿伦群岛泛化为包括英爱人士和其他非天主教人士在内的全爱尔兰人的精神之岛,而不仅仅是天主教爱尔兰人的精神之岛。换言之,辛格的去宗教化的努力瓦解了天主教民族主义者致力营造的宗教霸权。"

从象征层面看,《骑马下海的人》还有丰富的象征意蕴。首先,作品中的"大海"连续毁灭了毛里亚一家三代男子,是搞得她家破人亡的罪魁祸首。另一方面他们又离不开大海,海又是他们生活的重要来源。这时的海就是一种象征性存在,象征着残酷的资本主义社会。恩格斯认为,资本主义社会是导致工人悲惨生活的根源,"妇女不能生育,孩子畸形发育,男人虚弱无力,四肢残缺不全,整代整代的人都毁灭了。"资本主义社会让工人生不如死,大海让渔民一个个葬身大海,二者之间存在类比关系。其次,作品中的"马""象征一种过时的生产方式或生活方式。"巴特里骑着马、乘"风篷船"出海,而在资本主义社会机器船已经得以普及,巴特里的生活方式已经相对落伍,这样,他在与"大海"搏斗过程中注定会失败。作品似乎表明,在充满竞争的资本社会,旧的生活方式最终将被淘汰,那些"骑马下海的人"成了时代的落伍者,最终会被无情的社会所吞噬。

从政治角度看,辛格以阿伦群岛作为戏剧背景其实是有寓意的。该群岛位于爱尔兰西北部,是离不列颠岛最远的地区,也是英国化色彩最弱的地区。这里远离现代文明,乡风淳朴而富有原始气息,人民过着自由而粗犷的生活,许多地方还保留着远古时代的文化遗迹,保留着爱尔兰民族文化之根。"西部农民的爱尔兰语代表了纯正的、未受过英语污染的土著语言,西部成为爱尔兰语的一处宝贵的避难所、学习这一古代语言的人必去的朝圣之地"。在此背景下,戏剧《骑马下海的人》中大海不仅是人们生活的自然环境,更是一种无法摆脱的社会环境。毛里亚一家与大海的关系，其实就是爱尔兰人与英国政府的关系，"具体地说，就是英国政府对苦难的爱尔兰的压制和奴役。辛格通过莫尔耶（毫里亚）这一历经磨难的爱尔兰妇女形象，肯定了爱尔兰人民的顽强精神，同时也含蓄地表达了他更深层的愿望：希望爱尔兰人民不仅要有承受命运摧残的坚忍意志，更要有改变命运的勇气和决心。"作品暗示读者一条哲理，"埋在大海和深深的地下，比生活在严酷的现实中要好。"

戏剧通过毫里亚一家与大海打交道、所有男性葬身大海的故事，揭示了渔民遭受的苦难与不幸，以及他们的悲哀与无助。作品中发生矛盾冲突的双方，一面是冷酷无情、蛮横无理的大海，另一面是心地善良、情感丰富的渔民。辛格在戏剧中并未正面描写大海，但大海却像一个无处不在的邪恶力量，牢牢把控着毫里亚一家的命运。正如评论者所言，"作者把大海描写成一个似乎有着意志的、极端仇视人类的恶魔，它残暴地吞噬了老渔民毫里亚一家三代人的性命，对于这一暴虐地吞没了无数生命的海洋，人类却对它无能为力，只能甘心忍受这种厄运，而且也习惯了这种悲剧性的生活。人们不能反抗，只能默默地依附于大海，在这里生长，在这里死去。"大海成了渔民毫里亚一家的噩梦，为他们编织了一张命运的罗网，让他们无处可逃。

与大海相对，作品塑造了渔民母亲毫里亚形象。毫里亚的性格有以下几个特征：一，坚强地承受苦难。毫里亚在丈夫溺亡以后，忍着悲痛把孩子拉扯成人，后来，儿子又一个个离她而去。"史蒂芬和肖恩在风暴中丧生……西卯土和他的父亲以及他父亲的父亲在黑夜中失踪。太阳出来的时候，没有见到他们的任何遗物。后来，帕奇的小船翻了，他也葬身大海。"毫里亚伤心欲绝，但还是坚强地面对人生苦难，撑起这个摇摇欲坠的家庭。二，在痛苦中祈望。大海从她身边夺走了几位亲人，只剩下儿子米歇尔和巴特里。她此时欲哭无泪，只能寄希望于心中的上帝，"她一整夜都在祈祷，万能的上帝绝不会让她孤苦伶仃、一个儿子也没有的。"巴特里骑马离开的时候，毛里亚极力劝阻，她隐隐预感到，巴特里恐怕再也回不来了。她开始悲怆地埋怨命运的不公，"人家是老人给儿孙留下遗物，而在我们家，却是晚辈留给前辈遗物。"三，在精神上获得解脱。最后一个儿子巴特里离开，让毛里亚显得更加落寞、孤独。不久噩耗传来，一向宽容忍让的毛里亚突然推翻了圣水杯。这表明她不再寄期望于心中的上帝，也表明她对苦难命运的抗争。在经历了痛苦和绝望之后，她心里甚至开始有一种淡淡的喜悦，她再也不必惧怕大海了："现在他们都走了，大海再也不能对我做什么了……刮南风的时候，我再也不用痛哭和祈祷了，不管波涛在东边还是西边。"有学者指出，毛里亚"大悲后的'喜'，是一种更加强烈的痛。无以复加的悲只能产生一种结果——彻底解脱，要么死要么精神错乱。"毛里亚在最后一个儿子死后，突然感到轻松和强大起来，因为她知道"没有人能永远活着，我们应该知足。"

　　毛里亚这位海岛妇女身上体现了爱尔兰人的意志品格。正如学者所言，在长期与海洋搏斗过程中，阿伦群岛的男性渔民大多机智、勇敢，而女性往往吃苦耐劳、忍辱负重。她们要纺纱织网、饲养牲畜、抚育后代，在恶劣的环境中从事各种体力劳动。作品中，毛里亚"在面对死亡时，表现出一种'异教徒'般的绝望与镇定。"剧作通过她多次说起"天主祝福你"，似乎是要强调她对上帝的信仰，但实际上，戏剧是为了凸显她直面死亡的人生态度。在公公、丈夫和儿子死亡以后，她突然变得比以前更加勇敢，不再奢求上帝的眷顾与恩宠。这种刚毅与坚韧"在一定程度上被演绎成了爱尔兰的国民性"。

　　在世界文坛，描写渔民苦难生活的作品并不罕见。在洛蒂的《冰岛渔夫》中，女主人公哥特去男友扬恩家时，经过波尔-爱旺村的教堂墓地，发现加沃一族的成年男性几乎都死在海里。"加沃！到处都是这个名姓……那么多加沃家的男人都沉到了海里，他的祖先，他的兄弟，他们必定也都和他相像的。"作品叙述这些被称作"冰岛渔夫"的法国人，每年要在冰岛附近海面度过春、夏两季，直到秋天才返回法国的布列塔尼。"这项艰苦而危险的职业，不知葬送了多少生命。80年间，100多条渔船和2000多名壮汉就这样在海面上消失了。"作品中，大海具有人一样喜怒无常的性格，时而像娴静温柔的女子，任由冰岛渔夫在她怀里尽情捕捞；时而像阴鸷贪婪的妖妇，不断吞噬冰岛渔夫年轻的生命。在20世纪中期以前，许多渔船装备比较落后，渔民基本上以原始手段捕鱼，他们与大海的对抗没有多少科技含量；此时的他们往往处在弱势地位，常常会有命丧海底的悲剧发生。

这部戏剧在艺术上也有很高成就。郭沫若先生指出，"剧本是平平淡淡的，但你读完它，总禁不住要使你的眼角发酸。"戏剧以现实主义手法叙述一个平淡无奇的渔家故事。然而在看似平淡的叙述背后，却有一个催人泪下的悲剧。郭沫若先生谈起《骑马下海的人》时说道，"一点也不觉得矜持，一点也没有什么不自然的地方，他写出的全部人物都是活的，一个个的心理，表情，性格，一点也没有虚假。"这部戏剧弥漫着令人压抑的悲观情绪，"有一种幻灭的哀情流荡着。"郭沫若先生认为，这也反映了旧现实主义文学的局限性。

《骑马下海的人》的剧情简单又集中，剧本全篇只有9000来字，是世界文学史上少有的短剧，却拥有丰富的信息容量。戏剧通过毛里亚的追忆不断交代家庭的往事，通过三个妇女的交谈，一步一步把悲剧推向高潮，戏剧中大量的爱尔兰方言与口语，营造了浓郁的乡土气息。正如作者在《西方世界的花花公子》序言中所言,"在编写本剧时,像在我编写其他剧本一样,只有一两个词是在爱尔兰农民中我没有听到过的,或者在我能阅读报刊前幼童期内没有说过的。我所使用的词汇,有一部分还从克里郡到马尤郡沿海一些农民和渔民中听到过,从都柏林附近的女乞丐和江湖艺人中听到过。"

思考题

1. 请谈谈辛格在这部戏剧中,表现出来的对国家命运的忧虑。
2. 谈谈耄里亚身上体现的爱尔兰民族性格。

推荐书目

袁可嘉. 外国现代派作品选（A 卷）[M]. 北京:北京燕山出版社,2006.

参考书目

[1] 何恬. 变形的阿伦岛:论辛格对爱尔兰性的建构[J]. 外国文学评论,2013(3):102,105.
[2] 陈丽. 约翰·辛格与爱尔兰西部[J]. 外国文学评论,2013(3):100.
[3] 马克思,恩格斯. 英国工人阶级状况//马克思恩格斯全集（第 2 卷）[M]. 北

京：人民出版社，2006:453.
［4］ 文坚. 谈《骑马下海的人》中"马"和"海"的象征 [J]. 湘潭大学学报（社科版），2000（增）：98.
［5］ 叶红. 为了爱尔兰民族的觉醒——论辛格与奥凯西[J]. 外国文学研究，1997(4):98.
［6］ 张小钢，丁振祺. 约翰·辛格卓越的编剧技巧[J]. 重庆大学学报（社科版），2008(2):112.
［7］ 袁荻涌. 郭沫若与约翰·沁孤[J]. 郭沫若学刊，1993(2):36.
［8］ 林莺.《骑马下海的人》——一幕爱尔兰的社会悲剧 [J]. 乌鲁木齐职业大学学报，2002(3):52.
［9］ 皮埃尔·洛蒂. 冰岛渔夫·菊子夫人[M]. 艾珉译. 上海：上海译文出版社，1995:52.
［10］ 艾珉. 冰岛渔夫·译序//冰岛渔夫·菊子夫人[M]. 上海：上海译文出版社，1995:IV.
［11］ 郭沫若. 郭沫若集外序跋集[M]. 成都：四川人民出版社，1982:245.
［12］ 张小钢，丁振祺. 约翰·辛格卓越的编剧技巧[J]. 重庆大学学报（社科版），2008(2):110.

《东航卡迪夫》与苦难

尤金·奥尼尔（Eugene O'Neill，1888—1953）是美国著名剧作家，表现主义文学代表作家。生于梨园世家，自幼随剧团四处流浪，足迹遍布美国的城镇与乡村。童年基本上在剧院、船舱和旅馆中度过，熟悉戏剧演出各个环节。年岁稍长，进入寄宿学校。1906年考入普林斯顿大学。不久，因为搞恶作剧被校方开除，从此正式走上社会。在南美、非洲等地流浪，淘金，当水手、小职员、无业游民等。在挪威帆船"查尔斯·拉辛"号、英国货船"伊卡拉"号和美国航班"纽约"号上当水手，穿行于大西洋、印度洋和太平洋等海域，熟悉水手、流浪汉和妓女的生活，为后来的戏剧创作奠定了基础。

1912年，奥尼尔因肺结核住进疗养院，开始检点和反思自己的前半生。在阅读古希腊悲剧家、莎士比亚和斯特林堡等人剧作以后，逐渐形成自己的人生理想——当剧作家。1914年进哈佛大学学习戏剧创作，后加入"普罗文斯"剧团，正式开始戏剧实践。1920年，奥尼尔因为戏剧《天边外》蜚声文坛，此后14年，陆续创作《毛猿》《琼斯王》《榆树下的欲望》《悲悼》等经典作品，成为美国戏剧领域名副其实的开拓者和奠基人。有评论家指出，"在奥尼尔之前，美国只有剧场；在奥尼尔之后，美国才有戏剧。"奥尼尔在艺术上追求创新与实验，取得了辉煌成就，先后四次荣获普利策奖（1920年、1922年、1928年和1957年）。1936年秋，他还登上诺贝尔文学奖的领奖台，一跃成为举世闻名的戏剧大师。

奥尼尔的生活与大海息息相关。1910年夏天，奥尼尔的第一个孩子降生，由于是未婚生子，奥尼尔并未感受到初为人父的喜悦，而是面临巨大压力。当地报纸大肆报道，迫使他乘坐"查尔斯·拉辛"号前往阿根廷，希望以此避人耳目。从他当时创作的"自由"诗，可看出大海在其心中分量："我呡了口人生的美酒，却付出蒙羞的代价"；"我厌倦城市的喧嚣，厌恶世俗的眼光/我渴望荒蛮的海域，让灵魂自由翱翔"。奥尼尔"似乎是个天生的水手，在船上很快就学会了攀爬桅杆、收起风帆。他经常跟着早班水手沿着绳梯爬上最高的桁端进行瞭望：黎明时分，海天一色的壮观景象让他陶醉不已；那种人船一体、融入大海的感受更让他终身难忘。"在奥尼尔看来，大海是他逃避烦恼的乐园和天堂，他对海洋一直怀有复杂的感情。在遭遇灰头土脸的离婚案以后，他一度陷入严重的精神危机，企图自杀，是大海以其阔大的臂膀收容了他，并逐渐治愈其心灵创伤。当他从事文学创作时，他便自然而然想到自己的海上生活。奥尼尔毫不讳言："我作为一个剧作家的真正起点，是在我离开学院和置身于海员中开始的。"

　　独幕剧《东航卡迪夫》创作于 1916 年,是奥尼尔首部取材于航海生活的作品。戏剧叙述水手扬克在货轮"格伦凯恩"号上受到重创,周围的伙伴非常焦虑而又无能为力。弥留之际,扬克想到昔日时光和即将到来的死亡,对好朋友德里斯科尔描述自己的梦想,最后死在德里斯科尔怀里。这部催人泪下的悲剧叙写了水手的苦难生活,但它是以喜剧方式开场的。戏剧开篇,水手们正在热火朝天地聊天、说笑,大家放肆地开着彼此的玩笑,一派众生喧哗、其乐融融的场景。小个子水手科基大声宣讲自己早年的风流韵事——他去非洲旅行的一次"艳遇"。由于长期远离海岸,水手们对异性的渴望和想象从未满足过。科基向水手们炫耀:一个身体强壮的黑人姑娘像"该死的母牛","天哪,弄得我吃不消。"科基用夸张、幽默的口吻讲述他的艳遇,说得活灵活现,周围的水手笑得直不起腰来。这时,一位名叫戴维斯的水手提出了质疑。科基立刻气急败坏地赌咒,声称这是一件非常普通的事情,戴维斯完全是少见多怪。水手们又一阵哄堂大笑。由此,戏剧以一个又酸又俗的故事拉开帷幕,让观众在笑声中产生一个错觉,以为这是一部热气腾腾的闹剧。紧接着,戏剧气氛突然一变,令人心酸:就在水手们笑语喧哗之际,船上传来一阵痛苦的呻吟声。原来,年轻水手扬克爬上甲板桅杆,从高处跌落下来,身体受到重创,此刻正躺在床上痛苦地呻吟。他的呻吟与大伙的笑声形成了鲜明对比。这时,戏剧才把镜头对准主人公扬克。水手们意识到有人受伤,喧闹声逐渐沉寂下来,谈话语气也变得格外沉重。

　　扬克的遭遇反映了水手的苦难境遇。水手大多来自社会底层,在海上从事各种危险工作,当时船上装备比较落后,水手随时可能失去生命。正如扬克好友德里斯科尔所说，他们在海上过的是鬼一样的生活。他们常年在海上漂泊，几乎看不到其他人，船长往往凶狠又野蛮，令他们倍感压抑与绝望。船上条件比较恶劣，饮食极为糟糕，德里斯科尔埋怨，即使身体健康、体格健壮的人，在船上生活也会得病。看到奄奄一息的扬克，水手们想起自己的苦难生活——饥饿、贫穷、无家可归，他们也从扬克的悲剧看到自己的未来——葬身大海。然而水手们无法反抗命运，只能日复一日地在海上劳动，被一种巨大的力量拖着前进。这种力量支配着他们的行动，主宰他们的人生命运。奥尼尔对这种悲剧性生存有着清醒的认识。他说，"生活背后有一种神秘的力量——命运、上帝，不管你叫它什么——总之很神秘。"

扬克弥留之际的表现令人动容。此时他已痛苦不堪，随时可能离开这个世界，但他没有再作无谓的挣扎与叫喊，而是默默接受命运的安排，迎接"穿着黑衣服的漂亮女人"——死神。扬克心里已经没有了恐惧，相反，他只有对美好生活的渴望，以及对过往岁月的回忆：扬克身无分文时，遇到卡迪夫酒店女招待芳妮，因此他在弥留之际委托德里斯科尔，将来买一盒最大的"卡迪夫"盒装糖给她。扬克自知难逃厄运，在生死关头回忆生命中的美好事物。他坚持为别人着想，懂得感恩，并未因为即将死亡而怀疑人性。他身上的质朴与纯真，使他的死亡具有浓郁的悲剧意味。扬克告诉好友德里斯科尔，他还有一个朴素的理想："一个人年纪轻，什么也不在乎的时候，航海并没有什么不好，可是我们不再是小伙子了，不知怎么的，我也弄不懂，最近一年来感觉身体不行了，我有一个想法，我想走——当然和你一起走——咱们积一些钱，到加拿大或阿根廷或者什么其他地方去买一个农场，就一个小小的——够咱俩活命就行了。我没有对你说过，因为我怕你会笑我。"

扬克在弥留之际谈起美好而虚幻的理想，一方面这个理想对他是个安慰，可以让他忘却痛苦与不幸；另一方面也道出一个实情，当时海上生活是极其艰难的。扬克平时从未谈过理想，因为这个理想犹如天方夜谭，他怕被人笑话。此时，扬克很清楚自己的处境，他恐怕无法离开海洋了，更不可能拥有自己的农场。扬克这个理想，反映了下层百姓对未来生活的憧憬。他越是把未来想象得无比美好，越能反映他当下的悲惨处境。生活经验告诉我们，一个人只有身处黑暗之中，才会更加向往光明，遭遇苦难才会更加渴望幸福。所以，扬克美好而朴素的人生梦想，令人更加同情其不幸遭遇。

为了凸显作品的悲剧意味，奥尼尔在戏剧中描写大海、雾等意象。大海是扬克与德里斯科尔等人的工作场所，也是危机四伏的社会环境的写照。大海时而风平浪静，时而惊涛骇浪，拥有喜怒无常、变化多端的性格。现实社会中的人类犹如水手们一样，常常无法把握自己的命运。可以说，作品通过描写扬克的不幸遭遇，刻画了水手们恶劣的生活环境，也写出他们身不由己的人生窘境，表达了作家对世事无常、造化弄人的哲理思考。作品表明，人生犹如一次艰难的航行，充满了危险、苦难与不幸，航行者稍有不慎，都会付出惨重的代价。但勇敢的水手绝不应停滞不前，因此否定航行的意义，正如人类不能否定自己的生存一样。不畏艰险、迎风破浪，才是一名水手该作的选择。学者康建兵指出，"水手艰辛的航海生活象征苦涩的人生，展示出对人生命运的思索和人性深度的挖掘，表达了生命的厚重和存在的孤独，以及疏离与责难的生存状态和道德回归。"

"雾"也是一个重要意象，在戏剧中出现过 8 次，与扬克的悲剧命运紧密地联系在一起。因为海上大雾弥漫，扬克才爬上高处瞭望。扬克受伤以后,他和德里斯科尔多次提到大雾。戏剧结尾,扬克闭上双眼离开了世界,科基无比沉痛地宣布"雾已经散了"。可见在奥尼尔笔下,"雾"的含义是多重的。其一,"雾"象征着难以预测的人生命运,让人看不清前进的方向,因此酿成人生悲剧。其二,"雾"与死亡联系在一起,是横在生者与死者之间一道屏障,扬克和德里斯科尔因为雾聚雾散而阴阳两隔。其三,"雾"与扬克无法摆脱的痛苦相联系。扬克痛苦呻吟时,作品多次描写或提到"雾",借此渲染悲剧氛围。雾由淡到浓、由浓到散,与主人公扬克的命运相对应。其生命也像大雾不断变化,最后像大雾一样消散。奥尼尔在戏剧《穿越黑夜的漫长旅程》中也提及雾,把它作为一种逃避现实的途径;象征人物无法排解、无处不在的痛苦。

作品中,奥尼尔以较大篇幅交代了德里斯科尔和扬克的友谊,为这出悲剧增加了一抹亮色。扬克与德里斯科尔是共事多年的老伙计。他们曾在"老多维"轮的海难中同舟共济、出生入死。当时场面极为混乱,其他人都惶恐地"蹲在船的另一边",扬克与德里斯科尔坐在船舱中,冷静地应对危险处境。通过一番艰苦努力,他们终于在"老多维"轮沉没之前登上一艘小船,"在海上漂流了足足七天七夜,没喝一滴水,没吃一点东西。我渴得发疯,哇哇乱叫,想往海里跳,扬克一把把我拉住了。就在这一天,我们得救了,这时只有扬克一个人神志清醒,全靠他掌舵"。可以看出,扬克此前是技术高超的水手,也是一个果断冷静而有担当的人。在危急关头,扬克凭一己之力,挽救了德里斯科尔及船上其他人的生命。

现在,扬克身受重伤、生命垂危,德里斯科尔想方设法帮他,不断询问他的伤情,为他端茶倒水。德里斯科尔为朋友的遭遇感到难过,但没有在扬克面前表现痛苦,而是坐在扬克床前陪他说话,适时为朋友送上慰藉。他担心扬克会昏迷不醒，就在一边不停地跟他说话，鼓励他重新站立起来，盼望好友能够逢凶化吉。周围水手埋怨船上条件糟糕时，德里斯科尔大声训斥："你们都给我住嘴。咱们真该死，光为自己的肚皮发牢骚，忘记了这儿有一个快要死的病人在听着。"在德里斯科尔看来，扬克永远都是他的兄弟，相信他一定能够渡过难关。德里斯科尔和扬克的亲密关系，反映了海上劳动者美好的精神境界。他们之间的感情已经超越了通常意义上的友情，是一种同舟共济、生死与共的患难之交。

在戏剧《东航卡迪夫》中，奥尼尔通过水手扬克受伤、最后不幸逝世的故事，纪念他熟悉而难忘的海上生活，思考人生、苦难、不幸和友情等命题。他以普通劳动者作为主人公，聚焦他们的生老病死、喜怒哀乐，通过他们的友谊写出善良的人性，表达了他对下层人民不幸遭遇的同情。《东航卡迪夫》虽是奥尼尔刚出道时一部短剧，但在戏剧氛围、主题思想、人物形象和意象描写等方面，显示奥尼尔不同凡响的艺术天分，正是从这部戏开始，奥尼尔不断探索和总结写作经验，最终迎来他戏剧创作的高峰。

思考题

1. 谈谈扬克这个水手身上的特点。
2. 谈谈戏剧中的"雾"的象征意义。

推荐书目

奥尼尔. 奥尼尔文集（第1卷）[M]. 郭继德译. 北京：人民文学出版社，2006.

参考书目

[1] 李齐鑫. 尤金·奥尼尔的戏剧主题研究[J]. 芒种，2012(20):243.
[2] 尤金·奥尼尔. 奥尼尔文集（第1卷）[M]. 郭继德译. 北京：人民文学出版社，2006:89.
[3] 李艳霞. 曹禺、奥尼尔与古希腊悲剧——《悲悼》和《雷雨》的比较分析[J]. 四川外语学院学报，2002(1):30.
[4] 康建兵. 尤金·奥尼尔与大海[J]. 戏剧文学，2008(1):85.
[5] 沈建青. 大海在呼唤：早年海上经历对奥尼尔创作生涯的影响[J]. 外国文学研究，2014(2):58.
[6] 克罗斯韦尔·鲍恩. 尤金·奥尼尔传——坎坷的一生[M]. 陈渊译. 杭州：浙江文艺出版社，1988:163.

第十二讲　海洋文学与革命

《领航人》与独立战争

詹姆斯·库柏（1789—1851）是美国本土文学奠基者，也是美国海洋文学开拓者，在美国文化史上占据重要位置。库柏由于创作历史小说而著名，被后世学者誉为"美国的司格特"。我国学者对他评价很高，称之为"美国第一个创作了乌托邦式小说、历史传奇、社会小说、边疆小说和海洋小说的伟大作家"。

1789 年，库柏出生于美国新泽西一个乡绅家庭，在 12 个孩子中排行十一。其父威廉·库柏是亲英的国会议员、地方官，是边境城镇库柏镇的创建者，手下多达 4 万名农工，经济实力雄厚。在库柏镇周围，当时还残留为数不多的印第安人。库柏未必与印第安人打过交道，但他对印第安人传说印象深刻。在他青少年时期，库柏家族走向衰败。作家在 14 岁时进入耶鲁大学，在三年级时因一个危险举动被学校开除。由此，他开始长达数年的海上漂泊，先是在货船上当水手，后加入美国海军，由一名士官成长为海军上尉。航海生活艰苦而又惊险，他所乘舰船曾被海盗追赶，在大西洋上被英国船队拦截。但丰富的海上生活锻炼了航海本领，激发了他的民族自豪感，使他产生强烈的民族意识。1810 年，库柏在休假期间结婚。一年以后，父亲不幸离世，库柏便从海军退役回家，继承了父亲大宗遗产。航海生涯对库柏的人生影响极大，为他后来的海洋小说创作提供了素材。库柏的妻子苏珊出生于大户人家，地位显赫，是威契斯特县有名的地主家千金。结婚以后，库柏在威契斯特镇生活了一段时间，由此了解许多美国独立战争时期故事，逐渐熟悉当地的风土人情，为日后创作历史小说奠定了基础。

在30多年时间中，库柏创作了50多部作品，涉及长篇小说、传奇故事、旅行札记、政论文等多种体裁，其中，以革命历史小说、边疆小说和航海小说成就最大。三类小说的代表性作品分别是《间谍》《拓荒者》和《领航员》。宋兆霖先生这样评价上述作品的价值，"这三部作品出版后，影响很大，它们既满足了国内读者对民族题材的要求，也向国外读者揭开了美国这个新兴国家的面貌。新鲜生动的民族题材和浪漫主义的乐观情调，使国内外读者耳目为之一新"。

历史小说《间谍》是库柏的成名作，1821年出版后受到美国读者追捧，被誉为"美国文学史上第一部民族题材的长篇小说"。主人公哈维·柏契是一位爱国英雄，具有民族主义思想。他是个商人，生性淳朴、热爱大自然。受华盛顿将军的派遣，他四处游走、秘密观察，冒着生命危险在敌后搜集英军情报，出色地完成了他的军事使命。革命胜利后，哈维没有居功自傲、请求封赏，而是悄悄回到故乡，继续做一名默默无闻的商贩。该作品激发了美国人的民族主义感情，对独立之后的美国人民族意识的觉醒，乃至国家意识的建构起到一定作用。

《拓荒者》是库柏"皮袜子系列"首部作品，其余几部分别是《猎鹿人》《大草原》《最后一个莫西干人》和《探路人》。这些作品都以猎人纳蒂·班波（因用鹿皮护腿，获得"皮袜子"绰号）为主人公，叙述他在不同人生阶段的各种经历。在《拓荒者》中，纳蒂·班波是一位 70 多岁的拓荒猎人，在纽约殖民地森林中打猎为生。他与印第安人约翰·莫西干成为朋友，居住在法官坦普尔庄园的房子里。他看到"文明人"滥捕乱杀和掠夺大自然，感到无比悲愤却无能为力。由于搭救法官女儿伊丽莎白，他猎杀一只野豹，违背法律条文中禁猎规定，遭人告发而被投入监狱，但他并不甘心困守牢狱，便选择越狱逃跑。后来，他再次从大火中救出伊丽莎白和奥利弗。两人结婚后，班波也被赦免了罪行。尽管这对年轻夫妇极力挽留，班波还是坚定地走向西部的森林。作品独特之处在于，不仅描写荒原、山谷、森林等野性之美，揭示文明与自然的对立与冲突，还成功塑造了拓荒者和印第安人形象。尽管作品存在叙事节奏缓慢等缺陷，但它弥漫着浓郁的西部边疆风情，堪称描写"西部""荒原"、表现殖民者"开拓精神"的经典之作。

库柏的涉海类作品数量可观，不仅有《红色的海盗》《海上与岸上》《海狮》等十多部海洋小说，还有一部美国海军发展史著作。其中，最著名的海洋小说，是他以美国独立战争为背景的作品《领航人》。

《领航人》开美国海洋文学之先河。作品以美国独立战争时期海上斗争为素材，反映了美国人民顽强不屈的意志和追求独立、自由的乐观精神。小说中，美国巡洋舰和"阿瑞尔"号纵帆舰接到指令，要在英国海域进行侦察和袭扰活动，计划俘获几名重要的英国上层人物，让英国人对北美殖民地有所忌惮。但他们面临一个巨大困难，即对英国周边海域并不熟悉，需要一位航海经验丰富的"领航人"做向导。巴恩斯泰伯是"阿瑞尔"号舰长，与同伴驾驶小船去迎接"领航人"，却在途中遇到前来找他的女友凯瑟琳。原来凯瑟琳和赛西莉娅遇到了麻烦，后者则是海军军官格里菲斯的女友。巴恩斯泰伯接到领航人，并在后者帮助下成功躲过风暴，将航船带入一片安全海域。船上军官制定可行性方案，企图到海滨猎场俘虏英国人质。格里菲斯上岸以后，急于解救自己女友，结果却被英国军官抓住当了俘虏。后来在领航人的谋划下，格里菲斯及巴恩斯泰伯的女友被营救出来，英国军官爱德华则被俘获。北美巡洋舰和"阿瑞尔"号纵帆舰准备返航，却在海上遭到英国军舰的袭击。关键时刻，领航人与船上军官团结一致、并肩作战，给英国士兵以沉重打击。领航人处变不惊、指挥自若，终于甩开英国船队的追踪，带领船队驶向美国海面。

　　作品中，北美军舰的"领航人"格雷是个重要角色。他是身材高大的水手，有着高超的航海本领和丰富的航海经验。在暴风雨之夜美国海军陷于困境时，他沉稳地指挥船队穿插躲闪，使军舰有惊无险地驶出险滩。他在海战中勇敢无畏，自信乐观，热爱自由，敢于在危难时刻承担责任，"是库柏国家叙事中着力构建的理想的美国性格"，但他无法避开自己尴尬的身份：他并不是美国人，而是地道的英格兰人，出于对自身生活的不满和对自由、平等权利的渴望，加入美国海军而与祖国为敌。为此，他被英国人视为背叛国家的叛徒，受到恶毒的诅咒和攻击。与此同时，一些美国海军军官也对他持怀疑态度。巴恩斯泰伯宣布，"我对一个背叛祖国的人也不大信得过"。格里菲斯也怀疑他参加革命的动机；"他是否真的热爱自由，也许很值得怀疑"。格雷一直生活在美国军官的误解和怀疑中，"身份"成为他革命道路上的羁绊。事实上，他是反抗压迫、反对殖民的英雄形象，正如作品所写，"一个有灵魂的人不愿局促在暴君和他们所雇佣的帮凶们专横武断地划定的圈子里的，而要奋起反抗压迫"。当然他受到大伙质疑，还因为他的革命动机不够纯正，更多时候是为了追求名誉。如此一来，他"在小说设计的语境中，不仅变成了一个偏激促狭的'自大狂',还成了不安于低微出身,试图借助暴力出人头地的'野心家'"。

"领航人"格雷的原型是著名冒险家约翰·保罗·琼斯。琼斯是一位苏格兰水手,在航海方面独具天赋,因为伤人致死而流亡北美。在北美独立战争期间,他在巡航舰"阿尔弗雷德"号和"普罗维登斯"号上服役,上尉军衔,由于杰出的指挥才能,得到北美海军舰队司令霍普金斯信任,21岁时担任单桅船"突击者"号船长。1779年9月23日傍晚,在苏格兰东北部弗兰伯勒角,率领小舰队与英国运输船队遭遇,后者由41艘帆船组成,并由"斯卡巴勒女伯爵"号和"塞拉比斯"号两艘护航舰护航。琼斯率队主动向英国船队进攻,并侥幸取得海战胜利,他随即成为受人崇拜的战斗英雄。"《领航人》中偷袭英国海岸并试图绑架英国贵族的情节,便是基于琼斯率领舰艇在苏格兰的圣玛丽岛登陆、意图抓捕塞尔科克伯爵的史实而来"。格雷与琼斯的相似之处在于,他们航海技术高超,心胸都不开阔,渴望冒险立功。两者都是地道的英国公民,却在独立战争中支持美国一方。

库柏对"领航人"格雷的矛盾态度,与他对美国独立战争的看法密不可分。长期以来,英国都是北美殖民地的宗主国,也是殖民地许多先驱人物的母国,英国与殖民地的关系是主子与臣仆关系。在一些保守人士看来,北美殖民地宣告独立而与英国交战,是一种忤逆和背叛。而在激进人士看来,"殖民地是独立的,他不附属于英国,换句话说,殖民地和英国不是母国和臣属的伦理关系,而是平等关系;激进派希望通过战争赢得美国独立"。库柏对待独立战争的态度比较保守,一方面他在作品中认同并歌颂独立战争,认为只有通过战争,北美殖民地才能赢得独立、争得人权;另一方面,他认为殖民地与英国斗争是一种内战,"他采取较为温和的态度,强调独立战争不是革命,而是一场为了重获公民权而进行的改革"。

库柏对"领航人"态度的变化,还与他对共和制度的焦虑有关。独立战争时期,不少北美殖民地人民对共和政体表示担忧。他们习惯王权、贵族和平民的等级划分,担心实行共和政体以后,权力会落入野心家和独裁者手中。格雷在与英军战斗中表现卓越,意志坚决,在战争中起到关键作用,但他从个人"野心"出发,在战争中顽强地表现自己,势必会引起北美军官的隐忧。他"既有天生的直觉与卓越的领导才能,又具有为达目的不惜采取一切手段的坚强意志,对于需要在波涛不定的大海上与强敌殊死搏杀的战争而言,格雷显然是不二人选。但是对于共和政体而言,诸如格雷等才华出众的人物,却因无法控制和疏导的野心与仇恨,而成为共和政体中最危险的敌人"。由此可知,基于社会和个人两方面原因,"领航人"格雷才不受待见、遭到驱逐,从战争英雄的神坛跌落下来,沦为一个受人怀疑、非常尴尬的角色。

除格雷而外,库柏还在作品中塑造美国海军军官巴恩斯泰伯和格里菲斯等形象。巴恩斯泰伯是老水手汤姆的养子,原来也是水手,但他与自由散漫的养父相比,在战争中表现得更为出色。汤姆在海战中非常神勇,像英雄一样手持鱼叉、冲锋在前,将英军舰长一叉毙命。他彻底瓦解了英军的抵抗意志,成为决定战争胜负的关键人物。但他行为散漫、不守纪律,像任性胡来、意气用事的孩子。巴恩斯泰伯则更有责任感,作为一名海军军官,始终将国家利益放在心上。他在海战中带领士兵奋力拼杀,毫不畏怯,是不怕牺牲、敢打硬仗的海军指战员。巴恩斯泰伯还有高度责任感和使命意识。风暴袭击战舰时,船上人员乱作一团,巴恩斯泰伯手持喇叭,沉稳地指挥大家抗击风暴,使得全船人员得以逃生。他从不滥用自己手中权力，凭着刚强意志和英勇表现，赢得全船人员的尊重与爱戴。另一位青年军官格里菲斯的表现也可圈可点。他知识渊博，谈吐文雅，颇有绅士风度。他指挥才能并不突出，却靠着教养和出身，赢得其他海军军官的尊重。与水手们相比，库柏更看重这些海军青年军官，通过他们在战争的突出表现，试图建构美国人的民族身份。

思考题

请谈谈库柏对独立战争的矛盾看法。

推荐书目

库柏. 领航人[M]. 饶建华译. 武汉：长江文艺出版社，2008.

参考书目

［1］ 吴富恒，王誉公. 美国作家论[M]. 济南：山东教育出版社，1999：126.
［2］ 张陟. 船如国家：《领航人》中的海洋书写与库柏的革命历史想象[J]. 中国海洋大学学报，2020(4)：101.
［3］ 段波. 忠诚还是背叛——论库柏《领航人》中的伦理两难及其历史隐喻[J]. 外国文学研究，2013(5)：106.

[4] 马妮娜. 库柏海洋小说《领航人》的主角之争[J]. 开封教育学院学报, 2018(7): 63.

日本海洋文学与革命

在海洋文学中,一些革命斗争常与海洋联系在一起。库柏的《领航人》通过普通水手和下级军官的形象,反映美国人民反抗殖民统治的斗争精神,海洋在作品中成为民族革命的战场。高尔基描绘了"狂风卷积着乌云"的革命形势,以不畏风暴的海燕比喻革命者,发出"让暴风雨来得更猛烈些吧"的呼声。日本叶山嘉树的《生活在海上的人们》和小林多喜二的《蟹工船》,堪称日本无产阶级革命文学的经典之作。两部作品聚焦日本 20 世纪 20—30 年代的革命风暴,歌颂了无所畏惧、大义凛然的革命英雄,极大地鼓舞了日本乃至世界人民的革命斗志。

一、叶山嘉树与《生活在海上的人们》

叶山嘉树(はやまよしき,1894—1945)是日本无产阶级文学奠基人。1894 年生于福冈县一小官吏家庭。由于不愿参加升学考试,他中学毕业后入读早稻田大学预科班,但并不安心在课堂听课,终因旷课和欠费被学校除名。叶山先后从事见习水手、临时雇员、收发员、记者等职业,在下层社会过着自由放荡的生活。后来受高尔基、陀思妥耶夫斯基等俄苏作家作品影响,他的阶级意识逐渐觉醒。"1921—1925 年间,由于从事工人运动,曾以《违犯治安维持法》罪名,多次被捕,几进几出,大部分时间是在名古屋的监狱里度过的。他在 1922 年开始业余创作，到 1926 年加入无产阶级文艺联盟后，才正式开始作家生活，全力投入无产阶级文学运动和从事文学创作"。1931—1933 年，日本法西斯势力甚嚣尘上，左翼作家作品的出版与发行受到禁锢。叶山嘉树在小林多喜二惨遭杀害以后，于长野县乡下过着隐居生活。1934 年 3 月，他随"满蒙开拓团"来到中国黑龙江地区。日本宣布投降以后，他在返回日本的火车上病死。叶山嘉树的主要作品有《卖淫妇》《来自水泥桶里的信》和《生活在海上的人们》等。

其中，《生活在海上的人们》是叶山嘉树一部长篇作品，被评论界誉为日本无产阶级文学奠基之作。这部作品是根据作家的海上生活经历创作的。1916 年前后，叶山先后两次在海上当水手。一次是从学校辍学以后，他"变卖一切，混迹于当时的海员宿舍"，"作为见习水手搭上加尔各答航线的运货轮船。"另一次是 1916 年第一次世界大战期间，他在横滨至北海道的运煤船上当水手。由于受到船长不公正待遇，他参与了船上海员的罢工斗争，用他自己话说，"船长是个强权分子，使我在劳动中尝尽苦辛"。"罢工取得胜利，但在下次航海中左足负伤，遂借口怠慢职务，迫使我'同意下船。'"这两次海上经历给他留下深刻印象，成为他后来创作《生活在海上的人们》的重要素材。

作品描写一艘运煤船上水手不甘被人奴役、奋起抗争的故事。"万寿丸"号运煤船从北海道的室兰港开往横滨，途中遭遇恶劣天气。少年杂役安井身受重伤，却没有得到及时治疗。狂风的呼啸和少年的哭喊夹在一起，令水手们几乎精神崩溃。此时，附近海面一艘失事船发出求救信号，水手们希望前往搭救，却遭到船长蛮横的拒绝。失事船最终沉入海底，船上海员无一生还。"万寿丸"号水手被船长的冷酷无情彻底激怒。

在仓库管理工藤原、清扫工波田、舵手小仓带领下，水手们和船长、资本家进行了斗争。藤原等人要求给伤员安井发放津贴，但船长拒绝了他们的合理要求。水手们决定举行总罢工。船长假装同意藤原等人提出的条件，如实行八小时工作制、增加工资、工伤医药费全部报销等要求。当"万寿丸"号抵达横滨时，藤原、波田却遭到警察逮捕，小仓、宇野等也遭解雇。水手们的革命斗争随即宣告失败。

藤原六雄是"万寿丸"号运煤船的工人运动组织者，身上带有作者本人早期生活的痕迹。藤原此前也是学生，后来当上工人。他在劳动过程中不断思考自己处境，逐渐确立崇高的人生志向——为了人类过上幸福生活而奋斗。作为组织罢工的领袖，藤原是一个性格鲜明的人物。首先，他身上有一种爱憎分明的阶级情感。藤原与周围的工人打成一片，利用机会对他们进行革命教育，告诉他们"工人阶级应该往前冲，走上作为一个阶级的活路。"他对受伤的安井满怀同情，带头要求船长和资本家给安井治疗、发津贴。他对船长等人则怀着仇恨，宣布工人不会接受任人宰割的命运，一定要起来砸碎自己身上的枷锁，并带领工人起来抗争。其次，藤原身上有一种大无畏的英雄气概。他对革命斗争有着清醒的认识，对即将来临的危险无所畏惧。他在群众中间有一定号召力，一些摇摆不定的工人渐渐聚集在他周围。大家抱在一起，逐渐形成一股巨大力量。罢工失败后，藤原遭到反动军警逮捕，可他依然对未来充满信心。

此外，作品还塑造了波田、三上、小仓、西泽等形象。波田是罢工运动的重要带头人，他和藤原一样爱憎分明，为人仗义，在斗争中与藤原并肩战斗，表现出英勇顽强的宝贵品格。三上与小仓的性格完全相反。三上像火一样容易冲动，做事不够冷静。小仓比较善良、软弱，他最初的梦想只是做个高级海员,但这个梦想在残酷的现实面前破灭了。随着斗争形势的发展,他一步步变得刚强起来,成为重要的革命力量。

《生活在海上的人们》在当时文坛引起很大反响,被视为无产阶级文学杰出代表。作品之所以深受广大读者喜爱,除其独特题材、思想内容和人物形象外,还与当时的时代背景有关。此时,日本"无产阶级文艺联盟刚刚成立,'建立无产阶级斗争文学','同文化战线上的统治阶级文化及其支持者进行斗争'的口号提出不久,因而不仅给无产阶级文艺联盟带来了活力,而且突出地显示了无产阶级革命文学运动的成绩。这部作品无论从它所反映的生活规模,或就其挖掘的主题深度以及它在艺术上的成就都达到了早期无产阶级文学的最高水平"。一些无产阶级作家还自觉进行学习和模仿,为繁荣革命文学作出了贡献。其中,小林多喜二就是一位成就卓著的作家。

二、小林多喜二与《蟹工船》

小林多喜二(Kobayashi Takiji,1903—1933),是日本无产阶级文学旗手。出生于日本秋田县一贫苦农家。因为生活贫困,举家迁往北海道的小樽。小林很小就参加劳动,过着半工半读生活。后来靠着伯父资助,进入小樽高等商业学校读书。上学期间,不仅阅读叶山嘉树的作品,还涉猎高尔基、托尔斯泰、陀思妥耶夫斯基、巴尔扎克等外国作家作品。商校毕业后,小林在小樽一家银行工作。在求学时期,小林就热衷文艺创作。

1926—1927 年,日本的无产阶级革命形势如火如荼。北海道地区发生了工人罢工、农民抗租斗争。小林多喜二的思想受到巨大冲击。此时，他开始接触马克思主义著作，关注农民和工人的命运。在1927年爆发的北海道工人罢工中，小林多喜二亲自编写罢工传单，自觉将文学创作与工农革命结合起来。他不断深入工厂、学校和农村，在和工人、农民的交谈中受到教育，思想上逐渐倾向马克思主义。1930年，小林担任日本无产阶级作家同盟主席，同年加入共产党。

小林多喜二与中国人民的关系非常密切。1931年9月18日，日本帝国主义对中国公然发动侵略战争。小林多喜二愤怒地表示，他反对日本军国主义者对中国人民的屠杀，并一针见血地指出，这场战争是"日本帝国主义对中国进行的资产阶级强盗掠夺战争"，战争目的是为了"再瓜分中国互相提供保证"，他还揭露国民党反动派"要集中全力去扼杀中国革命"的阴谋，"反对扼杀中国苏维埃革命"。正如他在作品中所言，"世界无产阶级和中国、日本无产阶级是血肉相连的关系"。1933年小林多喜二被害以后，中国左翼作家对日本当局的野蛮行径表示强烈抗议。鲁迅代表中国作家发表唁电："日本和中国人民是弟兄，资产阶级用血在我们之间划了界线，而且现在还划着。但是无产阶级和它的先锋队却用血来洗去这种界线。小林多喜二的死，就是最好的证据。我们知道，我们不会忘记，我们将坚决踏着小林同志的血迹，携手前进！"

《蟹工船》叙述了渔船"博光"号上工人反抗奴役斗争的故事。这条渔船雇佣大量工人捕蟹，把蟹肉加工成罐头。这些蟹工是失业的工人、农民，由于生活所迫，他们不得不在"地狱"一样的环境中工作，像畜生一样出卖劳动。不堪巨大的工作压力，许多工人死亡或逃跑。可资本家为了榨取更多剩余价值，完全不理会工人死活。巨大压力、恶劣环境和监工的灭绝人性，让所有工人都感到生不如死。此时，逃亡的两名工人从俄罗斯军舰返回，并带回了革命火种。他们在俄国人和中国人启发下，已经有了一定革命觉悟。他们意识到要改变自己处境，改变受奴役、受压迫的命运，就要团结起来与资本家斗争，使工人们渐渐觉悟起来，争取更大的经济利益。工人们决定举行全船大罢工，并惩罚了不可一世的浅川，取得了罢工的初步胜利。但资本家与反动军队勾结在一起，罢工最终被镇压下去。

　　作品真实地描述了蟹工船上可怕的生活。蟹工船是海上加工厂，主要任务是把捕获的螃蟹煮熟，加工成一罐一罐的罐头。由于它是海上加工船，既不适用国家航海法，也不适用陆地上工厂法，船上工人的待遇得不到任何保障。工人们没日没夜劳动，最后往往活活饿死。那些逃亡者被抓回以后，更是受到非人的残酷虐待。作品写道，"抓住后，将人绑在木桩上让马用后蹄踢或在后院里让土佐犬(狼狗)咬死。而且是在大家眼皮底下干的……晕过去就泼水激活，如此反复不止。最后由土佐犬强有力的脖子像甩包袱一样甩死。软塌塌扔在广场一角不理不睬之后，身体仍有某个部分一下下抽搐。至于用火筷子突然烙屁股或用六棱棍打得直不起腰来，那更是'日常性'的"。

　　更可怕的是，日本资本家为工人工作贴上道德标签，将奴役工人上升为国家意志。日本在1931年已经发动侵华战争，急需一大批军用物资和生活原料，资本家把战争灾难转嫁到工人身上。他们向工人宣称，蟹工们是在为日本"帝国的事业"工作："小说里的监工将'蟹工船'上的产业称为肩负'日本帝国的伟大使命'的'国家产业'，并且反复强调'替国家干活儿，是和为国家打仗一样'的道理所在。"也就是说，资本家不仅从肉体上压榨工人，还从精神上麻痹和毒害工人，试图让他们变成没有思想的工具。学者认为，作品将工人遭遇与国家命运联系起来，体现了作家小林多喜二的独具匠心，因为"如果仅仅停留在描写蟹工船内部的苛酷奴役,只能唤起人道主义的愤怒,而尚未接触到他们背后的帝国主义机构、帝国主义战争的经济基础。所以必须全面地表现帝国主义—财阀—国际关系—工人四者的关系。"如此一来,小林多喜二就揭示了工人悲剧性命运的根源在于日本帝国主义制度。

在《生活在海上的人们》中,叶山嘉树塑造了藤原、波田、三上、小仓等人物形象,而小林多喜二《蟹工船》中人物名字很少。小林侧重描写的是罢工工人这个群体。他要以此表明,那些连名字都无人知晓的贫苦劳动者,才是创造历史的真正英雄。这样的普通劳动者不是一个、两个,而是多如牛毛、不计其数,所以也就无需写出他们姓甚名谁。

三、叶山嘉树与小林多喜二

众所周知,无产阶级革命文学的大本营是苏联。十月革命一声炮响,俄国建立世界上第一个无产阶级政权,极大地鼓舞了全世界进步分子。苏联为指导无产阶级文化运动,1920年专门成立无产阶级国际事务局。"1925年改组为革命文学国际事务局,建立了国际无产阶级作家同盟。该同盟第二次代表大会于1930年11月在乌克兰哈尔科夫召开,有22个国家参加。"受苏联革命文学发展影响,日本在1921年出现第一份无产阶级文学刊物《播种人》。平林初之辅在该刊物连续发表《文艺运动与工人阶级》等数篇论文,为日本无产阶级文艺运动奠定了理论基础。1923年日本"关东大地震"以后,《播种人》由于国内政治氛围日趋紧张而停刊。但该刊同仁后来创办了革命刊物《文艺战线》。1925年,《文艺战线》发起成立"无产阶级文艺联盟",标志日本革命文学进入新的发展阶段。"无产阶级文艺联盟"后来经过数次分裂,形成"日本无产阶级艺术联盟"(简称"普艺")、"劳农艺术家联盟"(简称"劳艺")和"前卫艺术家联盟"(简称"前艺")三个文艺组织。1928年,进步文艺团体成立"全日本无产者艺术联盟"(简称"纳普"),并创办机关刊物《战旗》。这标志着日本无产阶级文学运动达到高潮。

叶山嘉树的革命文学创作深受苏联文学影响。1929年,叶山嘉树在给小林多喜二的信中提到,"马克西姆·高尔基是我最尊敬的作家。当我在海上生活多次面临生命危险时,马克西姆·高尔基总是给我以慰藉、鼓励,并教我反抗和斗争。不论对船长、大副或船主,我从来不曾低过头。如果问为什么我会这样,那就是高尔基的声音不断地向我呼唤。"有趣的是,小林多喜二的《蟹工船》中也体现出了苏俄文学的影响。两位逃亡的蟹工受苏联人和中国人思想影响,阶级意识逐渐觉醒,他们开始知道自己真正的敌人是谁,决定返回"博光"号,把命运之绳操控在自己手里,用暴力反抗浅川等人的剥削和压迫。小林用文学形式验证了叶山的说法。此外,小林多喜二对叶山嘉树的小说《生活在海上的人们》痴迷不已。他在回信中直言不讳地告诉叶山,"特别是你的《生活在海上的人们》这本书,我们是用这样的话向读者介绍的:'读吧!你们一定要读这本书!'用这样的语言向读者推荐作品,老实说,这在'战旗'派作家中是一篇也找不到的。因此,可以毫不夸张地说:没有你的作品,那整个日本也就没有一部好作品可言了"。

叶山嘉树和小林多喜二分别属于"纳普"和"劳艺"两个派别。这两派之间由于思想路线、文艺主张等多种原因,一直存在矛盾和斗争。这在一定程度上削弱了进步文艺力量。然而两派的叶山嘉树和小林多喜二,却能自觉地突破门户之见,在信中表示对彼此作品的欣赏,是非常难能可贵的。实际上,从两人信件交往中,可以看出两位作家是惺惺相惜的。他们都是出身社会底层的作家，"他们都是在人生的搏斗中，在生活的探索中走向革命"，"他们都是经过艰苦的生活斗争实践走上无产阶级文学道路的。忠于无产阶级文学事业的共同理想，使他们彼此心灵相通"。小林多喜二牺牲以后，叶山嘉树在长野县乡下过着隐居生活。这不仅是因为当时政治气候发生了变化，在一定程度上，也体现了他对当时社会的厌恶和仇视。

思考题

《生活在海上的人们》与《蟹工船》有什么相似之处？

推荐书目

1. 叶山嘉树. 生活在海上的人们[M]. 徐汲平译. 上海：上海文艺出版社，1979.
2. 小林多喜而. 蟹工船[M]. 叶渭渠译. 南京：译林出版社，2009.

参考书目

[1] 王凌. 叶山嘉树和他的《生活在海上的人们》[J]. 外国文学研究，1981(2)：41.

[2] 李芒. 论叶山嘉树[J]. 日语学习与研究，1984(5)：52.
[3] 秦刚. 罐装了现代资本主义的《蟹工船》[J]. 读书，2009(6)：147.
[4] 王凌. 心有灵犀一点通——评叶山嘉树和小林多喜二的信 [J]. 外国文学研究：
      1981(2)：66，67，69.

第十三讲　海洋文学与人生超越

《水孩子》与儿童成长

查尔斯·金斯利（1819—1875）是英国维多利亚时期作家、诗人，英国运动教育的先驱。一生创作 60 余部作品，涉及诗歌、散文和小说等多种体裁，被马修·阿诺德称赞"才华出众，文学成就显著"。

1819 年，金斯利出生于西南部偏僻小镇荷恩·维卡里奇，在西部沿海渔村度过了童年时光。他在小学读书时，曾经历过布里斯托尔海港的暴乱，看到暴徒杀人放火的暴行，内心恐惧不已。他一生都有口吃的毛病，或许即是此时落下的病根。1838 年进入剑桥大学学习法律，同时进行钓鱼、划船、拳击等活动，行为放荡不羁，但其文学和数学成绩数一数二。毕业以后并未从事律师行业，而是成为一名牧师。工作之余关心贫民的疾苦，极力帮助解决他们的教育问题。可以说，他一生都与教育结下不解之缘。1860—1869 年，金斯利在剑桥大学担任历史学教授。1972 年，他担任伯明翰与米德兰德学院校长一职，在任上工作到退休。

金斯利的创作主要有以下几种类型。第一类是反映社会矛盾的小说。早期创作的《动乱问题》和《奥尔顿·洛克》，分别通过斯密斯和洛克两位年轻人的经历，揭示英国农村和城市贫苦百姓的生活，颇有现实主义文学批判社会的意味，在当时文坛产生一定的反响。第二类是历史题材的小说作品。小说《海帕夏》以罗马帝国为背景，反映了不同教派之间的矛盾与斗争，情节引人入胜，但穿插了较多的议论，削弱了作品的感染力和文学性。《赫利沃德》描写绿林好汉赫利沃德聚众造反的故事，歌颂了罗宾汉式好汉的英雄品德。第三类是儿童文学作品。《英雄们：希腊神话故事》是写给儿童的希腊神话故事，文笔优美，语言简洁，堪称优秀的儿童启蒙读物。

金斯利的涉海文学作品有《海滨奇观》《向西去啊》和《水孩子》。其中，《海滨奇观》取材于他在托贝海滨度假的经历，描写岩石滩上和近水海域的见闻，是英国儿童非常喜爱的读物。《向西去啊》和《水孩子》分别属于历史小说和儿童文学作品，也是最能体现金斯利创作成就的两部作品。

《向西去啊》是一部航海历险小说，反映英国和西班牙争夺海上霸权的斗争。主人公艾米亚斯·利是白德福德镇一名青年，一直渴望到海上冒险，但父母并不支持他的想法。在教父理查德的帮助下，艾米亚斯登上德雷克船长的航船，实现了环球航行的夙愿。后来，艾米亚斯跟随雷利爵士再度出海，在海上与西班牙人进行激烈的战斗。艾米亚斯抓获一个名叫唐·古兹曼的俘虏，并随船将他带回白德福德。市长的女儿罗丝见到以后，很快与唐·古兹曼坠入情网。唐·古兹曼被赎回西班牙以后，罗丝也莫名其妙地失踪了。艾米亚斯和一伙年轻人出海寻找，在拉圭拉一带与西班牙人再次展开激战。由于船只在战斗中被毁坏，他们被迫在印第安人营区落脚。艾米亚斯因为表现出众，俘获印第安女巫阿亚伽诺拉的芳心。

数年以后，他们在新格纳达海岸登陆时，又一次与西班牙人发生交锋，还从敌人手中缴获一条帆船。他们解放了身在大牢的犯人，从一名囚犯露西嘴中获悉，罗丝因为宗教信仰已被敌人烧死。艾米亚斯非常愤怒，为了替罗丝报仇雪恨，他命令处死两名西班牙贵族。历经了种种磨难，艾米亚斯终于带着阿亚伽诺拉和船上同伴回到白德福德。可他对阿亚伽诺拉无法产生爱情，令后者感到非常难过。

　　艾米亚斯并不安分，渴望与德雷克船长前往美国。就在此时，西班牙军舰入侵英国海域。艾米亚斯义无反顾地投身战斗，经过十多天连续作战，他们最终取得海战的胜利，差不多摧毁西班牙全部舰船。他看到唐·古兹曼就在前方船上，便不顾一切奋力追赶。此时一道闪电划过夜空，将唐古兹曼的舰船截为两半，也刺瞎了艾米亚斯的眼睛。艾米亚斯回到故乡，受到母亲和阿亚伽诺拉的悉心照顾。艾米亚斯感受到阿亚伽诺拉的温情，逐渐爱上这位印第安姑娘。他们一起迎接新的生活，在白德福德镇相伴余生。

　　作品多次叙写英国和西班牙海战，歌颂艾米亚斯等英国青年的勇敢历险，描写阿亚伽诺拉对艾米亚斯、罗丝与唐·古兹曼的爱情，正如学者所言，"金斯利从历时三年克里米亚战争的史料和海盗船队总指挥理查德·霍金斯爵士的航海日志中获得灵感，将加勒比风情、海盗故事、探险、淘金、爱情、绑架、超自然、英国与西班牙之间的交恶等多种元素融为一体，写出了这部深受读者喜爱的历史传奇小说"。当然作品也有不足之处，一是具有鲜明的国家、宗教和种族仇视。如对西班牙人、天主教徒和印第安人的描写，反映当时英国人根深蒂固的偏见。二是作品的结构不平衡，有不少令人讨厌的说教。当然瑕不掩瑜，作品在当时还是产生了很大影响。据学者考证，德文郡一个海边渔村白德福德即以小说中地名命名，甚至连感叹号都没有删掉。至 1864 年，该地已由普通的渔村发展成热闹的景区，每年都有无数游客前往观光旅游。

金斯利的代表作《水孩子》是海洋文学作品，也是不可多得的儿童小说。汤姆是扫烟囱的小男孩，贪玩调皮，不讲卫生，没上过学，经常遭到师傅格里姆斯先生的虐待。一次，他跟随师傅去约翰公爵家工作，却阴差阳错地滑进其女儿艾莉的房间，被当作杀人放火的坏蛋，遭到保姆、马夫、格里姆斯、守门人和约翰公爵等人追捕。他穿过公园、跑进树林、淌过沼泽，来到文代尔的山谷。汤姆舒服地洗了澡，一觉醒来发现自己变成了水孩子。陆地上的人们都认为汤姆死了，其实他在水里活得很开心。他成为像水蜥一样的两栖动物，已经忘记之前的一切。

汤姆看到一个五彩缤纷的水下世界，遇到水猴子、水松鼠等动物，看到石蚕和蜻蜓的华丽蜕变。水獭告诉他陆地的人类残忍、贪婪，鼓励他游向辽阔的大海，水孩子由此开启精彩的海洋之旅。一路上，他不断遇到鳟鱼、鲑鱼、翻车鱼、鲸鱼等海底鱼类，海鸥、海鸦之类的海上飞禽，还遇到与自己相似的水孩子。在布兰登岛，他还见到两位无所不能的仙人——有错就罚仙人和富善仙人。他还到过海底的逍遥国、光辉城和水禽国。与水孩子艾莉拥抱时，他身上的尖刺逐渐消失。他在大海中不断游泳，逐渐变得强壮起来，在仙人和海洋生物的教育下，他的精神也经历一次蜕变。他终于回到了陆地，勇敢地走向自己曾经害怕的师傅格里姆斯先生，成为无所畏惧的男子汉。

《水孩子》主要叙述主人公汤姆由贪玩调皮的孩子，逐渐成长为男子汉的过程。他的人生经历了懵懂无知的幼稚阶段、受到磨炼与教育阶段和心智成熟的成人阶段。

一开始，汤姆是个调皮捣蛋的孩子，与其他孩子并无什么不同。膝盖受伤、胳膊磕破或被师傅虐待，他会情不自禁地啼哭；而玩跳背游戏、掷赢硬币或搞恶作剧，他会禁不住哈哈大笑。他对一切都感到好奇，有许多不切实际的想法。在此阶段，一位和气的爱尔兰女人，成为他人生路上第一个引路人。她向汤姆介绍大海的情况，告诉他"想变干净的人变得干净，想变肮脏的人变得肮脏"，暗示汤姆完全可以变得更好，这给汤姆留下深刻印象。他人生道路的重要转折，是在约翰公爵家工作时。他在女孩艾莉房间的镜子里看见自己——一个衣衫褴褛、又黑又丑的小男孩，好像一只肮脏不堪的猴子。汤姆为自己的模样感到难过，自我意识逐渐觉醒，这为他后来的成长奠定了基础。

变成水孩子以后，汤姆沿着溪水一路向前，遇到各种各样的动物与植物，获得很多成长的启示。丑陋的石蚕化蛹成蝶，长出一双美丽的翅膀。蜻蜓蜕皮以后，也能扇动翅膀远走高飞，让他意识到自己要寻求突破，不能带着硬壳平庸地活着。水獭虽然看不起汤姆，一个劲地嘲笑他肮脏，但还是鼓励他游向辽阔的海洋，去更大的世界见见世面。鲑鱼夫人告诉他，人们之所以讨厌那些鳟鱼，是因为它们懒惰、胆小又贪婪、胸无大志、不思进取，只知道在溪流中捕食蠕虫和蛆，于是遭到变丑、变色、变小的惩罚。汤姆游进海洋，变得更加强壮。他感到浑身都是力量，逐渐明白人生的道理——"每个人，哪怕是小孩，不去等待，不去努力，就永远也得不到想要的东西"。他不再是从前那个懵懂的少年，能够认真思考和观照自己的生活，适时总结自己的成长经验。

在布兰登岛，汤姆再次获得人生启蒙。首先他遇到"有错就罚"和富善两位仙人，前者丑陋、后者美丽。他们是汤姆的人生导师。"有错就罚"仙人对一些恶人，如让人服药过多的医生、愚蠢的妇人和残酷的教师，都给予相应的惩罚，并要求汤姆做个好孩子。富善仙人是美、善、温柔和快乐的化身，对孩子非常友好。她将汤姆抱在怀里亲吻、抚摸，叮嘱他"做一个好孩子，不要再虐待海里的动物"。汤姆偷吃一匣子糖果，"有错就罚"仙人没有体罚他，而是让他浑身长满尖刺，这让汤姆感到非常害怕。汤姆还有一位启蒙者艾莉。她教汤姆学习知识，要求他"喜欢到你不喜欢的地方""帮助一些你不喜欢的人"。在仙人和艾莉的教育下，汤姆去看世上美好的东西，能够开始独立思考。他不再害怕格里姆斯师傅，为自己没有帮助母亲而羞愧。从前，他的理想是当一名烟囱师傅，身穿棉装、足登皮鞋，压榨和欺负像他一样的学徒，现在他的理想发生了变化，能够包容自己不喜欢的人、做自己不喜欢做的事。经历种种磨难之后，他终于提升了精神境界，锻炼了意志品质，成长为勇敢、善良、宽容的青年。

除成长主题而外，《水孩子》还表达了保护环境的理念。水獭在与汤姆对话时认为，如果没有"可怕的人类"，他们就能在水里过上美好生活。鲑鱼则埋怨河道被打上桩、挂了网，活动空间受到极大的影响。懒洋洋的翻车鱼被船钩戳住拖走，被卖到城里任人观赏。约翰公爵只喜欢吃新鲜的鱼类，对各种海鸟一无所知，更不在乎。海鸦则向汤姆控诉人类滥捕乱杀鸟类，"过去我们是个大国，所有北方的岛屿都被我们布满了。可是人类拼命射杀我们，敲我们的头，取我们的蛋……然后就把我们吃掉，那些可恶的家伙……最后，我们的家族就一个也不剩了"。从生态批评的角度来看，汤姆的成长变化更有象征性含义。他"从'黑色的'人类世界，经过漫长的中间过渡地带，最终到达蓝色的乌托邦——自由天国的过程，在一定程度上象征着人类如何克服人性的弱点，如何摆脱欲望及人类中心主义，最终达到人性的完善的境界"。

金斯利创作小说《水孩子》，其实是有一定社会背景的。在作家生活的时代，英国的工业革命得到快速发展，人们的生产与生活需要大量的煤炭，一时间煤矿开采成为重要的行业。汤姆这类掏烟囱的孩子，就是工业革命的产物。他们不顾个人安危、不带安全设备，在高耸漆黑的烟囱爬上爬下，赚取微薄的薪水，还要受到师傅的剥削和压榨。以约翰公爵为代表的特权阶级，不能理解汤姆的辛勤劳动，还将他看作杀人放火之徒，纠集各种力量追捕他。汤姆在现实世界中无法立足，只能回归自然、投身海洋，在鳟鱼、鲑鱼等海洋生物那里寻求理解与合作。从这个意义讲，汤姆变成一个水蜥似的水孩子，犹如卡夫卡笔下的格里高尔变成甲虫，奥尼尔笔下杨克变成"毛猿"，都是西方资本主义社会对人异化的证明。

一定意义上，金斯利的《水孩子》是科学和文学联姻的产物。金斯利自幼对科学产生浓厚的兴趣，长大以后成为著名博物学家。据学者考证，"1854 年，金斯利对拖贝地区的海洋生物的观察成果，被达尔文用于《人类的起源》；赫胥黎和达尔文都对金斯利的科学研究能力很是赏识，他们同金斯利时有通信，并寄去自己的著作……1871 年，金斯利被选为德文夏尔人文科学协会主席"。汤姆由人类变成海洋中的"两栖动物"，在现实生活中是不可能发生的。金斯利创作《水孩子》并非为了科学推广，而是要表达他对社会及科学问题的看法。从社会因素看，金斯利发现英国的工业革命发展迅速，但同时也让英国人的贪欲膨胀。一些资本家无所不用其极，疯狂地压榨汤姆之类的底层工人。对金钱和财富的贪婪欲望，激发出人性中最为邪恶的一面，导致某些人的行径犹如野兽。金斯利通过水孩子在海洋中的生活，教导人类尤其孩子应该像人一样生活。正如作品中仙人所说，"不管他们祖先是谁，他们现在总是人了。因此我要劝他们就要像个人，照人那样做事。可是让他们也记住这一点：凡事都有两面，有进化，就可以有退化。我能把野兽变成人，我也就可以把人变成野兽"。

金斯利在作品中暗示，石蚕和蜻蜓只有历经阵痛，才能从丑陋的幼虫进化成美丽的成虫；"水孩子"汤姆在大海中不断进取，不断实现道德上的自我完善，才能变得更加强壮与成熟；人类也应戒除贪欲，与同类及鱼类、禽类和谐相处，才能迎来"重新活一回"的希望。否则，人类会像逍遥国居民那样逐渐退化，人数越来越少，"变得更加强壮凶恶"，浑身长毛，"再过五百年，他们全都死尽了，有的由于食物不良，有的被野兽吃掉，有的被猎人杀掉"。由此看来，《水孩子》不仅是作家写给儿童的小说，更是他写给整个人类的寓言。

思考题

从《水孩子》中，你明白了什么道理？

推荐书目

金斯利. 水孩子[M]. 陶友兰，励蔚轩译. 北京：中国出版集团，2018.

参考书目

[1] 常耀信. 英国文学通史（第2卷）[M]. 天津：南开大学出版社，2013:600.
[2] 金斯利. 水孩子[M]. 陶友兰，励蔚轩译. 北京：中国出版集团，2018:281，269，267.
[3] 张扬. 蓝色乌托邦——生态批评视域下的《水孩子》[J]. 苏州教育学院学报，2016（2）:60.
[4] 姚望星，李靖. 又见"爱丽丝"：19世纪英国小说中的另类儿童[M]. 上海三联书店,2018:22.

《老人与海》与生命超越

海明威（Ernest M. Hemingway，1899—1961）是20世纪美国著名作家，"迷惘一代"代表作家。生于芝加哥附近的橡树园镇。父亲是一位医生，比较重视孩子教育，一心要培养他的男子汉气概。在父亲的安排下，海明威自幼学习游泳、钓鱼、狩猎、拳击和踢球等。海明威母亲喜欢文艺，常带他参观画展、听音乐会。在她要求下，海明威开始练习大提琴等。

海明威一生经历复杂，堪称传奇。中学毕业后，他在《堪萨斯明星报》当见习记者。第一次世界大战爆发后，他两次报名参军，均因视力问题未获批准。直到第三次申请入伍，当局才同意接收，但不是作为战斗人员，而是充当红十字会救护队司机。1918年7月，海明威在执行任务时被炸伤，于意大利米兰一家医院进行手术。战争损害了他身体，也让他意志消沉，从此变得迷惘起来。1937年西班牙爆发内战，海明威以战地记者身份奔赴欧洲。他为共和军募集资金，向美国国内报道战况，做了许多力所能及的工作。第二次世界大战爆发后，他又投身反法西斯斗争。此时的海明威已不甘心当一名记者，而是拿起武器参加了战斗，并先于盟军进入巴黎。海明威的人生经历令人咋舌：动过12次手术，从左腿取出227块弹片和1颗子弹，头部缝了57针，结婚4次，离婚3次。1944年5月至1945年6月，一年之内遇到三次车祸。1954年1月，乘坐的飞机两天内连续失事，许多报纸纷纷刊登讣告。他却像土拨鼠一样冒了出来。海明威晚年身体很差，精神不佳，多次想到自杀。1961年7月2日，他用自己喜爱的猎枪结束了生命。有人认为，海明威之所以会自杀，是为了捍卫生命的尊严。此时，海明威患有高血压、抑郁症等多种疾病，每天都过得非常艰难。他认为与其苟延残喘，不如主动结束生命。这样一来，就可以捍卫"人可以被消灭，但不可以被打败"的人生信条。

1954年，由于"精通现代叙事艺术"及"在当代风格中所发挥的影响"，海明威荣获诺贝尔文学奖。其创作大体上分为两类：一类描写拳击、斗牛、狩猎和捕鱼生活，塑造了一批视死如归的"硬汉"形象，这种"硬汉"主要出现在中短篇小说中，如《老人与海》等；另一类描写战争或以战争为背景，表达厌战、反战情绪，主要作品有《太阳照常升起》《永别了武器》等。

海明威的生活与创作离不开水与海洋。海明威3岁时，父亲送他一根钓鱼竿。两人一起去河边钓鱼。令人吃惊的是，3岁的他已然掌握钓鱼技巧，并成功把鱼钓了上来。"20世纪20年代末，他定居在佛罗里达的基韦斯特渔岛时，还特意向纽约布罗克林船厂订购了一条渔艇，并命名为'皮拉尔'号"。海明威还在海上救过古巴渔民富恩斯特。后者在前往美国奥尔良途中遇到风暴,海明威的小船也在风雨中飘摇,于是两人同舟共济,结为好友。1935年,海明威与富恩斯特一起去佛罗里达海域钓鱼,钓获一条785磅(英制质量单位,1磅=0.4536千克)的鲨鱼,差点(12磅)打破世界纪录。

西班牙内战期间,海明威告别妻子,驾着一艘装满机枪、步枪和炸药的游艇,四处流窜,准备与敌船同归于尽。第二次世界大战期间,他驾驶"皮拉尔"号在地中海上游弋,侦察德军潜艇活动。他为盟军提供情报,使德军在地中海上遭受重创。海明威因此受到盟军表彰。战争结束,海明威长期定居古巴,除创作外,还从事钓鱼和斗牛比赛等活动。在古巴举行的国际钓鱼锦标赛,他每年都参加。一次锦标赛上,海明威成功钓住一条大鱼,以极大耐心与大鱼周旋,直到它精疲力竭,才将重达254千克的大鱼拉上来。海明威获得这次锦标赛冠军。1960年,海明威因国际关系恶化离开古巴,把"皮拉尔"号送给富恩斯特。海明威自杀后,后者将"皮拉尔"号捐给政府,帮助修建海明威博物馆。在很长一段时间,富恩斯特都担任博物馆馆长,向世界各地的游客讲述海明威的故事。

由于受大海和冰山启发,海明威提出独树一帜的"冰山理论"。他在《午后之死》中写道,"如果一位散文作家对于他想写的东西心里有数,那么他可以省略他所知道的东西,读者呢,只要作者写得真实,会强烈地感觉到他所省略的地方,好像作者已经写出来似的。冰山在海里移动很庄严宏伟,这是因为它只有八分之一露在水面上。"海明威把创作与冰山作比较,强调作家创作也要像冰山一样,用最少文字表达最丰富内涵,做到既简洁凝练,又意味深长。

1950年圣诞节前后,海明威开始写作小说《老人与海》

（原名《现有的海》）。1951年2月，在短短八周之内，他便完成小说初稿。周围朋友读罢小说，一致给予很高评价。海明威信心十足，在给编辑信中说："现在发表的《老人与海》，可以驳倒认为我这个作家已经完蛋的那一派的批评意见。"事实也是如此，小说在美国《生活》周刊发表后，两天内杂志售出5318650份。不久，海明威又出版小说单行本，"一次就卖出15.3万册，在畅销书排行榜上保留达半年之久。1953年，海明威因小说《老人与海》获得普利策奖。1954年，海明威获得诺贝尔文学奖"。

《老人与海》叙述古巴渔民圣地亚哥出海捕鱼的故事。圣地亚哥运气很差，一连84天没有收获。同行都避开他，一直跟着他的孩子曼诺林也被父母叫走。圣地亚哥并不沮丧，坚持出海捕鱼，终于在第85天捕获一条大马林鱼。老人与马林鱼奋战两天两夜。它一会儿掀起大浪，将老人摔倒在船上；一会儿左右冲撞，把老人折磨得筋疲力尽。老人强忍着剧痛，使出全身力气，终于制服这条大鱼。返航途中，一群鲨鱼过来抢食。老人拖着疲惫之躯，又与鲨鱼展开了殊死搏斗。鱼叉丢了用刀，刀折了用桨，桨丢了用舵。圣地亚哥拼了老命，也没能保住劳动成果。船到岸边，马林鱼只剩下长长的骨架。老人回来倒头便睡，在梦中看见一头雄壮的狮子。

作品中圣地亚哥老人的原型，是海明威的朋友富恩斯特。富恩斯特曾向作家讲述自己以前的捕鱼经历：他钓过一条大约1000磅马林鱼，与马林鱼进行一番鏖战，结果鲨鱼啃噬了马林鱼肉。据于冬云教授考证，1936年，海明威把富恩斯特的故事写成通讯，刊登在当时的《老爷》杂志上。后来，在小说《老人与海》中，海明威将富恩斯特的故事进行一番改写。21岁的富恩斯特变成了老渔民圣地亚哥。马林鱼也从1000磅变成1500磅。"如此一来，海明威就将富恩斯特年轻时钓到大鱼的经历改造成了一个廉颇虽老，尚能征战的老英雄的故事，只不过他的运气不佳而已。"

海明威在谈论小说《老人与海》时强调，"没有什么象征主义的东西。大海就是大海，老人就是老人，孩子就是孩子，鱼是鱼。鲨鱼还是鲨鱼，不比别的鲨鱼好，也不比别的鲨鱼坏。"然而正如美国学者贝瑞孙所说，"任何一部真正的艺术作品都散发出象征和寓言意味。"这部作品思想内涵丰富、复杂，既有一定写实成分，又有非常浓厚的象征意味。这也是历来学者对它评价不一的根源。《老人与海》中，大海充满了洋流、风暴等危险因素，象征着变幻莫测的现实世界。马林鱼硕大无朋、力量巨大，象征着雄伟神奇的大自然，老人与马林鱼搏斗是人类征服自然的壮举。鲨鱼是圣地亚哥前进路上的障碍，是生活中邪恶力量的代表，就像麦尔维尔笔下的白鲸一样，是一种否定、消极的因素。狮子象征活力、勇敢和冒险精神；小男孩曼诺林象征着希望和信心。基于这个象征系统，作品主题也就易于理解了。

首先，《老人与海》反映"人是孤独的"这样一个生存境况。圣地亚哥老人在村子里生活，没有同龄伙伴或朋友，唯一的朋友便是孩子曼诺林。后来，这个"朋友"也被父母叫走了。圣地亚哥老人独自出海捕鱼，在海上待了80多天，一个人面对浩瀚无垠的大海，独自面对漫无边际的孤独，他只能向鱼儿、小鸟诉说心曲。一个人孤独地出海，一个人孤独地回来，表明"人生是一次孤独的旅行"。圣地亚哥与狂风巨浪搏斗，后来又与马林鱼、鲨鱼鏖战，其中的辛酸苦辣、得失成败，只有他自己最清楚。海明威由此揭示这样一个生存真相——人本质上是孤独的。这种孤独与财富、爱情等外在因素无关，因为人总要面对自己的内心，独自迎接自己的命运。

其次，小说与《圣经》存在一定的互文性。圣地亚哥老人在捕鱼时受尽磨难，与耶稣受难比较相像。从外形看，圣地亚哥与马林鱼搏斗时把钓绳放在背上，后背差点被钓绳勒烂，这与耶稣扛起十字架的动作很像。圣地亚哥在出门捕鱼前，少年曼诺林为他送来食物，这仿佛是基督最后的晚餐。圣地亚哥用鱼叉扎死一条鲨鱼，他不禁"AY"地叫了一声。海明威叙述："这个词是没法翻译的，也许不过是一声叫喊，就像一个人觉得钉子穿过他的双手、钉进木头时不由自主发出的声音。"老人回家以后躺在地上，他的姿势也值得推敲。小说写道："他脸朝下躺在报纸上，两臂伸得笔直，手掌向上。"海明威并没有交代圣地亚哥是双手向上，还是伸向两旁。无论哪一种情况，圣地亚哥都与耶稣存在隐喻关系。

从时间看，老人一连84天没打到鱼，后来与马林鱼、鲨鱼战斗3天，总共在海上待了87天。最后3天中，他承受了常人难以想象的磨难，最终赢得了胜利。这与基督教中大斋期、复活节等时间相对应。海明威将二者对应起来，表明人生就是一个受难过程，"是无休无止的一系列被钉十字架的过程。以前发生过，现在重复着，将来还会发生。这显示海明威对人生的悲观看法。作品表明，人生就是一个上十字架受难的过程。所有物质的东西，就像马林鱼身上的肉一样，会被海水和鲨鱼吞噬，而精神永恒，人的行动以及对行动的记忆也是永恒的。"

圣地亚哥一连84天毫无收获，甚至一只小虾米都没捕到。那么，他该怎样面对自己的人生困境？放弃、逃避，还是勇敢坚持、实现对困境的超越？作为一位渔民，圣地亚哥与大海战斗了一辈子，大海既是他的对手，又是他的人生舞台。即使出海会遇到惊涛骇浪以及许多难以预料的凶险，他还是决心出海打鱼，因为一旦停下脚步，他就不再是一位"渔民"，换句话说，他就失掉了渔民的身份。这里，海明威实际上提出这样一个问题，即人在无法实现自身价值的情况下，应该如何作出选择？圣地亚哥老人没有回避，而是选择挑战命运。在与大海搏斗的过程中，他捍卫了人的尊严和荣誉，保持了"重压下的优雅"，显示了人之所以为人的本质特征。正如圣地亚哥所说，"一个人不是生来就要被打败的，你尽可以消灭他，就是打不败他。"这是圣地亚哥在第 85 天仍然坚持出海的原因。他的行动让人想起希腊神话中的西绪福斯。西绪福斯也是日复一日、年复一年地劳作。每当胜利在望的时候，他都会迎来失败的命运，但他并不气馁，重新回到山脚，找到先前那块石头，开始新一轮推石上山。加缪在散文《西绪福斯神话》中认为，西绪福斯是幸福的，因为每一次推石上山的时候，他心里都充满了希望。圣地亚哥老人出海捕鱼，许多天毫无收获，他的处境与西绪福斯极为相似。

圣地亚哥回到岸边，马林鱼已变成光秃秃的骨架，说得难听一点，就是一堆毫无价值的垃圾。从实用的眼光看，圣地亚哥的努力付诸东流，他得到的不是他最初想要的。他输给了凶猛的鲨鱼，鲨鱼夺走了他的劳动果实，他是一个不折不扣的失败者。然而另一方面，他与马林鱼、鲨鱼的搏斗又是有意义的，因为人生意义不在于结果，而在于奋斗、追求的过程。这个过程凝聚着圣地亚哥奋斗的汗水，彰显了他的力量、勇气与智慧，因此是弥足珍贵的。正如死神会带走每个人的生命，所有人最终都会面对黑暗与虚无，但并不能因此否定人生是美好的。圣地亚哥回来以后虽然疲倦，但依旧充满斗志。他在梦中看到了狮子。狮子是力量和勇气的象征，预示着圣地亚哥正积蓄力量，准备进行下一场战斗。

圣地亚哥"直面人生，既不抱怨，也不气馁，永远高傲地竭尽全力地去迎接一切灾难和死亡，以便在永不停息的积极行动中，显示出生命的伟大和永恒，展示人的高贵与尊严。圣地亚哥在肉体上是个花甲老人，但在精神上却是一个坚强的硬汉。他是精神的胜利者。他的胜利只体现在他行动拼搏的激情上，体现在已经证明一千次都落空，现在还要去证明这个行动本身，体现了一种'强者'的人生哲学和生存方式"。圣地亚哥出海捕鱼"反映海明威对人类本质特性的理解。人类在自身角色长期无法实现的条件下，人应选择行动，还是选择放弃，这是大问题……老人认为，尽管自己可能还要面临一次又一次的失败，但是，绝不能放弃。老人深知人类生存的需要决定人要永不满足，而人生的价值就在于人行动之中"。从此角度看，圣地亚哥与马林鱼、鲨鱼的搏斗，既是人的本质力量的彰显，也是人对自己孤独命运的超越。

刘建军先生认为，从广泛意义讲，圣地亚哥老人其实是我们人类的象征。人类在漫长的历史演进过程中，也像出海捕鱼的圣地亚哥一样，一次次遭遇生存危机：远古时代的冰河期让人类几乎灭绝；火山、地震、台风和海啸等自然灾害，也给人类造成巨大威胁；瘟疫、霍乱等疾病不断夺走人的生命；20世纪两次世界大战，对整个人类都是一场噩梦。未来，人类还会遇到难以预料的灾难，但无论怎样，人类都不应该对前途失去信心，因为人类具有圣地亚哥老人的"硬汉精神"，具有动物界没有的意志和智慧，终会遇难成祥、超越困境。几十万年的历史进程表明，人类作为这个星球的主宰者，无论前路如何坎坷，都会到达幸福的彼岸，找到自己的归宿，就像圣地亚哥老人回家一样。

思考题

现实生活中，人总会遇到各种各样的磨难。通过阅读《老人与海》，你认为我们应该怎样面对磨难?

推荐书目

海明威. 老人与海[M]. 吴劳译. 上海：上海译文出版社，2004.

参考书目

[1] 徐秉君. 海明威与海 [N]. 人民日报，2003-12-05:15.
[2] 曾艳兵. 20世纪外国文学史[M]. 北京：中国人民大学出版社，2014：58，57.
[3] 海明威. 死在午后 [M]. 金绍禹译[M]. 上海：上海译文出版社，1999:193.
[4] 董衡巽. 海明威谈创作 [M]. 北京：三联书店，1986:145.
[5] 海明威. 老人与海[M]. 吴劳译. 上海：上海译文出版社，2004.
[6] 刘欣. 论海明威《老人与海》的哲学意蕴 [J]. 山东省青年管理干部学院学报，2006(3):146.
[7] 刘建军.《老人与海》不是赞扬现代硬汉精神的小说 [J]. 名作欣赏，2008(2): 114.

第十四讲　海洋文学与文明

《未见过大海的人》与文明

勒·克莱齐奥（Le Clézio，1940—）是当代法国著名作家、新寓言派代表人物。生于法国海滨城市尼斯，童年在法国和非洲度过，长大以后游走世界各地，在曼谷、墨西哥城、波士顿等地教学、生活。受欧洲、亚洲和非洲等文化影响，其作品也呈现出多元文化维度。他先后创作《乌拉尼亚》《诉讼笔录》《罗德里格岛游记》等作品，与莫迪亚诺、佩雷克并称"法兰西三星"。2008年秋，由于他是"体现决裂、诗意冒险和感官迷醉的作家，是对处于工业文明之外和藏匿在底层的人性的探索者，"克莱齐奥荣获诺贝尔文学奖。获奖以后，克莱齐奥受到中国学者广泛关注。然而国内对其研究大多集中于长篇作品，对其短篇小说往往不够重视。这不能不说是一个遗憾。

《未见过大海的人》是克莱齐奥的短篇力作，虽然篇幅不长、人物不多、情节简单，却蕴涵着丰富复杂的思想内涵。小说叙述中学生丹尼尔喜欢大海，深夜离开学校、奔赴海滩，独自在海边度过一段快乐时光。他对海边一切都兴奋不已，还与一只乌贼结成好友。大海涨潮以后，丹尼尔没有及时离开，他永远地留在了大海的怀抱。克莱齐奥通过丹尼尔向往大海、逃向大海,在海边嬉戏、最终葬身大海的故事,表达他对以大海为代表的大自然的热爱以及对现代物质文明的否定与批判。杨中举在谈及克莱齐奥创作时认为,"以半寓言式的手法描写自然、和谐、理想的国度与当代主流文明社会形成强烈的对照,表达对技术社会、消费社会的认识与批判,是2008年诺贝尔文学奖得主勒克莱齐奥创作的重要风格。"小说《未见过大海的人》不是克莱齐奥的代表作,但也反映了这一创作特征。作品中,克莱齐奥也关注消费、科技等问题,关注人在物质社会的境遇问题。

一、逃出城市

作品开篇写道:"他叫丹尼尔,可他更喜欢叫自己辛巴达,因为他从一本厚厚的精装红皮书里读过辛巴达的航海故事。"克莱齐奥在正式展开叙述之前,便把主人公与航海旅行家辛巴达联系起来,暗示这是一部关于流浪和历险的作品。接下来,小说交代丹尼尔在校园的生活。他在现实生活中是个另类,与周围的亲人和同学格格不入。周围人的话题总离不开房子、女人、政治和汽车。而丹尼尔对房子、汽车之类东西毫无兴趣。小说写道,他"讨厌商店、汽车、音乐、电影,还有中学里的那些课程,"因为他喜欢的还是纯粹、简单的生活。在丹尼尔看来,现代社会的汽车、电影和音乐等商品,为人类享受生活提供了一定便利,但与此同时,也因此成为人类生存的羁绊与枷锁,让人倍感压抑、绝望和窒息。换句话说,城市作为物质商品的制造地,已走向人类生存的对立面。城市是"虚空""压抑"和缺失人性的代名词。城市人生活在嘈杂拥挤的环境中,被切断了与大自然的有机联系。丹尼尔决心从人群拥挤的城市中逃逸。小说这样写道："丹尼尔以最快的速度走着，逃离城市。""亮闪闪的城市被远远抛在他身后。"

首先，城市社会中人被囚禁在钢筋水泥砌成的高楼大厦里，尽管人与人的物理距离近在咫尺，但心理距离却遥隔千里。城市人口高度密集，每天都会遇到不同的人，可不同个体之间无法进行有效的交流，每个人在精神上都是一座孤岛，由此会产生强烈的焦虑和陌生感。小说中，丹尼尔与周围人的关系是隔膜的。丹尼尔寄宿学校、不常回家，他甚至不认识家里的几位哥哥。他在学校也是独来独往，与周围同学不发生什么联系。小说写道："他没有朋友，他不认识别人，别人也不认识他。"他无论遇到什么事情，都"什么也不跟别人说"。从这个意义上讲，丹尼尔是生活在城市的局外人，城市虽大，却与他没有什么关系，他像是被挂在了半空中。按照存在主义哲学家加缪的说法，这种生存状态是一种荒诞处境。加缪在《西绪福斯神话》中指出，"在一个突然被剥夺了幻觉和光明的宇宙中，人就感到自己是个局外人。"这里所表现的人和生活的对立状态及角色和场景的分离，正是荒诞感。

其次，生活在城市的人片面依赖消费，从而沦为可悲的"单维人"。小说中，丹尼尔周围的人热衷于"商店、汽车、音乐、电影"，他们的生活被简化为购买和消费，一旦停止消费则无法存活。每个人都面临被商品控制和异化的命运。对此，著名哲学家马尔库塞指出，"本来不属于人的本性的物质需求和无限度的享受，被现代工业社会正推行的强制性消费所刺激，使得人常常把这种虚假的需求作为真正的需求而无止境地去追求，并逐渐成为物质的附庸和奴隶"。人受控于"拜物教"而日益畸形化和单一化。由此一来，"人与物品的关系完全处于非正常状态，产品不再是为人所用而成为控制人的外在力量。"对丹尼尔而言，他讨厌外在物质、商品这些东西，对日复一日的课程不感兴趣，其实就是在反抗物化的命运。每次考试他都是勉强过关，寄宿制学校也像城市一样，禁锢他的自由、扼杀他的梦想，以致他在课堂眍着眼睛想睡觉。

有评论者指出，克莱齐奥是个强烈反对现代物质主义的作家，他认为，"西方文化已经变得过于单一了，它过度地重视城市和技术的发展，结果却阻止了其他方面的表达，比如虔诚和感觉。人类整个不可知的部分都在理性主义的名义下变得晦涩了。因此我才意识到其他的文明必须来推动我们。"丹尼尔邀请海水"覆盖陆地，覆盖所有的城市"，这反映他对物质文明的厌恶与不满。对丹尼尔而言，城市是一种巨大的异己力量，生存其中意味着遭受压抑与压迫，由此一来，从城市出逃就是维护尊严和独立性的最好方式。走出城市以后，丹尼尔才真正感受到"自由"与"欢乐"。小说写道："现在，他自由了。他感到冷……他的两腿酸疼得厉害。"丹尼尔拥有了自由与快乐，因此他对"寒冷"和"酸疼"等都不以为意。在他心中，没有什么东西比自由更宝贵，从此以后，他不必再看老师和学监的脸色，不必再学他讨厌的书本知识，他完全成为自己灵魂的主宰，自由地行走在广袤大地。这是他从未有过的幸福生活：无需考虑食物、金钱和商品等身外一切，此时此刻只有逍遥与快乐。从城市出走，他又恢复纯真烂漫的天性，不再是那个被环境异化、被知识绑架的青春少年。

二、奔向大海

在丹尼尔看来，大海是城市生活的对立面，海边的一切都无比美好。小说浓墨重彩地描绘了大海，特别是大海的颜色、形状和声音。大海像个变化多端的魔术师，不停变幻各种颜色，令年轻的丹尼尔眼花缭乱。由于距离和角度差异，丹尼尔看到的大海也一直在变化：有时是一望无际的"蔚蓝"，有时又变成"灰色""绿色"，最后莫名其妙地变成"黑色"，波浪卷起的却是白色浪花。大海就像一个人从童年、少年、青年到壮年，再到迟暮黄昏的老年一样，不同时间拥有不同的生命底色。大海的形状和温度也各有千秋。从近处看，大海波涛汹涌、忽高忽低，激起的浪花在阳光下变成水雾。从远处看，大海是一条长长的细线，一堵高高的城墙。沙滩则是潮湿、微凉的柏油马路，冰凉的海水漫过腿肚，给他带来刻骨铭心的体验。

小说特别描写了大海中各种生物。灰螃蟹高高地举起钳子，轻盈得宛如一只小昆虫；海鸟自由地在高空盘旋，发出刺耳而绵长的鸣叫；各种不知名的鱼、虾和贝壳藏在水塘，水洼中的牡丹花冠一开一合；章鱼从水里悄悄探出头来，用触须不停地撩动他的脚心。在克莱齐奥笔下，如诗如画的海滨像天堂般美丽："漫无际涯的大海、天空、云朵、暗礁和海浪，还有在风中翱翔的大白鸟。"大海散发出迷人的魅力，像磁铁一样吸引着丹尼尔，令他流连忘返、乐不思归。大海的变化多端与生趣盎然，恰好与沉闷乏味的城市生活形成鲜明的对比，大海的每一束浪花都给人以惊喜，每一只飞鸟都给人以感动。难怪丹尼尔高兴地认为，"这一天不同以前，一切都是陌生、新鲜。"大海是美丽大自然的象征，对丹尼尔而言，来到海边即意味着回归自然。

克莱齐奥出生于法国的海滨城市尼斯，在海边度过难忘的时光。大海是他人生旅程第一站，在他生命中扮演着极为重要的角色。大海是他流浪旅程的起点，也是他流浪之后的归宿。大海承载着他的记忆、梦想和希望，他的所有生活都与大海有关。他就像海水一样居无定所、四处漂泊，但无论走到哪里，他都一直身处大海的怀抱。克莱齐奥热爱和眷恋大海，他在许多作品中描述和歌颂大海。从某种意义讲，克莱齐奥已与大海融为一体。大海是他的精神家园和心灵故乡，是他安顿灵魂和理想的居所，他则是大海的歌者和守梦人。

波拿巴特夫人认为，"大海对于所有的人来说是最伟大、最持久的母性象征之一。"在丹尼尔心中，浩瀚的大海不仅是物质存在，也是精神性存在。这个富有生气的精灵就像母亲一样，不断抚慰他孤独而受伤的心灵。小说中，丹尼尔之所以对海边生活无限向往，是因为在这里他是自己的主人，可以做自己想做的事情，不再受别人的干扰与影响。大海"自由自在，浩瀚无涯"，不因外界环境改变本色，无论海风还是天气，任何力量也无法控制它的存在。丹尼尔在海边也像大海一样，主体意志也是自由的。由此，正是从"自由"这一角度出发，他对大海产生了强烈的心理认同："那儿没有陆地……只有自由的天空。"丹尼尔追逐着翻卷的浪潮，虽感疲惫，内心却充满从未有过的幸福，"他身上充满某种喜悦，仿佛大海、海风和太阳已经溶解了海盐，让他获得解放。"

三、诗意栖居

自工业革命时代以来，随着科学技术日益发展，西方人在征服世界和自然的野心驱使下，不断地聚敛金钱和财富，社会由此进入一个工业化、科技化时代，即历史学家所谓的"文明社会"。然而现代人的幸福并不是科技、工业和财富决定的。在以城市为代表的"现代文明"社会中，人像搁浅沙滩的奄奄一息的鱼，无法与外界进行有效的交流与沟通，只能在购买和消费中机械地生活。克莱齐奥也清楚地意识到这一点，他笔下的人物大多是现代文明的叛逃者。小说《未见过大海的人》中，如果说城市代表现世生活的话，那么海滨则是理想中的彼岸生活。

克莱齐奥笔下的海滨，其实是一个充满诗意的乌托邦世界。作品通过丹尼尔的出走，将海边生活与城市生活进行对照，将理想世界与社会现实进行对照，将诗意的栖居和压抑的生活进行比照，从而达到一种振聋发聩的警世效果。从表面看，中学少年丹尼尔从城市逃向大海，是因为他迷恋大海、渴望了解和接触大海。但实质上，他向往的不是海滨本身，而是那种惬意逍遥、自由自在的生活。海滨只是一个象征性符号，寄寓了作家"诗意栖居"的理想。丹尼尔从城市逃到海边的经历，预示着实现诗意栖居的可能。

有学者提出，"人的生态本性决定了人具有一定的回归与亲近自然的本性。"因为人的一生就是由自然而来，最后又回到自然这样一个"往来"状态，自然是人类的母亲，所以，回归自然也是人类一个根本属性。丹尼尔在海边感到非常快乐，是因为他能亲近大海和自然，在肉体和精神上与大自然产生了交流。他踩着"浪花流苏"前行，让浪花亲吻他的脚趾，与大海零距离接触；他躺在沙滩上倾听大海的声音，感受大海的清凉和柔情；同时，"他对着那里的海水低声诉说，仿佛海水就能听见。"小说以较大篇幅描写了章鱼威雅特以及丹尼尔与它相处的过程。丹尼尔给章鱼起了名字，经常喂它面包屑。威雅特生活在海边的池塘里，顽皮又可爱，丹尼尔坐在池塘边，它常用长须挠丹尼尔的脚踝。偌大海滩上，两个孤独的个体达成了默契，在彼此欣赏中发现了自身价值。在这里，丹尼尔与大海、章鱼的关系，是对现实社会人与人关系的反衬。克莱齐奥以此表明，如果城市人都能像丹尼尔和章鱼一样，那么现代西方文明就不会是一片荒漠。人类是依靠彼此关爱而活着，爱是治疗孤独心灵的天然良方，只有相互搀扶、相互慰藉，人类才能实现诗意栖居的可能。

　　在基督教文化语境中，水既能让人类遭到毁灭，又能清除人世间的恶俗与肮脏。水一方面代表着毁灭力量，另一方面水又意味着净化和美好，是令万物纯洁、重获新生的生命之源。基督教用水给孩子"洗礼"，就是喻示涤除原罪、迎来新生的意思。克莱齐奥借鉴了基督教文化中水的象征含义，其笔下的大海不是一般意义的"水"。法国学者巴什拉认为，水"是一种比火更女性、更均匀的本原，这种更为稳定的本原，它通过更隐蔽、更简洁、更简化的人性力量而具有象征性。"从这个角度看，小说其实是为人类指明一条道路：亲近自然，人类才能迎来新生而不致毁灭；亲近自然，人类才能回归生命的本源。在此语境下，克莱齐奥浓墨重彩地描写大海，描绘少年丹尼尔的海滨生活，也就有了一定的象征意义。他以现代寓言的手法探讨了"诗意栖居"问题，考察城市社会人的生存状态，质疑城市生活、否定物质文明，讲述一个"失落的文明"，表达了作家人道主义的悲悯情怀。正如学者所言，"克莱齐奥在信息技术、消费时代到来的当下，仍然怀抱着人类诗意栖居的理想，继续书写它、创造它。"

思考题

　　阅读小说，注意作者笔下丹尼尔的海边生活。谈谈作者要表达什么主题？

推荐书目

金志平. 法国当代短篇小说选[M]. 北京：外国文学出版社，1981.

参考书目

[1] 高方. 勒克莱齐奥荣获 2008 年诺贝尔文学奖 [J]. 当代外国文学，2008(4):173.
[2] 杨中举. 追寻人类生存的诗意"乌托邦" [J]. 名作欣赏，2009(3):116.
[3] 克莱齐奥. 未见过大海的人 [N]. 北京文学·中篇小说月报，2008(12):137.
[4] 柳鸣九. 萨特研究 [M]. 北京：中国社会科学出版社，1987:385.
[5] 金煜. 勒·克莱齐奥的根与孤独 [N]. 新京报，2008-10-23.
[6] 赵秀红. 试析勒·克莱齐奥小说中的"水"意象 [J]. 新余高等专科学校学报，2008(1):54.
[7] 加斯东·巴什拉. 水与梦 [M]. 顾嘉琛译. 长沙：岳麓书社，2005:9.

《蝇王》与文明

威廉·戈尔丁（William Golding，1911—1993）是英国著名小说家、诗人。生于知识分子家庭。父亲是马尔巴勒中学校长，思想开明、激进，酷爱文化知识。母亲是女权运动者。戈尔丁在父母影响下，幼年开始阅读各类书籍，尤其喜欢文学。7 岁开始写诗；12 岁尝试创作长篇小说，但并未完成。中学毕业后，戈尔丁遵从父亲安排，进牛津大学布拉塞诺斯学院学习自然科学，可他对此毫无兴趣。两年后改学英国文学，并很快出版处女作《诗集》，显示了不俗的文学天赋。大学毕业后，从事编剧、导演和演员等工作，由于父母强烈反对，戈尔丁只得放弃艺术行业，到一家教会学校讲授英文和哲学。

第二次世界大战爆发后，戈尔丁的命运发生了转折。1940年，他以中尉军衔加入英国皇家海军，担任舰艇指挥官，多次参与海上军事行动，曾参加对德军战列舰俾斯麦号的海战，并成功将其击沉，1944年参加诺曼底战役。第二次世界大战结束后，他以海军少将身份退役，回到原来学校继续任教。但战争经历影响了他的人生观、世界观，让他看到人性中的邪恶与疯狂，并逐渐形成悲观主义思想。

戈尔丁第一部长篇小说《蝇王》的出版，经历了戏剧性遭遇。他先后投寄20余家出版社，均被退稿。但他并不气馁，终于在1954年出版小说。令他高兴的是，小说出版后获得巨大成功，"马上获得了好评，尤其为大学生所青睐。戈尔丁这个陌生的名字很快在欧美读者中流传。20世纪60年代开始，《蝇王》被英美等国选为文学教材和必读书。" 此后，戈尔丁陆续创作《继承者》（1955）、《品契·马丁》（1956）、《自由堕落》（1959）、《塔尖》（1964）、《金字塔》（1967）、《看得见的黑暗》（1979）、《航程祭典》（1980）、《近方位》（1987）、《甲板下的火》（1989）等作品。1983年，由于"运用清晰的现实主义叙述技巧和各种神话，阐明了人类在当今世界的状况"，戈尔丁获得诺贝尔文学奖。1988年，英王伊丽莎白二世赐予他爵士荣誉。

上述作品中，《蝇王》《航程祭典》《近方位》《甲板下的火》和《品契·马丁》均以海洋为背景。《航程祭典》《近方位》和《甲板下的火》并称戈尔丁"海洋三部曲"。《品契·马丁》"通过一个作恶多端的海军军官马丁临死前的挣扎，说明人类在现实世界得不到自由，在来世也无法被拯救。"第二次世界大战以前，马丁是一个品行低劣的戏剧演员，从事过盗窃财物等勾当，还背叛友谊与爱情。为了能够扮演好一点角色，他想方设法巴结导演妻子，甚至不惜出卖色相。第二次世界大战爆发后，他摇身一变成了海军军官，在大西洋上指挥作战。战舰受到重创以后，他独自漂流至一处岩礁，饿得奄奄一息。上帝变成老人来到他身边，声称他忏悔以后灵魂才能得救。马丁拒绝了上帝的劝告，最终迎来肉体与灵魂的双重死亡。戈尔丁的小说大多是"寓言小说"，有着深刻的哲理内涵。"他把自己对人类生存问题的研究和思考都通过小说加以表达。由于他把社会的种种罪恶都归之于'人心的黑暗'、人性的'恶'，因而在他的小说中，往往有着明显的悲观情绪。"

《蝇王》是戈尔丁的成名作和代表作。今天，它"已经成为战后英语小说旅途中一个非停不可的驿站。"作品以太平洋一荒岛为背景，叙述在未来一次战争中，英国一群儿童正准备疏散，可他们乘坐的飞机不幸中弹，只好迫降在荒岛上。由于成年人全部丧生，这群孩子便在荒岛生存下来。一开始，这群6~12岁的孩子在海滩开会，大家以民主方式推选拉尔夫为领袖，皮吉和西蒙做他副手。一段时间以后，孩子们分为两个阵营，即以杰克为首的"打猎派"和以拉尔夫为首的"求救派"。"打猎派"把泥土抹在脸上，手里握着木制长矛，在荒岛上捕猎野猪。"求救派"则努力维持山顶上的烟火，认为这是他们获救的重要途径。杰克对拉尔夫的领导心存不满，逐渐取代他成为孩子们的领袖，拉尔夫一方力量越来越单薄，最后只剩拉尔夫、皮吉、西蒙等人。野猪被烤熟才能食用，但"打猎派"没有火种。杰克便带人去"求救派"那里偷火种，并顺手拿走皮吉的眼镜。拉尔夫带着皮吉去要眼镜，遭到"打猎派"袭击，皮吉跌落山崖摔死了。拉尔夫受到"打猎派"攻击，不得不逃入树林躲藏。以杰克为首的"打猎派"火烧树林，拉尔夫置身火海、命悬一线。熊熊大火，引起海上一艘巡洋舰注意。一位军官来到岛上，救下拉尔夫，并帮他们结束了矛盾冲突。

这部小说取材于19世纪小说家R.M.巴兰坦的小说《珊瑚岛》。后者叙述英国少年拉尔夫从小渴望周游世界，在遭遇风暴后，与好友杰克和彼得·金漂至南太平洋珊瑚岛。三位少年面对荒岛并不害怕，而是想方设法自我拯救。他们同心协力，共渡难关。在杰克领导下，他们建造房屋、制作工具，采摘野果、捕猎野猪，"浑身上下总洗得干干净净，充分体现了大英帝国少年绅士的教养和风范。"他们拯救当地小女孩，感化岛上土著，把一座荒岛经营成人间乐园。作品反映了善良人性和埋头苦干精神，始终洋溢着自信和乐观的色彩。《蝇王》是《珊瑚岛》的戏仿之作。比如，两部作品人物名字差不多，都叫拉尔夫、杰克。《蝇王》中猪仔皮吉（Piggy）是《珊瑚岛》中彼得·金（Peterin Gay）的缩写与谐音形式；《蝇王》中人物也多次提到《珊瑚岛》等。然而，这两部作品的主题却截然不同。《蝇王》是关于文明社会分崩离析的挽歌，反映了人性深处根深蒂固的"恶"，因此具有浓厚的悲观主义色彩。

流落荒岛以后，孩子们吹响捡来的螺号，把岛上的幸存者召集到一起。此时，他们遵从文明社会的规则和秩序，开始建立一个文明社会。大家采用民主选举的办法，推选拉尔夫为首领。拉尔夫年纪最大、身材高大，懂得许多航海知识，更重要的是他性格开朗，对人友善。在拉尔夫带领下，大家"通过决议，规定制度，组织自救，使整个荒岛秩序井然。"拉尔夫民主、公平地对待每个人，始终把大家的利益看得至高无上。他指挥大家搭建窝棚，要求大家燃起烟火，以便他们能被过往船只搭救。此时，小说描绘了一幅理性、文明社会的图景，正如戈尔丁后来所说，"这是一幅天真无邪和充满希望的画面。"此时，这个小社会的"文明"主要反映在两个方面，一是海螺。海螺既是召集大家的工具，也是民主的象征，因为"它代表了法律、秩序及政治的合理性。"二是火种。拉尔夫"始终坚持要维持烟火。烟火不仅仅是求救的信号，而且是文明的象征。"

然而，这个"文明社会"很快开始解体。以杰克为代表的"打猎派"利欲熏心，开始制造分裂。杰克不满拉尔夫当选领袖，与拉尔夫等"求救派"展开较量。拉尔夫出于向外"求救"目的，要求大家烧火生烟。杰克主张猎杀野猪、烧烤猪肉。对于平时只吃野果的孩子来说，吃肉当然是一件开心的事情。很多孩子离开拉尔夫，转而投入杰克麾下，杰克的"打猎派"因此实力大增。为了满足自己的杀戮欲，他指挥孩子们追杀野猪，并让大家把猪血和泥土涂在脸上，跳起疯狂、迷乱的舞蹈。"打猎派"砸碎了象征着民主的螺号，杀害了"求救派"的皮吉和西蒙，甚至还企图把拉尔夫烧死。"在杰克身上，凝聚着人性丑恶的多种侧面：仇视文明、崇尚野性，专制独裁、嗜血成性。他就是作者潜心研究、深入描绘的那个无所不在、作恶多端的人性恶的化身。"

小说结尾，代表正义与善的一方——"求救派"惨遭失败，西蒙和皮吉死于非命，拉尔夫丧魂落魄藏入森林。而代表邪恶和野蛮的"打猎派"却赢得胜利，成为荒岛的主宰势力。这反映了作家戈尔丁的悲观主义认识。这里的荒岛其实是20世纪社会现实一个投影。第二次世界大战中，以希特勒为首的纳粹分子兽欲膨胀，利令智昏，悍然发动骇人听闻的战争，公然挑战人类文明的底线，他们不仅践踏人类社会现有的秩序，还将真理、正义、人道等价值抛弃不顾，以现代化武器为手段，让无数生命沦为战争炮灰。从这个角度讲，小说其实是人类社会一个寓言。

皮吉和西蒙两个形象颇具象征意义。一，皮吉象征着文明社会的科学与理性。皮吉因为又矮又胖被称作"猪仔"，实际上他头脑灵活、富有理智，是一位先知式人物。他提议拉尔夫以海螺召集大家，由此建立一个文明社会。孩子们对"野兽"恐惧不已，只有他不信世界上有鬼魂。他像普罗米修斯一样，用眼镜为大家取得火种。然而在野蛮的荒岛上，皮吉的言行与周围格格不入。大家并没有听从他的劝告，相反，还肆意嘲笑他、侮辱他，最后用石头把他砸死。二，西蒙象征着文明社会的良知。他天性善良，把自己那份野猪肉分给皮吉；他待人宽厚，帮助更小的孩子搭建住所。他善于分析，往往能够洞察事物的本质。当孩子们对野兽胆战心惊，激烈争论时，西蒙像哲人一样指出，"我是想说……大概野兽不过是我们自己"。为了验证自己的看法，西蒙在漆黑的夜里来到森林，看到被插在木桩上的猪头——蝇王。此时，这个密密匝匝爬满苍蝇的猪头，突然匪夷所思地开口："你心中有数，是不是？我就是你的一部分？过来，过来，过来点……你看得出吗？没人需要你。明白吗？我们将要在这个岛上玩乐。懂吗？……别再尝试了，我可怜的、误入歧途的孩子，不然——我们将会要你的小命。"蝇王这段话表明，岛上孩子会将西蒙视为敌人，他们都被蝇王同化成邪恶的一部分，将杀死象征着人类良知的西蒙。西蒙发现"野兽"就是死去的飞行员，想回去告诉大家——他们一直害怕的其实是人。结果，他被杰克他们当作"野兽"打死。一些学者常将西蒙视为宗教式人物，认为他带有耶稣基督的特征。西蒙也像耶稣一样传播真理与福音，结果无人理解他，他被同伴活活害死。

在戈尔丁笔下，"蝇王"就是苍蝇之王，即一只爬满苍蝇、令人恶心的猪头。在希伯来语中，蝇王的意思是"魔鬼之王"。戈尔丁以它影射人性中的恶。蝇王对西蒙宣称"我是你的一部分"，表明恶植根于人性之中，与生俱来。这种东西平时蛰伏在人心，人并不受其控制。可一旦到了某个特定环境，它就会被激发出来，像苍蝇一样肆意横行，成为一种可怕的邪恶力量，其威力足以毁掉整个世界。作品中，人性中的恶是如何被激发出来的呢？答案是屠戮和猎杀。一开始，杰克并未违反拉尔夫的命令，他的任务是带"打猎派"捕杀野猪。第一次遇见野猪，他没有胆量白刀子进去、红刀子出来。可后来，他把杀戮当成愉快的享受，欲望不断膨胀，兽性挣脱了文明外衣。正如学者所言，"人类只是一种文明化了的动物。如果没有恰当的训导和教育，人类将受制于野蛮、黑暗、疯狂的动物本能，显示出残酷、贪婪和不道德的一面。"

  小说的开头与结尾发人深省。由于逃避战争，孩子们才来到荒岛。可他们在岛上从事的正是战争勾当，"打猎派"和"求救派"为了权力和欲望，相互进攻、屠杀，把荒岛变成恐怖的人间地狱。从这个角度看，他们的行为与成人世界并无不同，也是兽性大发、失去理性。"对于陷入困境的孩子们来说，唯一能把他们从疯狂与混乱中解救出来的就是保持清醒、理性的头脑，而具有这种理性的西蒙和猪仔却先后被杀害。"他们之所以能够获得拯救，是因为来了一位海军军官，而他乘坐的舰船正在从事战争；也就是说，战争一直不曾远离人类。过去有战争，现在有战争，未来还会有战争。因为它与人性深处的恶紧紧联系在一起。由此可见，虽然《蝇王》与《珊瑚岛》中人物名字相同，他们的行为却有天壤之别。戈尔丁通过两部小说的互文性，特别是两部作品中截然不同的善恶人性表明，"西方民主与文明对人的本性的影响，并不像巴兰坦在《珊瑚岛》中所表现的那样可以感化人向善，人类如果不能对'人性恶'经常予以警觉，不但荒岛不会变成乐园，相反，即使人类建起了人间乐园，也会由于'恶'的作用而沦为荒岛。"

　　需要说明的是，尽管戈尔丁通过孩子们在荒岛的冲突，演绎了文明社会的毁灭过程，揭示了人性深处的恶与兽性，但他并未陷入彻底绝望的境地。作家之所以要创作《蝇王》，就是要让读者通过小说看清自己，洞悉自己内心的恶，警醒自己，勿让恶念发作。正如学者所说，"戈尔丁通过小说要说明的，不是人非善必恶，而是人应该而且必须有自知之明。人的最大不幸就是不了解自己，而且不想去了解人性中的阴暗。他认为'现代人的重要责任是面对他的本来面目'，人类的唯一希望是自我认识，而作家的人物就是'使人们了解他们的天性'。他的《蝇王》就是要我们去认识我们自己，提醒我们要用文明去抑制人类天性中的恶，使人类以往的悲剧不至于重演。戈尔丁对人生、对人类实在充满了无限的爱！"

思考题

1. 学习本节，你如何看待《蝇王》中文明社会的消逝？
2. 你是否认同戈尔丁对人性恶的理解？

推荐书目

戈尔丁. 蝇王 [M]. 龚志成译. 上海：上海译文出版社，1985.

参考书目

[1] 蒋承勇. 世界文学史纲[M]. 上海：复旦大学出版社，2008：283.
[2] 常耀信. 英国文学通史（第三卷）[M]. 天津：南开大学出版社，2013：648-650.
[3] 魏颖超.《蝇王》与英国荒岛小说之变迁 [J]. 外语研究，2004(6):76.
[4] 崔万胜，葛秋梅. 西方文明的荒原[J]. 许昌师专学报（社科版），1993(4):115.
[5] 王宁. 诺贝尔文学奖获奖作家谈创作[M]. 北京：北京大学出版社，1987:541.
[6] 苏亚娟. 从文明到黑暗的人性之旅——《蝇王》小说与电影之比较 [J]. 丽水学院学报，2011(3):53.
[7] 戈尔丁. 蝇王 [M]. 龚志成译. 上海：上海译文出版社，1985:106.
[8] 杨娇霞. 文明的消逝，兽性的回归 [J]. 长春教育学院学报，2011(12):46.
[9] 薛家宝. 荒岛："文明人类"的透视镜——论《蝇王》对传统荒岛小说的突破[J]. 南京师范大学学报（社科版），1999(6):99.

第十五讲　海洋文学与生态

海洋文学与生态观念

外国文学中,有的作家描述海洋的壮丽景色,有的作家歌颂海洋自由不羁的精神,还有的作家将它视为人类生存的对立面,号召人类开发广袤而神奇的海域等。从他们的海洋书写,可看出作家对待大自然的不同态度。我国学者鄢本凤指出,"人类对人与自然关系的认识先后经历了三种文化观:自然中心主义,人类中心主义,人与自然和谐相处。即由崇拜适应自然到改造利用自然,再到协调人与自然的发展历程。"也就是说,人类对待自然的态度不是一成不变的,而是有一个观念上的变化过程,人们对待海洋的态度尤其如此。下面,来看不同文学作品中生态观念的嬗变。

一、自然中心主义

当前,人类对海洋的开发和利用日趋深入,海洋正遭受前所未有的污染,许多生物已经到了灭绝的边缘。自然生态也有濒临崩溃的危险。一些生态学者强调,大自然不可以被肆意破坏,自然不是人们任意宰割的对象。为唤醒人们的海洋环境保护意识，有学者提出了自然中心主义生态观，即以动物权利/解放论、生物中心论、生态中心论和深层生态学为代表的自然中心主义生态伦理学。所谓自然中心主义生态伦理学，就是把人以外的自然界和生物人格化，赋予它们伦理、利益和价值。他们认为，自然价值当然不仅是对人的价值，还有动植物自身的价值。他们强调，要以自然本身作为评价的标准。

其实，早在远古时代，就有将海洋神化和对海洋膜拜的现象。在北欧神话中，海神 Aegir 主宰着汹涌澎湃的深海，经常追逐海面上的过往船只，把它们拖入深不可测的海底。Aegir 有一位邪恶又可怕的妻子 Ran（海盗之意，也是他的妹妹），时常在礁石旁边或暴风雨时撒网，捕获失事船只上的落水者，Ran 由于贪婪、残忍而被称作海洋死神。Aegir 和 Ran 一共生育 9 个女儿，都被称作"海涛女神"。由于北欧人经常被海洋夺去财物或生命，他们并不喜欢海神家族。与北欧神话相似，希腊神话中也有一个海神家族。宙斯的兄长——海神波塞冬管理着浩渺的海洋。波塞冬的妻子——海洋女神安菲特里特，是老海神涅柔斯的女儿。她嫁给波塞冬以后，经常乘坐鱼马拉动的马车，与丈夫波塞冬一起在海上巡游。每次外出游玩时，他们周围总会聚集着一大群海豚。神话是"通过人们的幻想，用一种不自觉的艺术方式加工过的自然和社会形式本身。"海神是海洋形象一个符号或化身，反映了当时人们的思想意识和社会风貌。远古时代，社会生产力不太发达，人们利用和征服海洋的能力非常有限，原始初民在暴虐恣睢的海洋面前，深切地感到自身力量的渺小。他们从原始思维和泛灵论出发，认为海洋与宇宙中其他物体一样，也有自己的脾气、性格和灵魂。他们采用比拟类推的思维方法，把海洋视为一种神性存在，赋予海洋以神性特征或将其神化。

自然中心主义观点认为,海洋是自然界一个客观存在,有其自然演变规律与特点,不会受到人类活动的影响与制约。相对于人而言,海洋才是世界的中心和权威,并对地球生物产生重要的影响。尽管有些作家没有提出自然中心主义观念,但其作品却客观反映了相似的思想。在《冰岛渔夫》中,海洋是一种独具魅力的"主体性存在"。译者艾珉在序言中指出,"海是这部小说真正的主人公,是一个丰满完整的艺术形象。"洛蒂"写海,那可不是一般人在海滨休假时看见的在阳光下蓝得可爱的海,而是性格复杂、喜怒无常,蕴藏着无限力量的神秘莫测的海。海洋像人一样有生命、有感情、会嫉妒、会发怒,它有时温柔娴静,有时凶恶狂暴,有时严峻阴郁,有时清澄明朗。"在洛蒂笔下,海洋像一位喜怒无常、威力无穷的妖女,不断给海上渔民制造麻烦。如果说神话中的海洋是神格化的,那么在《冰岛渔夫》中海洋则是人格化的。海洋主宰着冰岛渔夫的命运,决定着他们的喜怒哀乐、爱恨情仇。作为生活在海边的渔民,莫昂一家男性全被大海吞噬,只剩一位70多岁的老奶奶。而扬恩一家也因大海不断遭遇厄运。扬恩家族的男性先后葬身海底,且大多是在青春年华失去生命。教堂旁边的墓地里,密密麻麻的坟茔排在一起,形成一道令人心酸的可怕景观。主人公扬恩也难逃厄运,就在他与哥特婚后的第六天,他听到渔汛后出海捕鱼,从此一去不返、音讯全无。一对新婚夫妇就这样阴阳两隔。

译者艾珉指出,"在这部小说里,海作为自然力的代表,始终凌驾在人类之上,主宰着人类的命运。对于贫瘠荒凉的布列塔尼沿海的渔民,海是他们赖以生存的唯一条件,又是吞噬他们生命的无情深渊。在这个地区,从来没有谈情说爱的春天和欢乐活跃的夏天,整个春季和夏季都在焦虑中度过,直到秋季来临,渔船从冰岛返航。然而在冬日的欢聚中,连快乐也是沉重不安的，始终笼罩着一片死亡的阴影。"大海决定着人类的生死，影响着人类的幸福，俨然成了一种巨大力量，对人类生活产生重要影响。这种描述与自然中心主义思想不谋而合。

二、人类中心主义

然而，自然中心主义并不是西方社会的主导思想，因为人们的意识中，还有一种根深蒂固的伦理观念——人类中心主义思想。人类中心主义意识反映在人与自然关系上，就是把人作为衡量万物的基准，认为人是自然界的最高统治者，世间万物都是为人类服务的，也只有在服务人类的过程中才具有价值与意义。人类中心主义思想最早见于基督教《圣经》。《旧约·创世纪》中，上帝在创造牲畜、昆虫和野兽之后，又按照自己的形状创造人类，目的是"使他们管理海里的鱼、空中的鸟、地上的牲畜"。不仅如此，上帝还宣称"我将遍地上一切结种子的蔬菜，和一切树上所结有核的果子，全赐给你们作食物。"这是西方人类中心主义思想一个源头。我国学者刘湘溶在《生态伦理学》中认为，人类中心主义就是"把人看成自然界进化的目的，看成是自然界最高贵的存在，把自然界一切看成为人而存在，供人随意地驱使和利用，力图按照人的主观需要来安排宇宙"。具体到海洋文学作品中，人类中心主义思想一个表现，就是宣扬人类需要征服和利用海洋，主张人不断向海洋索取生产、生活资料。

笛福的《鲁滨孙漂流记》是一部弘扬人类中心主义思想的作品。主人公鲁滨孙对"绝望岛"的经营和改造，是人类征服海洋、管理海岛一个缩影。鲁滨孙侥幸在海岛存活下来，依靠自己的智慧和勇气，以及从残船中得到的粮食和装备，将一个荒岛改造成一个"人间天堂"，展现人类征服海洋的勇气与智慧。在掌握海岛情况以后，他的人类中心主义思想开始显现狭隘性一面。鲁滨孙根据自身需求，肆意处置海岛上其他生物。他猎杀过度繁殖的猫，将它们视为害虫和野兽；他射杀野兔和狐狸，不是为填饱肚子而是为了消遣；他建造一栋别墅，不是为了解决住宿问题，而是为了度假休闲。在鲁滨孙看来，一切物种都应为人类所利用，人有权决定一切物种的命运。荒岛上对人有利的物体就是好的，否则，就是坏的。这实际反映了人类中心主义思想的局限性。由此，鲁滨孙对海岛的逐步征服，一方面反映其勤劳勇敢等可贵品质，另一方面也折射其贪婪与自私。他为满足自己私欲，不惜破坏自然资源，残杀其他生命，这在生态主义者看来是极其错误的。

麦尔维尔在《白鲸》中反思人类中心主义思想的危害。小说中，船长亚哈是人类的象征，是人类中心主义思想的体现者，而抹香鲸莫比-迪克则是大自然的化身。莫比-迪克咬断亚哈船长一条腿，更像是海洋对肆意妄为、贪婪成性的人类的一个警告，应该引起以亚哈为代表的人类的注意。遗憾的是，人类并未领悟这个"警告"，依旧横行无忌、为所欲为。亚哈的死亡无疑是意味深长的，他把标枪投掷向莫比-迪克，却被小艇上的绳索给勒死。这其实是海洋和大自然在警示人类：如果一意孤行，恣意妄为，继续侵略和荼害大海，疯狂掠夺和破坏海洋资源，那么以海洋为代表的大自然终会报复人类，让人类付出惨重的代价。

日本作家水上勉的《海的牙齿》则强调，人类一味为了一己私利掠夺海洋、污染海洋，到头来受到伤害的还是人类自己。众所周知，日本曾暴发过震惊世界的"水俣病"。20世纪60年代，随着日本经济的飞速发展，海洋污染问题日趋严峻。小说通过20世纪50年代九州南部熊本县的灾难，提醒人们不应以自我利益为中心，而应像关爱家园一样呵护海洋。作品中，化工厂将大量废料直接排入海洋，并未进行相应的过滤和处理。当地居民食用海洋产品以后，纷纷患上一种"怪病"。化学物质污染了海里的藻类与鱼类，反过来，各类海产品又把污染传给人类，人类最终为自己的错误行为买单，自食恶果。小说序言揭示了"怪病"产生的原因。在小说结尾"死掉的海洋"一章，东洋化工厂愿意拿出一亿日元，以保障苇北、天草海域沿岸 3000 户渔民的生活和生产，但他们并未改变"怪病原因不在工厂"的观点。小说中阿金的惨死，实际上是对人类中心主义思想的批判。

三、和谐生态主义

随着社会进步，人类逐渐意识到工业生产带来的不利影响。有些学者开始反思人与自然的关系，提出一种和谐生态主义观念。李承宗指出，"和谐生态伦理的规范应涵盖人与自然之间、人与人之间、生态之间三大领域。为使人与自然的道德关系能真正实现和谐，与上述三大领域相对应，和谐生态伦理学制定了三个道德规范，同时三个道德规范要达到三个目标，即人物和解，人类和睦、生态和谐。"和谐生态主义伦理观反映在人与海洋关系上，就是要实现人与海洋的和谐，达到人性化与生态化的有机结合。

海明威《老人与海》谱写了一曲生命赞歌。小说中，老人圣地亚哥为反抗荒诞与虚空的命运，坚持在第 85 天继续出海，最终捕获了一条大马林鱼。然而回航途中，他遭到一群鲨鱼的围攻。圣地亚哥与鲨鱼展开了激烈搏斗，用行动捍卫了人之所以为人的价值，彰显了"一个人不是生来就要被打败的,你可以消灭他,可就是打不败他"的英雄品格。长期以来,《老人与海》一直被视为人类征服大自然的作品。实际上,这只是作品内涵一个方面。另一方面,作品也是一部宣扬生态和谐主义思想的作品。首先,从人与大海关系看,老人圣地亚哥与大海有一种特别亲近的关系。大海波澜壮阔、汹涌恣睢,但老人并不惧怕大海。在圣地亚哥眼里,大海是一处温暖的港湾和家园,他对大海还有一种依赖心理,也渴望能够跟大海和谐相处。这一点与其他渔民完全不同。圣地亚哥把大海看作一个温柔的女人,不仅神秘、美丽,更让人充满浪漫幻想。老人有时还把大海比做兄弟和朋友,从未将它看成是敌人或要征服的对象。他像对待自己亲人一样对大海充满深情。其次,老人圣地亚哥虽是一位渔民,却对各种鱼类充满爱慕之心。看到人们屠杀海龟,他会感到难过,他对娇小的黑燕鸥非常同情。大海中的马林鱼、鲨鱼,圣地亚哥对它们也有很深感情。他将马林鱼称作兄弟,他在捕获马林鱼后,已分不清圣地亚哥是鱼,还是鱼就是圣地亚哥。圣地亚哥自幼在海边成长,与大海朝夕相处,大海既是他的衣食来源,也是他成长的家园。人与大海形成了你中有我、我中有你的和谐关系。这些关系诠释了人与自然的关系:"人类是自然的一部分,人与自然的关系绝不是对立的,而是自然界内部事物之间的非对抗性关系……人们与自然进行着物质交换,双方都会受益匪浅,从而维持一个共同发展的和谐环境。"

  克莱齐奥的小说《未见过大海的人》也表达了和谐生态观。小说中,少年丹尼尔对大海有一种特别的感情,以至于从校园私自出走,投奔他朝思暮想的大海。他与海中生物的关系也非常融洽,小说中,有一只章鱼成了丹尼尔的亲人和朋友。丹尼尔给章鱼起名叫"威尔特",经常用小螃蟹等食物喂它,与它建立亲密的关系。丹尼尔非常热爱大海,最后竟然投入大海怀抱，在大海中结束自己生命。克莱齐奥通过少年丹尼尔的死，表达了自己对工业文明和科技文明的厌恶。在当代社会，生活在大城市中的人已成囚徒，被包围在城市的钢筋水泥中，割断了与大自然的有机联系，逐渐遭遇奴役和异化的命运。丹尼尔从城市来到海边，意味着人回归大自然，重新与自然界建立密切联系，回到了生命的初始与本真。这个无辜少年的死，代表了作者对整个时代、整个社会的哀悼。

当今社会，关于海洋生态问题的呼声越来越大，人们似乎在一夜之间意识到问题的严重性。其实，许多作家在作品中已经思考人与海洋的关系问题。这些文学作品昭示我们，以自然中心主义观念对待海洋是不足取的，将海洋神化、匍匐在海洋脚下的做法，并不能实现海洋的真正价值，因为那样，人在海洋面前不仅丧失了主观能动性，也失去了人所以为人的属性。当然，以人类中心主义思维对待海洋，也应受到质疑和批判。人类从自身利益需要出发，过度地开发和利用甚至污染海洋，不仅给海洋带来深重的伤害，也给人类制造了许多悲剧。人类只有摒弃狂妄的自我中心主义，实现人与海洋的和谐相处，才能既可以从海洋中获得生活资料，又可以实现海洋生态的可持续发展。

思考题

1. 在自然中心主义、人类中心主义与和谐整体主义三种生态观中，你赞成哪一种？为什么？
2. 请结合生活实际，谈谈人类中心主义观念的危害。

推荐书目

麦尔维尔. 白鲸[M]. 成时译. 北京：人民文学出版社，2004.

参考书目

[1] 鄢本凤. 社会主义和谐文化建设研究 [M]. 北京：人民出版社，2010:145.
[2] 王凤珍. 人类理性的重建：环境危机的哲学思考 [M]. 北京：高等教育出版社，2004:14.
[3] 马克思，恩格斯. 马克思恩格斯选集（二）[M]. 北京：人民出版社，1972:13.
[4] 洛蒂. 冰岛渔夫·菊子夫人 [M]. 艾珉译. 上海：上海译文出版社，1995:4, 5.
[5] 旧约·创世纪. 中国基督教三自爱国运动委员会，中国基督教协会，2003.
[6] 刘湘溶. 生态伦理学[M]. 长沙：湖南师范大学出版社，1992:120.
[7] 李承宗. 和谐生态伦理学 [M]. 长沙：湖南大学出版社，2008:110.
[8] 郭继德. 美国文学研究（第五辑）[M]. 济南：山东大学出版社，2010:78.

卡森"海洋三部曲"的生态思想

雷切尔·卡森（Rachel Carson，1907—1964）是美国著名作家、生态学家。1962 年，其代表作《寂静的春天》(*Silent Spring*) 出版以后，被誉为美国生态史上一部里程碑式作品，在全美范围内引发比较激烈的生态论争。卡森由于在作品中反对滥用化学杀虫剂、除草剂而受到顽固势力的攻击与谩骂，却赢得美国总统、议员和普通百姓的支持与赞同，并因此成为美国环境保护运动的先驱。事实上，卡森提出"反对滥用杀虫剂"的主张不是孤立的,与她长期以来对海洋问题的关注密不可分。早在《寂静的春天》出版之前,卡森就在她的"海洋三部曲"《在海风下》(*Under the Sea Wind*)、《在海的边缘》(*The Edge of the Sea*)和《我们周围的海洋》(*The Sea around Us*)中表达她对海洋的热爱与眷恋。因此在卡森这里,海洋生态问题和杀虫剂问题是统一的,关注海洋问题是形成卡森生态思想的起点和基础,反对化学杀虫剂是卡森关注海洋及环境问题一个结果。因此,要深入理解雷切尔·卡森的生态思想,就不能避开她早年创作的"海洋三部曲"。

一、海洋书写

1907年,雷切尔·卡森出生于宾夕法尼亚州泉溪镇。尽管早年从未见过大海,但卡森在少女时代的理想却是观察海洋和当一名作家。大学毕业以后,卡森进入约翰·霍普金斯大学攻读海洋生物学专业研究生,开始接触和研究各类海洋生物。1937年,卡森进入美国海洋与野生动物保护局,从此正式成为一名海洋科学研究人员。在长期跟海洋和海洋生物打交道过程中,她先后主编一些海洋类出版物,1941年,卡森出版"海洋三部曲"首部作品《在海风下》,把鱼类和其他海洋生物作为作品主人公,从一名旁观者角度描写黑撇水鸟、鲐鱼和美洲鳗等海洋物种,笔调优美,富有诗意。如作品这样描述苍鹭捕食小鱼的瞬间场景:

"苍鹭一动不动地站着,脖子弯曲在后背上,它的喙悬着刺取掠过它腿间的鱼。当泥龟移到深水区时,它吓坏了一条小鳉鱼,它迷糊且恐慌地向海滩快速游去。目光敏锐的苍鹭发现这个动静,迅速地飞过去将鱼啄在喙中。它先把鱼抛在空中,仰着脖,先接住鱼头,而后吞吃下去。

这是那天晚上它除了小鱼苗之外抓的第一条鱼。"

作品以纯客观语气叙述苍鹭捕捉小鱼的细节，让读者产生一种身临其境的真实感。卡森在给朋友信中谈及自己的创作原则："叙述者不能在作品中现身并表达观点，其他人也不能闯进故事，除非作为鱼类眼中的掠夺者和破坏者。你知道，我不想让它成为睡前读物，也不想编造什么情节。它以正常、奇妙和可信的海边居民的日常生活为基础。"作品像摄像机一样记录了海洋的美和海洋生物的复杂性，为读者展现一个优美、神奇的海洋世界。遗憾的是，由于"珍珠港"事件和美国宣布参加第二次世界大战，《海风下》的出版并未引起美国民众多少关注。

数年以后，卡森出版的《我们周围的海洋》在文坛引起巨大反响。该书连续86周登上美国畅销书榜，先后被译成30多种文字，还荣获1952年度美国国家图书奖。这部作品一个显著特色是将科学和文学融为一体，不仅追溯地球形成和演变的历史，涉及大洋海底的山脉、大陆架和不计其数的海峡，还描写海洋中的鱼类、脊椎动物、爬行动物、两栖动物、哺乳动物，甚至谈及这些动物血液中钠、钾、钙等化学物质。如卡森在谈及海床形成原因时认为，只要地球上存在海洋和大陆，就会不断有漂浮的物质沉向海底、形成海床：

"大气上层飘动的火山灰，最终沉向海底。洋流中的漂浮物沉淀下来，海风吹来的沙漠中的沙子，最终也落向大海。冰山或浮冰携带的砂砾、大小石块和贝壳，在冰融化时也落向海底。海上大气中的铁、镍和其他物质微粒，也会变成海床的一层。但其中分布最广的，是不计其数的小贝壳和鱼类骸骨，以及一度生活在海水中的小生物的石化的遗骸。"

卡森认为海床由火山灰、砂砾、石块和贝壳等物质形成，其中海洋生物遗骸在海床上分布最广。卡森此番描述既有科学依据又有文学想象，从海面到海底对海洋进行全方位描写，以至被誉为是刻画海洋最优秀的作品。与一般海洋科普作品不同的是，卡森在看似平淡的叙述中融入深情，这使她的涉海文字真实可信又温婉感人。正如卡森后来坦言，"如果说我关于海洋的作品是诗化的，不是因为我故意这样描述的，而是因为不用诗化的描述，没有人能够真实地描写出大海。"

在《在海的边缘》中，卡森聚焦海岸、河边和水面这些生物诞生的"边缘之地"，把海滩看作海洋生物活动的舞台，即使是看似荒凉破败的海滩，其实也是充满鲜活生命的特殊场所："在海边这个艰难世界中，到处遍布的生命展示了巨大的韧性和活力。那些看得见的生命遍布海潮和岩石之间；或者半隐半现，潜入岩石的缝隙之中。或者藏身于瓦砾之下，躲进阴暗潮湿的洞穴里面。有些生命是看不见的。心不在焉的观察者会说没有生命。但实际上生命深埋于沙底、洞穴和管道中。它扎根于坚固的岩石中、出生于黏土中。在杂草、漂动的船樯和龙虾的坚硬贝壳上都存在生命。"

卡森曾多年居住在缅因州靠近海边的小屋，长期观察海洋生物、探索海洋奥秘，她对海边这个"边缘世界"有着特殊的情感，"每次我来到这里，我都能领会到它的美和深刻含义。"卡森关注"海的边缘"这些容易为人忽视的地方，写出了这些古老世界的复杂与神奇。卡森认为"要理解海岸的生命，光罗列这些生物是不够的。只有当我们伫立在海边，用心去感受那刻画大地、造就岩石和沙滩形状的悠远的生命韵律，只有当我们用耳朵捕捉那为了获得生存立足点而不屈不挠、不惜代价抗争的生命节拍，我们的理解才能真正到来。"正如《在海的边缘》的广告词所言，"海潮退去，我们可以看看自身……这里所有人都在向彼岸航行。"卡森笔下海洋是美的、多样的和充满情趣的，而不是实用的、消费的和用来征服的。通过这些作品，可以感受不同生物多姿多彩的生命，以全新的角度反思生物及人类生命的价值。这是卡森"海洋三部曲"独树一帜的价值所在。

二、科技忧思

在卡森生活的年代，现代科学技术在西方各国获得快速发展，以美国为首的世界列强凭借科技优势对海洋的利用与开发日益猖獗，大规模开采石油、建造核潜艇、设置水下防御设施等。这种情况在美国更为严重。在保障经济增长和国家安全的口号下，海洋逐渐被成为国家重要的战略目标，成为美国征服、扩张的新领域，仿佛海洋已经成为了国家的国土。从美国制定的一系列国家政策可以看出，美国控制世界资源的野心日益膨胀。正如学者所言，"世界海洋被纳入战后美国科技帝国主义的范围，由于新的科技，军事与科技研究人员对海洋的探索比以往更加深入。海洋通过国内市场变成了可见的、可读的、甚至可穿的形式"，对海洋的科学探测、技术控制和工业利用等，最终形成了美国在海洋上的扩张主义。

卡森在《寂静的春天》中质疑技术社会对待自然的方式与态度。尽管该书并非针对海洋环境而作，但它揭示了杀虫剂、除草剂等科技成果对自然环境造成的危害："20 世纪 40 年代以来，人类对环境发动的最令人震惊的袭击是利用危险的、甚至致命的化学物质对空气、土地、河流以及大海进行污染。这种污染在很大程度上是难以恢复的，它所带来的一系列恶果不仅进入了生物赖以生存的世界，也进入了生物组织内部。"DDT（滴滴涕）一度被认为是对人类健康无害的农药，但卡森通过科学分析和科学数据证明,这种脂溶性药物进入人体后会聚积在人体肝脏、肾上腺等器官,当积累到一定数量会对心肌酶产生抑制作用,甚至微乎其微的剂量(5×10^{-6})都足以导致肝细胞坏死。此外,它还会引起细胞变异、器官发育不良、生理畸形和器官功能衰退、恶性肿瘤等病变。从危害结果看,DDT无异于人类健康及各类生物的头号杀手。除杀虫剂而外,各种除草剂、清洁剂等化学制剂都是科技的产物,但它们造成的破坏要远大于它们对人类的帮助,"这些化学物质似乎是杀死害虫、清除杂草的灵丹妙药,但从长远来看,它们却污染了地表水、地下水、土壤和空气,损害了生命健康,破坏了生态平衡"。为了强调化学杀虫剂造成的影响与危害,卡森将化学杀虫剂和原子弹爆炸的粉尘进行比较,强调这些化学物质会改变生物内部构造。由于作品出版于20世纪60年代初,美国人对第二次世界大战时期的核阴影仍然心有余悸,卡森对杀虫剂的论断无异于给美国读者扔下了一枚炸弹,大大地促进了美国人民生态意识的觉醒。

作为美国渔业和海洋生物保护机构的科研人员,卡森并不排斥人类在生产、生活中运用现代科技。相反,她积极支持人类通过科技手段探测和研究海洋。令卡森感到不安的是,人类在科学帮助下疯狂地掠夺海洋资源,人为地改变和破坏海洋原有的生态系统,对许多海洋物种造成毁灭性的破坏。如卡森在《我们周围的海洋》再版序言中表达她对核废料污染的焦虑,认为核废料是人类科技发展的成果,它对海洋生态系统的影响很大,因为所有核废料最终会流入大海,堆积在海床上,会对海洋生物的生存造成巨大影响。卡森的忧思实际上是对西方社会科技乐观主义的一种反驳。文艺复兴时代以来,西方人普遍对科学技术的发展持乐观态度,认为科技发明会给人类生活带来巨大便利,科学技术具有无法想象的巨大力量，可以解决人类在未来面临的各种问题，以至于科技成了令人顶礼膜拜的新的上帝。卡森清楚地看到了科技的负面作用，她在《在海风下》中对"科学将拯救人类文明"的乐观主义观念提出了挑战。

卡森早年看待海洋污染问题的态度是比较乐观的，她认为人类在浩瀚的大海面前是无比渺小、无能为力的，无论怎样，人类的破坏行为都不可能毁掉海洋。但随着她对海洋生态问题的研究和思考越来越深入，特别是在晚年罹患乳腺癌以后，她更加意识到人类破坏海洋行为的严重性，并最终改变了她对海洋生态问题的看法："我错了，即使是看来属于永恒的大洋，也不仅受到了人类的威胁，而且几乎被人类掌握在毁灭性的手中。"卡森抨击人类不负责任的行为对大海造成的污染与破坏。"不幸的是，人类留下了其作为大洋岛屿毁灭者的最黑暗的记录。在他踏足的岛屿里，几乎没有一个没发生过灾难性的变化。他以砍伐、开垦、焚烧摧毁了环境，又将对岛屿生态危害极大的山羊、老鼠等陆地动物带到岛上……岛屿生物大灭绝的黑暗时代终于来临了。"

三、生态思想

美国学者布莱登对卡森《在海风下》一书极为赞赏，把它和利奥波德的作品《沙乡年鉴》相提并论，认为利奥波德提出了著名的大地伦理，卡森则在这部作品中形成一系列海洋生态思想，"向人们表达了跨界的、多声部的海洋生态伦理"。另一位学者鲁塞尔对此不以为然，认为在《在海风下》中即便存在某种生态伦理观念，也是潜在的、不成体系的，因为卡森并未从道义上阐明人类一些行为的对与错。这部作品主要描写了海洋的美和复杂性。应该说，鲁塞尔的看法是有一定道理的。然而卡森没有直接宣扬某种生态观念，并不意味着其作品中的生态观念就不存在。事实上，如果把卡森的《在海风下》与《我们周围的海洋》《在海的边缘》和《寂静的春天》联系起来，仍然可以看出卡森的海洋生态伦理思想。

在"海洋三部曲"中，卡森通过描绘海洋的美与多样性，表达了她对海洋生命的热爱与敬畏。卡森独具匠心地把鲭鱼、鬼蟹、剪嘴鸥、苍鹭、美洲鳗等海洋生物作为主人公，并尽量在作品中排除"人的阴影"，通过生物视角描写了它们的内心世界，这大概是世界文学史上独一无二的创举。正如学者所评价的，这些作品"让读者不仅了解了海洋和海洋生命形态，还强烈感受到海洋及其生命形态的价值、语言和思想。"在卡森看来，这些海洋生物不是人类征服和利用的客体，而是与人类一样有着独特价值的生命个体。一些"海岛上的生物是土生土长、独一无二的，经历了漫长的进化过程，一旦消失，就再也找不回来了。"因此卡森在作品中表达了对这些被描写对象的尊重，认为人类应该放弃那种自我优越感和中心意识，不能用实用主义的眼光来衡量生物。从此角度讲，卡森的海洋三部曲实际上是对人类中心主义一种反驳。长期以来，西方人普遍认为自己是这个星球的主人和中心。自然界的物种都是为人类生存提供服务的，也只有针对人类而言才有价值。这种观点的根源在于犹太-基督教教义。卡森认为这种思维导致了人类在自然面前的狂妄无知："犹太-基督教教义把人当作自然之中心的观念统治了我们的思想……人类将自己视为地球上所有物质的主宰，认为地球上的一切——有生命的和无生命的，动物、植物和矿物——甚至连地球本身——都是专门为人类创造的。"她反对人类对海洋的野蛮扩张、探险和开发，反对西方人自以为是的人类中心主义思想。

卡森在《在海的边缘》中写道,"生物和环境之间的关系绝非只是单一的因果关系;每一种生物都由许多网线和外面的世界衔接,编织出复杂的生命结构。"在卡森看来,大自然是一个大的生态系统,系统内部的不同物种之间存在一定联系。如果一个物种因为遭受破坏、污染而消失,那么以之为食物链的其他物种势必也会受到影响,因此海洋与陆地、海洋与海洋生物、生物与生物之间存在一种相互依存关系。正如一些学者所指出的,"卡森试图把地球上所有相互联系的生物编成一个大网。这些生物在网中彼此依存。相互联系的观点是她作品中一个重要原则。"卡森强调海底物种与生活环境的关系:"大洋接受了来自大地和天空的水,将它们储存起来;春季阳光的照射使海底的能量越积越多,直至唤醒沉睡的植物;植物的迅速生长为浮游生物的大量繁殖提供了充足的食物;浮游生物的激增喂饱了大群大群的小鱼……任何一个环节出了问题,海底世界的灾难就要发生了。"卡森认为生态系统实际上是非常脆弱的,随时面临物种灭绝和系统崩溃的危险。人类应该尊重海洋生物和海洋生态系统,它们的美、多样性和地位是宇宙伟大秩序。实际上,卡森在这里间接表达了整体生态主义的思想。

有鉴于此,卡森提出了人类在大自然面前肩负的生态责任。作为自然界最大的获益者和破坏者,人类在开发和利用海洋时往往盲目短视、急功近利,忽视了对海洋生态系统的精心呵护,人从海洋中获取各种物质资料、矿产能源的同时,必须相应地承担一些生态责任。人类一直认为海洋资源是无限的,海洋具有强大的再生和自我修复功能,因此大肆捕捞、野蛮地破坏生态系统,现代科技加剧了人类对海洋生态圈的破坏。卡森对人类破坏海岛的做法深表忧虑,她在《我们周围的海洋》中指出,"一个负责任的人类应当把大洋里的岛屿当作宝贵的财富来对待,当作载满了美丽而神奇的造物杰作的自然博物馆来呵护。它们的价值是无法用金钱来衡量的，因为在这个世界上没有任何一个其他地方可以复制它们。"她认为各种破坏性影响都发生在水面以下，人类并不了解自己行为造成的严重后果，因此需要评估海洋生态系统遭受的破坏程度。

综上所述，卡森选择"海洋"作为自己描写的重要对象，不仅与她特有的人生经历有关，更与她所处的急遽变化的历史时代密不可分。卡森以敏锐的观察力和高度的社会责任感关注海洋命运。在"海洋三部曲"中，她以科学和文学相结合的形式描写海洋的美和海洋生物的复杂性，在一定程度上改变了美国民众海洋想象的图景，促进了美国人民海洋生态意识的觉醒。可以说，卡森在短暂一生中为海洋生态和环保事业做出了巨大贡献，是美国生态文学上举足轻重的人物。遗憾的是，卡森由于乳腺癌在1964年英年早逝，结束了她无比热爱的海洋文学创作。按照身前遗愿，卡森的骨灰被撒进浩瀚的大海，她终于与她无限向往的那个世界融为一体。

思考题

1. 雷切尔·卡森是美国著名的作家和生态学家。通过本节学习，你认同她《海洋三部曲》中的生态思想吗？

2. 当前，海洋正在遭受严重污染，你认为在海洋环保大战中，青年学子应该如何担负起责任？

推荐书目

保罗·布鲁克斯. 生命之家：雷切尔·卡森传[M]. 叶凡译. 南昌：江西教育出版社，1999.

参考书目

[1] 汪汉利. 外国海洋文学选编[M]. 北京：中国环境出版社，2015.
[2] Amanda Hagood. Wonders with the Sea: Rachel Carson's Ecological Aesthetic and the Mid-Century Reader[J]. Environmental Humanities，2013(2). P60-61.
[3] Rachel Carson.The Sea[M]. London: Granada Books，1968.
[4] Linda Lear. Rachel Carson: Witness for Nature[M]. New York: Henry Holt. 1997.
[5] Rachel Carson.The Edge of the Sea[M]. Boston，MA: Houghton Mifflin，1955.
[6] 朱先明，于冬云. 从《寂静的春天》看雷切尔·卡森的生态思想[J]. 外国文学，2006(3):66，67.
[7] 王诺. 雷切尔·卡森的生态文学成就和生态哲学思想 [J]. 国外文学，2002(2):97，98，99.
[8] Susan Power Bratton. Thinking like a Mackerel: Rachel Carson's Under the Sea-wind as a Source for a Trans-Ecotonal Sea Ethic [J]. Ethics & the Environment，2004 9(1). P1-22.
[9] Denise Russell."Piracy"on the High Seas an Analysis of Bratton's Sea Ethic[J]. Ethics & the Environment，2007，12(2):94.
[10] 吴琳. 解读"海洋三部曲"的生态女性主义思想 [J]. 外国文学，2012(3):137.
[11] Rachel Carson. The Sea around us[M]. New York: Oxford，1989: 96.
[12] Mary A McCay. Rachel Carson[M]. New York: Twayne，1993:23.

第十六讲　食人族与福音书

英国社会对南太平洋及加勒比岛民的想象

西方社会关于食人族的记载可以追溯到希腊的荷马史诗[①]，只是，《奥德赛》中的"食人族"还仅与希腊语 anthropophagy 一词相对应，并不具有伦理学、种族学和政治学上的含义。近代史上，真正令"食人族"一词词义发生本质变化的是西方著名航海家哥伦布。1493 年，哥伦布在给西班牙女王伊莎贝拉的总管路易斯·德·桑塔戈尔(Luis De Santangel)的信中宣称，"一个名叫加勒比（Carib）的岛屿……该岛是进入印度的第二个入口，居住在该岛上的居民被所有别的岛屿视为十分残忍的民族；他们以人肉为食；他们有很多独木舟，出入于印度的所有岛屿，将他们能够到手的东西房掠一空……"事实上，哥伦布只是转述了自己在阿来瓦克岛（Arawak）上听到的传闻，他本人从未真正接触过食人族部落，但他将食人族（Cannibals）和加勒比人（Caribbean）联系起来，使得"食人族"（Cannibals）一词在欧美世界广泛传播，导致西方人普遍产生了"食人族=加勒比人"的错觉。自哥伦布以后，西方社会想象和描述"食人族"

[①] 《奥德赛》记载："莱斯特律戈涅斯人主要是凶恶的食人族，他们从悬崖上扔下石头，砸死奥德修斯的同伴，然后垂下长矛，像钓鱼一样，把那些船员一个一个地钓上去，然后把他们作为一顿美餐吃掉。"（《荷马史诗·奥德赛》，王焕生译，人民文学出版社，1997 年版，第 166 页）

的文字日益增多。法国学者蒙田、作家凡尔纳、美国政治家杰斐逊和作家麦尔维尔等人都在各自作品中提到过食人族。

比较而言，英国大概是世界上拥有食人族传说最多的国家。18世纪，英国著名航海家、地理学家詹姆斯·库克率船队在南太平洋海域航行，曾绘制过美拉尼西亚岛(Melanesia) 与复活节岛(Easter Island)等岛屿地图。库克的船队在与土著毛利人冲突过程中有十多人被杀死或被"吃掉"，库克在航海日志中这样评价毛利人："尽管他们是食人族。但是他们生性不坏。"库克在此后发现一些斐济岛屿时，又将斐济岛上的土著居民描述成食人族："据说，他们是野蛮凶残的食人族，这恐怕他们自己都不会否定。"在库克等航海家影响下，英国社会关于海外食人族的传说越来越多，甚至形成了独树一帜、蔚为壮观的海洋文化现象。英国作家文学作品、历史学家著作和传教士日记和信件等，都以不同形式描述过"食人族"或食人现象。当然，在19世纪50年代以前，英国人对"食人族"的想象主要集中在南太平洋及加勒比岛屿地区。随着后来欧洲各国对非洲殖民探险的逐渐展开，特别是英国殖民势力在非洲逐渐渗透以后，英国社会对食人族的想象也相应地从海岛转向了非洲大陆。

一、英国食人族传说

从文学作品看，笛福小说《鲁滨孙漂流记》是英国第一部描写"食人族"故事的作品。1704年9月，英国船员塞尔柯克与船长发生冲突而被遗弃在拉丁美洲荒岛，4年以后，经过的一艘船只才将他救回英国。笛福根据塞尔柯克的经历创作了小说《鲁滨孙漂流记》。作品叙述主人公鲁滨孙漂流到"绝望岛"以后，将一个荒岛经营成繁荣富庶的"独立王国"

的故事。鲁滨孙从食人族手里救下野人土著"星期五",教他说英语并设法令他皈依基督教。小说中最令人毛骨悚然的章节即是关于吃人场景的描写,"我……看到他们所干的惨绝人寰的残杀所遗留下来的痕迹,更令人可怕!那血迹,那人骨,那一块块人肉!"作品接着描述"野人"吃人具体行径:"两三个野人一拥而上,动手把他开膛破腹,准备煮了来吃。另一个俘虏被撂在一边,到时他们再动手拿他开刀。"笛福在文中的描绘形象、具体而又翔实,令无数读者产生心惊肉跳、惊悚恐怖的感觉。在小说《鲁滨孙漂流记》出版之前,莎士比亚《暴风雨》(The Tempest)中野人卡利班形象(莎氏并未明言卡利班是食人族)已进入西方人的意识世界,英国人乃至欧洲人普遍相信食人族真的存在,笛福小说进一步强化了食人族在人们心目中的刻板印象。其后,维多利亚时代作家巴兰坦(Ballantyne)在《珊瑚岛》(1858)中渲染了食人族的恐怖行径,叙述 3 个年轻人拉尔夫、杰克和彼得金漂流到一座孤岛,目睹了岛上居民举行的恐怖的杀人仪式:"用石刀从死者大腿上切下一大块肉片""他的身体刚刚停止抽搐,那些土人就从尸体上割下肉来,稍微在火上烤了烤就吃下去。"

英国传教士的日记和信件是食人族传说的又一来源。1796 年伦敦传道会领导人决定向南太平地区首次派出传教士。1809 年,一群伦敦传教士在南太平洋地区斐济岛的海滩上搁浅。牧师约翰·戴维斯(John Davies)在并未见到食人族的情况下仍坚持这样写道:"斐济人可能是现存的最著名的食人族。所有岛屿都由一些穷兵黩武的酋长们分别统治。无论何时,某个人只要杀死敌人就会将他吃掉。有时,人肉会被切成好几百个小块一起放在炉上烧烤,然后举行盛大的食人宴会。他们烧烤人肉的方式与塔希提人烤猪肉的方式一样。"1839 年秋,英国传教士嘉吉(Cargill)

到达斐济群岛宣教。他在给卫斯理传教士协会的信中谈及他在斐济的见闻，其中关于斐济岛民食人的场景描写同样令人毛骨悚然："今晨，我亲眼目睹令人震惊的一幕……20具男女和孩子尸体被作为礼物送给了塔诺亚王（Tanoa），然后又被分给众人煮着吃了。孩子们以残害一个女孩的尸体为乐……人体内脏在我们驻地前的河上顺流漂下，那些被切断的手指、头颅、躯干四处漂浮。我们到处看到这样令人作呕的毛骨悚然的景象。"南太平洋传教史上著名的传教士约翰·威廉姆斯（John Williams）也认为，食人是一种极其残忍的习俗，反映了斐济文化中堕落、野蛮和恐怖的一面。他在《南太平洋岛屿传教事业叙述》中这样描述部落酋长塔诺阿的吃人动作："吻了他的亲戚以后，塔诺阿从肘部割下他的胳膊，喝着他静脉流出的温热的血，颤动的胳膊被他扔到火上，在充分烧烤后，他当着死者主人的面将这些肉吃掉。此时，主人也已被割断手足，肢体不全。野蛮的杀人者却在观察这些将死之人的痛苦表情。"威廉姆斯宣称这种谋杀在斐济是司空见惯的现象。1939年，约翰·威廉姆斯及同伴詹姆斯·哈里在与土著冲突中被打死，许多英国民众认为他在遇害后被斐济人"吃掉"了，威廉姆斯也因此像在非洲宣教的传教士李文斯通一样，在英国国内成为受人敬仰的圣徒式英雄。

  一些历史学家的作品也记录了食人族传说。18世纪末，西印度群岛的食人族故事出现了新的版本，即食人族不再是当地土著居民而是流散而来的非洲人和黑皮肤的克利奥尔人（Creole，欧美白人与黑人的混血后裔）。在相关的历史著作中，以爱德华·朗（Edward Long）的《牙买加历史》和布莱恩·爱德华兹（Bryan Edwards）的《英国在新印度群岛殖民地的历史、内政和商务》影响最大。朗在考察当地土著居民的饮食习惯时记录了食人情况："当地吞噬人肉的旧俗违反了人性和理性，简直令人作呕。

如果不是得到许多航海家的证实，真是令人难以置信。这不仅为他们中的一些人所证实……也为我们殖民地里的非洲黑人自己的报告所证实。当我们考虑他们血腥、残忍的脾性和其他方面的恶行时，这也就不难理解了。大家知道，在我们殖民地黑人热衷于吮吸他们敌人身上的血；在贝宁、安哥拉和其他国家，人们至今还爱吃猿猴、狗肉、爬行动物和其他东西……"相对而言，爱德华兹对待黑人的立场显得比较理性，但其关于食人族的描述同样也有夸大其词的嫌疑。爱德华兹还指出西印度群岛的一些非洲移民，如考罗曼帝人（Koromanty）和伊布人（Ibo）等是食人族部落。他在作品中这样叙述杀人和"喝人血"的情况，"在巴拉德山谷，他们在早上四点就包围了监工的房子，房子里的七八个白人还在梦中，却全部遭到野蛮杀害，甚至还把他们的血和朗姆酒掺在一起喝，他们在伊舍和其他地方制造了同样的悲剧。他们还纵火烧毁了房子和藤条。仅一个早上，他们就屠杀三四十个白种人，甚至连孩子都不放过……"

实际上，"世界上是否存在食人族"至今仍是一桩悬而未决的公案。自 1979 年威廉·阿伦斯（William Arens）发表《吃人的神话》开始，许多学者针对食人族问题进行了旷日持久的论争。布雷迪（Brady，1982）、奥斯本（Osborne，1997）、休姆（Hulme，1998）和林登鲍姆（Lindenbaum，2004）等先后撰文，认为个别地区在一定时期可能存在吃人的情况，但仅据此一点，就此宣称食人现象普遍存在还缺少充分的证据。加纳纳什·奥贝赛克拉（Gananath Obeyesekere，2005）在《食人族会说话》中也对食人族故事持怀疑态度。不过，也有一部分学者坚信食人族及食人风俗肯定存在。李驰（Leach，1979）、布朗与图金（Brown &Tuzin，1983）、戈德曼（Goldman，1999）等人认为，大量证据表明，即使人吃人现象在过去不是非常普遍的情况，至少也是客观存在的。普尔（Poole，1999）

和康克林（Conklin，2001）认为一些地区居民为了表达对已逝亲人的尊敬，至今还会吃掉死者的身体。他们试图从丧葬文化角度为食人族存在提供证据。

我们认为，与其争论世界上是否真的存在过食人族部落，还不如讨论南太平洋及加勒比岛屿居民是如何变成食人族的。也许分析食人族传说与大英帝国在意识形态层面的关联，比寻找食人族的种种蛛丝马迹的物质证据更有意义。

二、"食人族"的修辞表征

食人族（Cannibal）一词进入欧洲语言以后，成为一种不言自明、未经考证的前见而进入欧洲人意识中，形成他们对外部世界的感知和认识。正如日本人类学家石川荣吉所言："自从所谓大航海时代以来，在欧亚大陆西部始终过着比较闭塞的生活的欧洲人开始向世界各地扩散。他们把在非洲、新大陆、大洋洲、东南亚等地区遇到的人视为'野蛮人'，并把他们所见到的与他们自身社会极不相同的社会称作'野蛮社会'。"英国社会将南太平洋及加勒比岛屿居民想象成茹毛饮血的食人族，而想象的主体"我"或"我们"却是举止文雅的欧美白人，这种二元对立思维模式背后其实隐藏着一个等级秩序，即岛屿土著居民—有色人种—异教徒—野蛮落后—未受文明教化/欧美白人—基督徒—文明高雅—文质彬彬。"食人族"作为欧美白人对海岛有色人种的想象和言说，是欧美白人从本体论上对他者身份的一个界定。无论在人种学、宗教学或社会学意义上，形象制作者和将被制作者都不是一个对等关系。在"制作者—食人族—被制作者"的镜像关系中，"食人族"作为南太平洋及加勒比岛屿土著居民的指涉符号，体现了制作者的文化优越感和自我中心意识。正如形象学理论所言，"无论在哪一个层面上，被制作出来的'他者'形象都无可避免地表现出对'他者'的否定"，对'我'及其空间的某种补充和延长。"我出于种种原因'他者'，但在言说的同时，'我'却有意无意、或多或少地否定了'他者'从而言说了自我。"在"食人族"形象这面镜子面前，英国人的历史境遇及对他者的心理、欲望均会被暴露出来。

　　上述爱德华兹在《英国在新印度群岛殖民地的历史、内政和商务》中描述的"食人族"杀人场景，其实有一个特定的历史背景。1760年，英国殖民地牙买加发生过一场奴隶反抗斗争。黑人后裔在斗争中起到了重要作用。起义的奴隶及他们头领不满足于获得人身解放，还想"吞噬"那些奴役他们干活的压迫者，的确也有一些白人在这场起义中失去了生命。爱德华兹描述这次令人惊悚的食人盛宴，从侧面反映了英国民众对海外世界异教徒的复杂心理。豪维特在《殖民地和基督教》中对此有着深刻认识："长期以来，我们用虚假的论调来讨好自己，认为自己是一个文明的、信奉基督的民族。我们谈到地球上其他地方的民族时，认为他们是野蛮的和不文明的。我们对印第安人裸体战斗时发出的呐喊，以及食人族可怕的宴会感到颤栗，祈祷自己避开这些灾难。"由此，在帝国海外扩张和征服过程中，凡是不愿臣服于帝国统治的异教徒都被视为"邪恶的"，"食人族"便成为对帝国事业具有潜在威胁力的象征性符号。学者凯·斯卡弗论述澳大利亚历史时也持相似看法："在殖民地时代的最初二三十年里，澳大利亚当地报纸很难发现土著食人的描述，然而白人殖民者大规模侵入澳大利亚时，由于受到当地土著的持续反抗，19世纪20年晚期，悉尼报开始登载白人目击土著吃人的一些信件。"也就是说，"食人族"传说并不是从来就有的，而是根据帝国的实际需要产生的。"食人族"故事与大英帝国的海外扩张事业紧密联系在一起，反映了英国民众对海外未知世界既渴望又恐惧的复杂情感。

传教士热衷于描述食人族故事也并非偶然现象。哥伦布第一次航海即打着传播基督教的旗号，他第二次到达美洲时即带着十多位西方传教士。此后，欧洲人在宗教情绪感染下在全球范围内进行贸易和拓殖行动，其中，有许多人兼有传教士和殖民探险者等多重身份。由于"食人族"具有野蛮、凶狠、不开化等特点，传教士觉得自己有责任和义务去"拯救"他们的灵魂。有学者指出："对18世纪后期及19世纪的英国殖民文化而言，'食人族'是最为重要的一个他者形象。1890年，爱丁堡杂志的一个作者在查阅过去一百五十年的文献后承认：他们大脑中的食人族与其想象的野蛮和粗俗行径相联系，与比畜生更低劣的习惯和容貌相联系，与最堕落的迷信相联系。这些无法形容的野蛮行径成为这一时期欧洲传教提供了强有力证据。"一些到达南太平洋及加勒比岛屿的传教士在日记、游记、信件和著作中描述食人族，其深层原因在于通过渲染当地恶劣条件和食人族野蛮恐怖，表明他们海外宣教工作的必要性和重要性，从而取得国内政治、经济和宗教力量的支持。正因如此，"从18世纪90年代到19世纪50年代，许多传教士曾亲身经历波利尼西亚食人族，传教士成为虚构的食人族故事的主要编造者。"另一方面，传教士关于食人族的生动描绘又进一步激发英国民众的"拯救"意识，越来越多的基督徒纷纷走出国门，义无反顾地投身于基督教传播和国家的海外扩张事业。针对传教士日志和信件中关于"食人族"的夸张描述，一些有识之士也提出了质疑和批评。美国作家麦尔维尔在南太平洋岛屿生活过一段时间，也曾在小说《泰比》中描述过食人族部落——泰比人，他却严厉斥责传教士编造食人族故事的险恶用心："传教士倾向将异教徒描写成野蛮不堪；即便对最无害的迷信仪式也极尽诋毁之能事。事实上，食人肉风俗极不普遍。但传教士竭力渲染此事，以至于有人将传教（Missionary）与吃人（Cannibal）联系在一起。传教士的实际作为让人以为，'相较于异教徒对原罪的无知'，欺压原住民的残暴行为是可以赦宥的小恶。传教结果与其理想背道而驰。"

笛福小说《鲁滨孙漂流记》清楚地表明了"食人族"符号的制作过程。小说在食人族出现之前这样写道："我若想摆脱孤岛生活，唯一的办法就是尽可能弄到一个野人；而且，如果可能的话，最好是一个被其他野人带来准备吃掉的俘虏。"后来鲁滨孙果然从食人族手里救下了星期五，这个梦的真实性最终得到了事实验证。由于一个人不可能准确预测到未来发生的事情，鲁滨孙的梦越真实就表明故事的内容越虚假。正如张德明教授所言，"对鲁滨孙这个西方殖民者来说，梦先于现实，文本先于经验；对他者的想象先于与他者的实际接触。小说中写到的食人部落其实不存在于现实中，只是存在于作家的梦境、想象和'前见'中。"进一步说，笛福在作品中塑造的食人族形象植根于欧美白人的经验中，是西方殖民者心理潜意识的产物。大卫·斯普（David Spurr）在《修辞与帝国》中指出，"西方语境中的非西方人常用某种修辞来表达。在他看来，神话、象征、隐喻和修辞手段成为殖民话语表达目的重要方式。"从此意义看，"食人族"作为一种指称"他者"的象征性语言，是英国公众对待他者的思想与情感的混杂物，也是帝国文化精英为海外事业精心炮制的一个修辞或神话。不管南太平洋及加勒比岛民的心理感受如何，"食人族"的帽子还是牢牢戴在了他们的头上。他们试图拿掉这样一顶名不符实的帽子时，才会发现这是一件"难于上青天"的事情。

三、食人族与福音书

在帝国的知识结构中，南太平洋及加勒比岛屿土著是令人恐怖的"食人族"，是亟待他们前去拯救的对象。有趣的是，当地岛屿居民也一度怀疑踏上他们岛屿的白人传教士会吃人，在较长一段时间不敢跟他们接近、交往。经过多次与传教士接触以后，斐济土著才逐渐改变原来对待传教士的敌视态度。当地酋长将传教士留在自己身边视为一种荣耀。按照传教士说法，他们也只有留在酋长身边才不会被杀死或"吃掉"。那么，南太平洋及加勒比岛屿土著居民果真是食人族？英国传教士在这些地区传播的又是怎样的福音？

斐济酋长塔克姆布（Thakombau）是南太平地区著名的"食人族"首领，在英国传教士著述中他与当地其他酋长一样野蛮残忍，都将杀死、吃掉敌人视为自己至高无上的特权。传教士瓦尔特·劳瑞（Walter Lawry）如此评价这位斐济酋长：塔克姆布拥有绝对权威，有着生杀予夺的大权。从总体上看，他对我们在当地传教比较支持，但他坦承自己讨厌引进教皇制度，更喜欢战争和食用那些战死者身上的肉。塔克姆布是一个聪明、固执而又讲究实际的酋长。15年来，英国传教士威廉姆斯（Willianms）和亨特（Hunt）等千方百计让他皈依基督教，不断向他提供各种物质和精神上的帮助，一些船长和商人也劝他放弃落后生活方式而做一名虔诚基督徒，可塔克姆布一直没有给出明确的答复。1854年，塔克姆布在基督教精神的长期影响下，特别是在经济上获得了传教士的巨大帮助以后，他终于宣布斐济从此皈依基督教。塔克姆布还遵从传教士的劝告，不再杀死、吃掉俘虏和绞死寡妇。1874年，斐济因此成为大英帝国的一个海外殖民地，野蛮、残忍的"食人族"终于被基督精神所驯服。可以看出，显然不是所谓的"食人族"吃掉了西方传教士,而是以"食人族"闻名的斐济被大英帝国所吞噬。

加勒比岛屿居民原来信奉原始宗教和自然宗教,但随着英国及西方殖民者的不断侵入,他们原有的宗教信仰发生了根本变化。以巴巴多斯为例,"1624年英国人宣布占有该岛,1626年,第一批英国移民来到这里,其中伴随着为这些移民服务和传教的英国圣公会牧师。1637年建成了6座教堂和10座小教堂。1824年成立了巴巴多斯主教区,是英国圣公会西印度群岛教省的组成部分。"英国殖民者用利剑打开加勒比地区的大门,传教士则通过基督教从精神上驯化加勒比人。"南太平洋是传教士最能发挥影响力的地方。在此地区,传教士是最受争议的人物……传教士坚持原住民信仰仪式必须连根拔除。"在殖民者威逼利诱和传教士影响及驯化下,南太平洋和加勒比岛屿居民逐渐改信基督教。反过来,基督教在南太平洋及印第安岛屿的广泛传播,又使得大英帝国在这些地区的贸易和殖民得以顺利展开。基督教宣扬的"容忍""宽恕"和"爱仇敌"等伦理观念,特别是《马太福音》"山上宝训"中宣传"不要与恶人作对。有人打你的右脸,连左脸也转过来由他打"等论调,客观上缓和了海岛居民与殖民者之间的矛盾,为英帝国占有和统治这些地区起到了润滑剂作用。由于基督教文化的入侵,加勒比地区土著居民原来的原始宗教和自然宗教消亡殆尽。这种文化输入并非建立在平等和自愿的基础上,而是强势的现代文化对弱势的土著文化的清除和蚕食。土著居民在认同基督教文化价值观念的同时,也即认同了大英帝国对这些地区的管理和统治。从此意义上看,西方传教士在南太平洋及加勒比地区传播的所谓"福音",其实是一场潜移默化、润物无声的殖民运动。

从本质上看,殖民地时代的基督教传播与食人族传说有着相似的政治功能。按照霍米巴巴的理论,"食人族"这种"固定性"概念是殖民话语在他者文化意识建构中的一个显著特征。"食人族"一词"作为殖民话语中文化/历史/种族差异的符号,是表征的一种矛盾形态:它既表示混乱无序、堕落和恶性循环,又表示不变的秩序。同样的,作为推论的主要策略,其文化认同方式变成了刻板的模式。"英国社会通过对南太平洋及加勒比地区岛民的"食人族"想象与言说,试图通过刻板符号将土著居民的社会身份永久地固定下来,借助强调他们的野蛮落后和令人不齿的行径,塑造和强化这些海岛土著居民的自卑心理,促使他们意识到自己的恶行而憎恶自己身份,最终在精神上向帝国的殖民者屈服。由此可见,食人族传说其实是殖民者强加在被殖民者身上的话语暴力。

一些英国作家并未亲身从事海外殖民和征服活动,但正如传教士的宣教所起到的作用一样,他们也从意识形态层面参与了大英帝国的建构。小说《鲁滨孙漂流记》中,作者以第一人称手法叙述自己亲眼看到"食人族"吃人过程,使食人族故事显得更加"真实可信"。笛福生活的时代正是英国资本主义急遽扩张的时代,此时大英帝国的民众都对未来和海外充满自信,笛福小说的出版刺激了英国民众向外殖民的欲望。正如马丁·格林所言,"《鲁滨孙漂流记》这类冒险故事的作用不容轻视,它们一遍又一遍地通过主人公的海外历险标榜英国人的'勇气''力量',令许多年轻的读者感到热血沸腾。这类故事既是英国海外殖民的真实写照,又反过来刺激了英国人统治世界的欲望。"许多像鲁滨孙一样胸怀激情和梦想的青年人,毅然投身到帝国主义的海外冒险事业中去。作品结尾,鲁滨孙带着他用基督教文化加工的产品——"星期五"返回大英帝国,向世界展示他对印第安文化驯化和改造的成果。在巴兰坦的小说《珊瑚岛》中,作者通过儿童彼得金之口赤裸裸地公开了占有企图,"我们有了自己的小岛。我们将要以国王的名义占领该岛。"同时，作品还强调了基督教对于海岛居民的拯救功能。作品中女主人公是信奉基督教的虔诚的印第安土著，却长期处在部落酋长的残酷迫害之下。作品最后，这位"食人族"酋长也由于被基督"福音"感化而信奉上帝，与当地居民一起烧毁了海岛上的所有木雕偶像。作品以历险故事的形式倡导海外土著居民要崇信基督、服从大英帝国的管理与统治。如此一来，文学作品所描述的"食人族"也实现了从文化叙事向政治功能的转化，正如赛义德（Said）所指出的，"帝国主义与小说相互扶持，阅读其一时不能不以某种方式涉及其二。"

概而言之，希腊语中的食人族 Anthropophagy 基本上是一个中性词，Cannibal 却有着更鲜明的种族和意识形态色彩，Cannibal 替代 Anthropophagy 一词不是一般意义上的词义替补或淘汰。这个词语的更替与西方世界的地理大发现联系在一起，是西方国家对不同文化圈中他者身份的一个界定，反映了西方殖民者对未知世界的既渴望又恐惧的复杂心理。"食人族"传说在世界上最大的殖民国家最为丰富，也并非一个偶然现象。"食人族"传说与帝国的海外扩张事业紧密联系在一起，它与四处传播的基督教及其他文化产品一样，都以隐晦的方式为国家的海外殖民事业服务。"食人族"传说是帝国文化精英刻意炮制的一个修辞和暴力话语，具有鲜明的意识形态性和一定的政治功能。正如葛兰西所指出的，帝国在统治过程经常运用文化霸权的形式，通过知识精英等推广帝国的政治、伦理及文化价值观念，从而形成一种普遍接受的行为准则，使得"广大人民群众'自由'同意基本统治集团所提供的社会生活方式"英国作家、传教士和史学家等将南太平洋及加勒比岛屿土著想象成低等野蛮的形象，"这样，殖民征服和殖民侵略被作为一种理所当然的社会存在的同时，被殖民者实际也就被作为不可更改的'他者'形象而固定下来。"相对于"食人族"土著居民的野蛮和残忍，帝国对南太平洋及加勒比岛屿的侵略与统治不仅显得理所当然、天经地义，还会被赋予"正义""拯救"等伦理和政治性含义。

思考题

1. 请谈谈英国社会传说的"食人族"的修辞特点。
2. 殖民时代，英国传教士传播的"福音"，与食人族传说存在什么相似之处？

推荐书目

1. 维克托·基尔南. 人类的主人——欧洲帝国时期对其他文化的态度 [M]. 陈正国译. 北京：商务印书馆，2006.
2. 张德明. 空间叙事、现代性主体与帝国政治——重读《鲁滨孙漂流记》[J]. 外国文学，2007(2).

参考书目

[1] A.James Arnold. A History of Literature in the Caribbean[C]. Vol 3.

Amsterdam/Philadelphia: John Benjamins Publishing Company，2001.

[2] Lonely Planet 公司. 新西兰（澳）[M]. 北京：生活·读书·新知三联书店，2009.

[3] J. Cook. Journals，4vols，ed. J.C. Beaglehole，Boydell Press，Rochester，NY. 1999. Vol. 3. l.

[4] Patrick Brantlinger. Missionaries and Cannibals in Nineteen-century Fiji[J]. History and Anthropology，Vol.17，No.1，March 2006.

[5] 丹尼尔·笛福. 鲁滨孙飘流记 [M]. 郭建中译，南京：译林出版社，2006.

[6] R.M. 巴兰坦. 珊瑚岛 [M]. 北京：中国对外翻译出版公司，2009.

[7] D. Cargill, The Diaries and Correspondence of David Cargill, 1832—1843，ed.A.J. Schutz，Australian National University Press，Canberra，1977.

[8] John Williams. A Narrative of Missionary Enterprises in the South Sea Islands[M]. London: Snow，1837.

[9] Edward Long . History of Amaica. Or. General Survey of the Antient and Mordern State of That Island[M]. London: T. Lowndes，1774.

[10] Byran Edwards. The History，Civil and Commercial, of the British Colonies in the West Indies: In Two Volumes[M]. London: J. Stockdale，1793.

[11] 石川荣吉. 现代文化人类学 [M]. 周星等译. 北京：中国国际广播出版社，1988.

[12] 陈惇，孙景尧，谢天振. 比较文学，北京：高等教育出版社，1997.

[13] K. Schaffer. In the Wake of First Contact: The Eliza Fraser Stories[J]. Cambridge: Cambridge University Press，1977.

[14] 维克托·基尔南. 人类的主人——欧洲帝国时期对其他文化的态度 [M]. 陈正国译. 北京：商务印书馆，2006.

[15] 张德明. 空间叙事、现代性主体与帝国政治——重读《鲁滨孙漂流记》[J]. 外国文学，2007(2).

[16] David Spurr. The Rhetoric of Empire: Colonial Discourse in Journalism，Travel Writing，and Imperial Administration[M]，Duke University Press，1993.

[17] J.Waterhouse.The King and people of Fiji: Containing a Life of Thakombau; with Notices of the Fijians，Their Manners，Customs，and Superstitions，Previous to the Great Religious Reformation in 1854[M]. London: Wesleyan Conference Office，1865.

[18] Homy. R. Bhabha，The Other Question: Stereotype，Discrimination and the

Discourse of Colonialish, in the Location Culture[M], London and New York: Routledge, 1994:66.
[19] Gerald Gillespie, In Search of the Noble Savage: Some Romantic Cases[M]. Neohelicon, 2002, 29(1).
[20] 赛义德. 文化与帝国主义[M]. 李琨译. 北京：三联书店, 2003.
[21] 葛兰西. 狱中札记 [M]. 葆煦译. 北京：人民出版社, 1983.
[21] 石海军. 后殖民：印英文学之间 [M]. 北京：北京大学出版社, 2008.

附录　从神话看先民的海洋认知

在《神话研究》中，茅盾先生指出中国神话有个显著特点："河与海的神话，也是各民族所必有的。但也许我们的民族最初是住在西北平原的缘故，海的神话比较河的神话为少。"茅盾是在比较海洋与河流神话之后得出这一结论的。实际上，如果把西方与中国的神话进行比较，则可以发现，中国不仅"海的神话比较河的神话为少"，而且海的神话也比西方国家的要少得多。也许正是由于中西海洋文化发展水平存在差异的缘故，中、西的文明才分别被称作黄色文明和蓝色文明。然而这并不意味着，海洋文化就是西方国家的专利，中华文明就完全没有"蓝色"的成分。事实上，中国的海洋文化因子虽然数量较少，却也广泛分布于中华文化土壤之中。比如，中国的神话数量较少，也未形成完整严密的神话体系，但是如果深入研究，就会发现中国的海洋神话同样具有鲜明的文化表征。这些海洋神话被一代代传承下来，成为先民认识海洋和自然，了解社会和人自身的一个重要方式。它们既反映先民面对海洋时的感觉、意识和心理活动，也揭示人对海洋的想象、思维等多方面内容。深入考察有关的海洋神话，对于我们洞悉先民的宇宙观、自然观和人生观，把握人对海洋的种种对象化活动，有着不言而喻的重要意义。

一

在中国神话中，关于海洋的形成有几种不同认识。第一种说法认为，海洋是由盘古的脂肪转化而来的。任昉的《述异记》记载：昔盘古氏之死也，头为四岳，目为日月，脂膏为江海，毛发为草木。盘古的身躯非常庞大，所以其脂膏才能化为海洋。《三五历记》曾这样描述盘古的身形之巨：天地混沌如鸡子，盘古生其中，万八千岁……盘古在其中，一日九变，神于天，圣于地，天日高一丈，地日厚一丈，盘古日长一丈；如此万八千年，天数极高，地数极深，盘古极长。第二种说法认为，海洋在宇宙之初就已存在。《淮南子·览冥训》记载：往古之时，四极废，九州裂；天不兼覆，地不载周；火爁炎而不灭，水浩洋而不息。第三种说法认为，海洋是由陆地之水汇聚而成。《山海经·天文训》记载：昔者共工与颛顼与争为帝，怒而触不周之山，天柱折，地维绝。天倾西北，故日月星辰移焉；地不满东南，故水潦尘埃归焉。从这则神话来看，共工与颛顼为争夺帝位而打架，结果触倒天柱不周山以致天塌，造成地势西北高而东南低，这样陆上河流顺势流向东南注入海洋。上述海洋神话对海洋的成因作出种种诠释，实际上反映了先民对海洋的三种不同认识，由此形成了三类神话。

第一类神话认为，海洋是由盘古转化而来，而盘古是中国开天辟地的神，这样也就暗示海洋是由神创造的，是异常神圣的。在生产力极不发达的时代，先民在浩瀚的海洋与强大的自然面前，总感到自身力量的渺小，出于对海洋的畏惧心理，先民将海洋抬升到高于自己的位置，这就有意无意间将海洋神格化。这种情况在其他国家的神话中也不罕见。北欧的海洋神话认为，宇宙之初无所谓天地与海洋，只有大神与冰巨人伊密尔。伊密尔与大神争斗后被杀死,其肉被造成土地,血则成为环绕土地的海洋。北欧关于海洋形成的神话与中国神话是相近的。由此也可以看出,世界各地的居民虽然生活在不同的文化环境中,心理上却有息息相通之处。正如钱钟书先生所言:"东海西海,心理攸同。"

第二类神话认为海洋自古就有,不生不息,这虽是一种相对静止的观点,却是建立于对海洋长期观察的基础之上。先民们在自身有限的生命历程中,面对浩瀚无际的大海,发现它几乎是亘古不变的。每个先民从出生、成长到衰老和死亡,历经了人生的生老病死的全部过程,然而,他们却惊异地发现海洋并不像人一样,会随着时间的变化而此消彼长,因此先民认定海洋应该是不生不息的。中国的归墟神话也有类似的认识。《列子·汤问篇》云:渤海之东,不知几亿万里,有大壑焉,实为无底之谷,其下无底,名曰归墟。八纮九野之水,天汉之流,莫不注之,而无增无减焉。在先民看来,海水之所以能够"浩洋不息",主要归功于海底"归墟"这个无底之谷,是归墟维持了水文总量的平衡。显然,这种说法也缺少科学依据,所谓"归墟",其实不过是先民的主观臆想而已。

第三类神话对海洋成因的解释比较符合实际。这时,先民对周围的生存环境已有大致了解,知道中国西高东低的地理走势,认为地势是造成百川归海的重要原因。这种说法既源于个体的生存体验,也符合中国的地理特征,具有一定程度的客观唯物主义成分。但由于受到科学发展等因素的局限,先民对海洋成因的解释仍与实际情况存在出入。百川归海当然是不争的事实,然而这还只是现象而不是本质。陆地上的万千河流源于海洋、归于海洋,但海洋之水绝非陆地河流的总和。从今天的科技水准看,第三种认识虽有相当的理性成分,但同样也有不尽科学和完善的地方。

神话作为人类最初的语言和符号，是观照先民生存状况的一面镜子，真切地反映了人与宇宙、自然的关系。海洋形成神话表明，先民在思维活动中已能把自己与海洋分离开来，开始对海洋的各种现象作出对象化的思考。先民试图对海洋成因作出自己的阐释，从自身角度赋予海洋以意义。正如有些学者所指出的："神话出于混沌却并非为了混沌。恰恰相反，它是人渴望打开自己混沌的最早的钥匙，是人在蒙昧世界摘取的精神的'禁果'。"可以说，先民对海洋成因的诠释，是人渴望认识海洋与外部世界的一种积极的努力。人通过神话设定了一种人与海洋的关系，让海洋打上人类创造力的烙印，使得人在海洋面前得以确立人的主体性。尽管当时科学还不发达，人对海洋的认识也有一定的局限性，人对海洋成因的各种诠释也不尽合理，但从先民对海洋的朴素观念中，可以看出先民自我意识的觉醒，表明人的生存逐渐由蒙昧走向了自觉。

二

在国人的认知范畴中，"五湖四海"是个根深蒂固的观念。这种观念也是从中国神话开始逐渐形成的。中国神话中的四海指东海、南海、西海和北海。《山海经》中有许多神话都与四海相关。《山海经·海内经》曰：北海之内，有山，名曰幽都之山。《山海经·大荒东经》曰：东海中有流波山，入海七千里，其上有兽，状如牛。屈原的《楚辞·云中君》也提到四海：灵皇皇兮既降，众选举兮云中；览冀州兮有余，横四海兮焉穷！中国古代居民认为自己位于世界中央，疆界四周环绕着海洋，因此形成"四海之内皆兄弟""放之四海皆为准"等"四海"观念。需要指出的是，《山海经》中的"海"大多是虚指而不是实指，"海"往往用来指称那些遥远神秘的地方,它们更多只是作为神话的叙述背景出现的。《山海经·大荒东经》云:东海之外,大荒之中……有波谷山者,有大人之国。《山海经·大荒南经》云:东南海之外,甘水之间,有羲和之国。《山海经》中的许多故事都发生在遥远的海上,与现实世界存在一定的距离,神话内容则多为虚构和猜想的成分。

与《山海经》故事相似,蓬莱神话的虚构玄想因素也很显然。古代先民面对浩渺无际的大海,认为海中及海外的世界肯定别有洞天,于是想象海中有个特别的所在——蓬莱五神山。蓬莱等山位于汪洋恣肆的东海之中,与大陆并无道路交通。李商隐的"蓬莱此去无多路"的诗句,也表明蓬莱位于海中而非陆上。显然,在古代神话中,所谓的蓬莱神山并非指今天的山东蓬莱半岛。《列子·汤问篇》这样记述蓬莱神话:其中有五山焉:一曰岱舆,二曰员峤,三曰方壶,四曰瀛洲,五曰蓬莱。其山高下周旋三万里,其顶平处九千里。山之中间相去七万里,以为邻居焉。五座神山中漂走了岱舆与员峤,最后只剩下瀛洲、蓬莱和方壶。传说瀛洲就是今天的日本,方壶是澎湖列岛,而蓬莱则为舟山群岛。蓬莱等五神山不仅景色秀丽,还盛产各种鲜美的果实。传说食用这些仙果之后,人即可长生不老、万寿无疆:其上台观皆金玉,其上禽兽皆纯缟,珠玕之树皆丛生,华实皆有滋味,食之皆不老不死,所居之人,皆仙圣之种,一日一夕,飞相往来者,不可数焉。不过,如此乐园般的所在非凡人所能企及,只有本领高超的神仙才能逍遥其间。仙果和神仙给蓬莱增添了仙气,以至于有人称之为"蓬莱仙境"。许多人渴望去蓬莱寻找仙果,结果不是无功而返,就是葬身海底。蓬莱神山究竟是真实的存在,还是虚无缥缈的海市蜃楼,现在已经无从考证。

从蓬莱神话看,中国先民由于知识局限而虚构出遥远的人间仙境,实际上是由于渴望了解海洋而将海洋神秘化。然而，蓬莱神话毕竟是先民渴望认识海洋，进而把握世界和自然的一种方式，反映出先民竭力探寻海洋奥秘的愿望。从此意义看，蓬莱神话是人类理性和幻想成分的结晶，既有一定玄想成分也有一定的真实性，是人类在海洋这面镜子面前对自己生存处境的观照。正如学者们指出的，"关于海上五神山的传说，显示了古人亲历海洋生活所产生的窈冥无极的玄想，流露出先民对大自然水文系统平衡原因的探求，以及对岛屿的生成、海市蜃楼现象的猜测。因此这个神话具有积极的探求精神"。更重要的是，蓬莱神话中虚幻神奇的自然景观，将人的注意力引向了遥远的海外，而令人无限神往的长生不老果实，则又把人的注意力引回人自身。人希望探求海洋及大自然的奥秘，但与此同时，人更渴望探求自身的奥秘，渴望突破自身的有限性而获得永恒。先民对长生不老仙果的无限向往，反映人渴望从有限走向无限、从短暂走向永恒的生命诉求。在蓬莱神话中，人与海洋的关系是二分的，海洋是人类认识和行动的对象，但同时人类与海洋又是有机统一的。人在此岸世界幻化出一个美好的彼岸世界，而彼岸的仙果却是此岸人的美味佳肴，是为此岸人的生存与生活服务的。这种极具浪漫主义色彩的描绘，体现了中国人固有的物我交融、"天人合一"的自然观。

三

与古希腊神话相似，中国的海洋神话中也有海神形象。古希腊神话的海神是宙斯的兄弟波塞冬。波塞冬虽然听命于众神之神宙斯，但在浩瀚无垠的海上却拥有自己的绝对权力。他手持三股叉，生气时就会掀起惊涛骇浪。中国神话中的海神是禺京(郭璞注解，禺京即禺强)。《山海经·大荒东经》记载：黄帝生禹，禹生禹京。禹京处北海，禹处东海：是惟海神。禹京同时也是风神，但他作为海神的时候，他的性格是比较温和的。海神禹京是黄帝的子孙，这就赋予海神以合法而神圣的出身。无论是波塞冬还是禹京，海神都是人类幻想的产物，反映出人对海洋所怀有的既向往又恐惧的复杂心理。

然而在海洋面前，人也并非总是软弱无助的一方，他们有时也敢于挑战海神的权威。在中国海洋神话中，精卫填海故事就反映了人与海洋的抗争与对决。《山海经·北山经》记载：又北二百里，曰发鸠之山，其上多柘木；有鸟焉，其状如乌，文首白喙赤足，名曰精卫，其鸣自叫，是炎帝之少女，名曰女娃。女娃游于东海，溺而不返，故为精卫，常衔西山之木石，以填东海。《述异记》亦云：炎帝女溺死东海中，化为精卫，其名自呼。每衔西山木石添东海。偶海燕而生子，生雌状如精卫，生雄如海燕。今东海精卫饮水处，常溺于此川，誓不饮其水。一名冤禽，又名志鸟，俗呼帝女雀。此外，《博物志》等文献也记载了精卫填海的故事。精卫神话在中国影响深远，后世作家借此题材创作了大量诗文。陶潜在《读山海经》中写下"精卫衔微木，将以填沧海"的诗句，热情赞扬精卫无怨无悔、矢志不渝的填海精神。韩愈、王安石等也撰有诗文，肯定了精卫的无畏精神和坚定信念。明清之交的顾炎武则在《精卫》中写道："万事有不平，尔何空自苦？长将一寸身，衔木到终古。我愿平东海，身沉志不改。大海无平期，我心无绝时。"顾炎武以精卫填海精神，隐喻自己反清复明的坚定决心，从而将精卫的个人行为转化为对国家的忠诚，这无疑升华了精卫故事的精神内涵。时至今日，精卫填海与愚公移山等传说一起，已成为中国人顽强不屈意志的象征。精卫精神已升华为华夏儿女的民族精神。

海洋淹死人以致人变成鸟的传说，在希腊神话中也极为常见，然而，中西神话中人对海洋的认知却存在明显的差异。在希腊神话中，阿尔库俄纽斯被大力神赫利克勒斯杀死。他的7个女儿悲痛不已，从帕勒涅地区的最高峰投海自尽。海后安菲特里忒出于同情将她们变成了翠鸟。还有一则类似的神话，叙述海尔赛妮和刻宇克斯为一对恩爱夫妻。丈夫出海远行后，妻子海尔赛妮守候在海边等他归来。在获悉丈夫遇难的噩耗后，海尔赛妮伤心过度投海自尽。宙斯为其深情所感动，将他们变成一对双宿双飞的翠鸟。在希腊神话中，阿尔库俄纽斯的女儿们和海尔赛妮夫妇，都因为悲伤失望而死，是由天神出于同情而将他们变为翠鸟。他们对淹死自己的海洋并未做出进一步的反应。在精卫神话中，女娃淹死之后并未陷入悲伤之中，而是涌动一股强烈的复仇意识。凌蒙初认为，女娃化为精卫鸟后仍然衔石填海，显然是受到复仇意识的驱使，由此他得出了"女子衔仇分外深"的结论。事实上，精卫不停地衔木石填东海，所体现的不仅仅是复仇意识，其锲而不舍精神也是希腊神话中的人物所欠缺的。从精卫故事可以看出，先民对海洋的认识不断深化。人们凭借自己经验已经知道，尽管大海是一种巨大的毁灭性力量，但它已不再是神圣的化身，更不是深不可测、不可战胜的。精卫作为一名小小的征服者，尽管自身力量极为有限，却被赋予了某种崇高的精神品格。精卫精神反映了生存个体面对自然环境的基本态度，甚至可以说，它反映出一种质朴的人生观：人并不因为自身力量渺小而向环境屈服，只要拥有不屈的意志和坚定的信念，人就能战胜自然并创造奇迹。精卫神话客观地表明，先民已不甘于做自然的奴仆，渴望通过自身行动去改变海洋、征服海洋，给浩瀚的海洋打上人类行动的烙印。

卡西尔指出，原始先民创造神话不仅仅是为了自我欺骗，而是一个有"意义"的文化活动。从海洋形成神话到精卫故事，先民对海洋的了解和认识不尽相同，经历了想象、诠释、向往、探求和征服的过程。从某种意义看，与其说海洋是人类历史进程中的对象化客体，不如说它是见证人成长的重要参照。在蒙昧时代，由于恶劣的自然条件和自身力量的限制，人类生存的主体意识遭遇全面压抑，以致先民们认为海洋之中必有海神，从而忽视了自身的力量和主观能动性。然而，随着人类海洋知识和经验的增长，人逐渐走出神的阴影而确立自我意识。这时，先民希望通过自身行动赋予海洋以意义，从而将作为自然的海洋烙上人的印记。在这一历史过程中，人类生存的主体性进一步得以张扬。在精卫填海神话中，先民渴望征服海洋从而将海洋工具化，以海洋作为验证自我本质力量的载体，进一步表明人的生存从自觉走向了自由。当然，这里的自由不是人在世俗的权威面前的人身自由，而是哲学意义上的生命意志的自由，个体的精神独立和自主。拥有这种"自由"的先民终于在浩瀚的海洋面前站立起来，拥有了人之所以为人的独立主体性，从此以后，人再也不需要借助其他外力的帮助，去对海洋进行所谓的意义寻求了，因为先民们逐渐发现他们自身的行动即是意义。

参考书目

[1] 茅盾. 神话研究[M]. 天津：百花文艺出版社，1981:195.
[2] 陈惇，孙景尧，卢康华. 比较文学 [M]. 北京：高等教育出版社，1997:235.
[3] 高乐田. 神话之光与神话之镜 [M]. 北京：中国社会科学出版社，2007: 120, 201.
[4] 冯天瑜. 上古神话纵横谈 [M]. 上海：上海文艺出版社，1983:118, 131.
[5] 王立，刘卫英. 红豆 [M]. 北京：人民文学出版社，2001:163, 162.